警察任務

魔神仔搜查事件簿

是風不是你——著

推薦序　從藥草到魔神仔，這位作家除了關懷，還很有哏！

林金郎　文學暨宗教作家

很榮幸推薦是風不是你，除了是推薦好作品外，也是在見證臺灣文壇女性作家的奮鬥歷程，她在書市蕭條時投身網路平台書寫小說，並據此出版了十六本電子書，現在，她竟在書市更為蕭條時反攻實體書市場，這說明了她的成績獲得大眾的肯定，同時也說明了好的作家終究會被看見，而前提是好作家必須「堅持寫作」，然後才能「苦盡甘來」。

雖然是風不是你是網路寫手出生，但從這兩次出版我們卻看到她社會關懷的廣度與深度，上一本《藥草飄香看星星》書寫臺灣女大學生到中國旅遊卻被人口販子賣到大山裡當小媳婦的故事，裡面有兩岸文化的差異和磨合，當然也有人生與人性的豐富描述與轉折。而這次的《警察任務：魔神仔搜查事件簿》則跳脫現實框架，以「魔神仔」為背景，讓我們在十足的戲劇張力下，一起關懷警察、辦案、內幕與治安的問題，乃至有「萬物有靈，諸惡莫做」的強烈隱喻，因而涉及了宗教與神鬼的思索，令人觸動。

當然，我並不認為一定要文以載道，不過小說要有哏、好看這是一定的，是風不是你已經做到了「以精采的小說探討問題、傳遞關懷」，也讓我們看見了她的成長和內涵，所以她寫的實體書是絕對可以期待的。

目次

第一章　魔神仔

「喂！這裡是汐平分局。」值班員警程文智，一聽到是報案勤務指揮中心轉來的電話，馬上執筆記錄。

「啊！又有車禍？……嗯，好，好……我們馬上派人過去。」掛上話筒，程文智在轉交事故發生的地點後，交通組組長林長春，火速帶著組員周銘正出勤。

三人趕到現場時，重機撞擊護欄的碎片彈飛各處，慘不忍睹，戴著安全帽的騎士倒臥在路旁的草地上，一動也不動。

即使騎士的裝備齊全，但全罩式安全帽的玻璃破裂，割傷他的額頭和臉頰，穿著防摔服的肩膀、手臂和大、小腿也都有嚴重擦傷。

組長林長春向前對騎士喊了幾聲，對方均沒有回應，他伸手摸摸騎士脈搏，幸好還有心跳。脫下騎士的皮質手套和四肢的護具檢查，出血沒有想像的嚴重，也沒有開放性骨折，如果不是有這麼好的裝備救命，林長春還真不敢想像這一摔，騎士還有沒有命在。

「么洞洞，么洞洞，救護車到了沒。」林長春打開無線電對講機問道。

「快到了，再一分鐘。」

果然，就在林長春放下對講機之時，救護車由遠而近的鳴笛聲已然趕到。

「快快快，還有心跳。」已經讓到一旁的林長春，連忙指揮醫護人員。

雖然當了二十幾年的交警，這種頭破血流的場面已經司空見慣，但人心究竟是肉做的，見人還有救，林長春當然也跟著著急。

傷者交給醫護人員後，林長春還得處理現場，另一名交警周銘正，在周邊放好了警告標誌避免來車追撞，再拿著粉筆將倒地的重機輪胎半圓，以及把手位置給標示清楚。而刑警程文智則在一旁，將現場及散落各處的機車碎片、煞車痕，都給拍照存證。

「請問，是誰報的警？」林長春對著幾個圍觀的民眾問道。

「是我啦！」一個戴著斗笠，手拿麻布袋，捲著褲管的老人家回道。

「哦，阿伯，你是什麼時陣發現車禍的？」

「今仔日透早差不多九點外，我去澆菜的時陣看著耶。」

「你看著的時陣，人就已經倒即這啊，是否？」

「嘿啦嘿啦。」聞訊的老人猛點頭，又接著說：「透早不知影那有一陣大霧雄雄搭落來，紲落去我就聽著一聲碰，就知影又擱車禍啊！」

「大霧？」林長春抬頭看看天空，今天的汐止就算不是晴空萬里，但至少有太陽，況且這幾天也沒下雨，溼氣又不重，怎麼可能會有霧？

「嘿啊！最近常常有車禍，一定閣是魔神仔出來抓交替，我也是來去土地公廟拜拜卡有影。」老人邊說邊搖頭，就連圍觀的那幾個當地人，也紛紛交頭接耳起來。

「我看，也是快去買一串炮仔來放放耶，卡安心。」

「有影，快來去，快來去。」

看著憂心忡忡的大家急閃而去，皺著眉的林長春，提筆將報案老人的話一一記錄下來，可是，關於魔神仔的那一段，他則自動略過。

這種魔神仔抓交替的傳說，在林長春小時，就經常聽長輩們說起。

在以前那個民智未開的時代，什麼水鬼、虎姑婆、竹篙鬼的傳說多不勝數，而魔神仔最常出沒在人少的山區、草叢，還有濃密的竹林，他們會化作人的樣子，捉弄落單的老人和小孩，更甚者，還會死人。

記得二〇〇三年，汐止就曾有個老婦人在掃墓時，被魔神仔牽走了，那時分局出動數十個隊員，花了九天的時間才找到人，可惜，受困多天的老婦人已經去世。

後來，有個立法委員也表示，小時曾親眼目睹魔神仔向自己招手，幸好那時母親叫住了他，否則後果不堪設想。

這幾年，新聞陸陸續續報導過各地有關魔神仔抓人的事件，像是新竹有個老翁因為採竹筍失蹤了一天一夜，結果家人依照民間習俗放鞭炮嚇走魔神仔後，竟真的找到了人。

可惜，並不是每個失蹤老人都這麼幸運。

山區因為地處偏僻，救援的困難度本就高，再加上很多老人沒有帶手機的習慣，迷了路既沒有工具導航，也無人可呼救。緊張、焦慮，加上沒有水和食物的供給下，身體自然就撐不住了。

就算這類案件的報案者，都說和魔神仔脫不了關係，可是分局裡的幾個年輕同仁都認為，在科技這麼發達的時代，就連有沒有神這件事都無法證實了，更何況是魔呢。

但不管人類文明如何進步，醫學界怎麼澄清，魔神仔事件卻依然屢見不鮮。

只是，若把這種牛鬼蛇神都搞不清楚的事寫進報告裡，屆時不僅會引來大批媒體爭相追問，肯定還會被上面的頭頭K得滿頭包，身為交通組長的林長春，是絕不會幹這種蠢事的。

相關筆錄做完，刑警程文智留下來繼續蒐證，林長春等著拖吊車前來處理撞毀重機的後續事宜，而交警周銘正則跟著救護車去醫院，他還得查騎士的身分，聯絡對方家人呢。

第二章　謎團

汐碇公路是一條蜿蜒在汐止和石碇山區的綠色道路，每年的一到三月，錯落在公路旁的櫻花樹，會按品種的不同依序綻放，將原本翠綠盎然的山頭，染成一簇簇誘人的粉紅。還有號稱五月雪的油桐花，每每到了盛開時期，靄靄白雪般的景致，也常吸引大批的賞花人潮。

雖然汐碇公路的風景優美，還可遠眺臺北市中心的一〇一大樓，假日的人潮、車潮不斷，可近來，分布在公路周邊的產業道路，卻經常發生重大車禍。

汐止許多山路陡峭崎嶇，住的人少，平時往來的車輛也不多，因此，常有跑車和重機騎士開上來試車。

但也因為地形關係，到了春、冬兩季，多雨的汐止就經常被一團團雲霧所籠罩，加上許多地方因為排水不良導致路面溼滑，參天大樹又濃蔭密布，更容易讓車輛在過彎時，因為滑行發生危險。

在外面待了半天的程文智一回到分局，就趕緊將事故的照片上傳到電腦，畢竟手機的螢幕有限，放大到電腦螢幕才能看得更為仔細。

「臉都快貼到螢幕上啦！小心視力提早老化。」一進來就見到這情景的偵查隊小隊長夏宇凡，不忘提醒。

「怎麼這麼快就回來了？」依然盯著螢幕的程文智，頭也沒抬的問。

為了當警察，程文智原本高度近視的眼睛，早就雷射矯正過了，倒是夏宇凡，昨天還聽他說要去跟監販毒集團的，怎麼兩手空空還回來得這麼早？

「跑了。」脫下刑警背心的夏宇凡嘆了口氣，「他們就約在你去處理交通事故的附近，你們那麼大陣仗，他們一聽到警笛聲就鳥獸散了。」

「這麼巧？」張大嘴巴的程文智終於轉身，罵道：「這些販毒的還真是狗屎運，老天真是不長眼。」

「幸好對方也沒發現我們，至少以後還有機會。對了，那裡怎麼又出車禍，這個月都第幾次了？」

「唉……那些駕駛和騎士都不把行車速限當一回事，總喜歡去那裡飆車，那種山路連我都只能開到六十。」自詡開車技術不差的程文智回道。

「挑戰極限是雄性動物的本能。」聞言的夏宇凡搖搖頭，「車主還好嗎？」

「現場是昏了過去，但還有心跳，聽說才二十四歲，剛退伍。」說著說著，程文智又把臉貼近螢幕，「奇怪的是，連衣服都僅有擦破，為什麼皮夾裡的證件會掉出來呢？」

聽程文智這麼一說，好奇的夏宇凡也把臉看向螢幕，「掉在哪裡？」

「一般人都會把身分證和健保卡一起放在皮夾裡，皮夾雖然在騎士的身上找到，可健保卡卻掉在他的右手邊。」

「你們去的時候，現場有人動過嗎？」夏宇凡皺起眉頭。

「應該沒有。圍觀的幾個老人家都是附近的居民，聽到撞擊聲才跑過來看的。」

「皮夾裡除了證件，還有什麼？」

「幾百塊錢。」

「車子是自己的還是租的。」

「是騎士自己的。」

「幾張信用卡？」

「呃……三、四張吧！」程文智被問得有點心虛，車禍現場一團混亂，所以一時間，他也沒注意到那麼多。

「手機在身上嗎？」

「在，但摔破了。」

「有行車記錄器嗎？」

「有，也摔壞了。」

「想辦法驗皮夾和所有卡片上的指紋。」

「可是除了健保卡，其它卡片都還在皮夾內。」程文智不懂了，夏宇凡在懷疑什麼？

「信用卡超出皮夾的部分還是會殘留指紋的，如果皮夾真被人動過，就有可能碰到卡片。」

「這個……和車禍有什麼關係？」

「可能有，也可能沒有。」站直身體的夏宇凡拍拍程文智的肩膀，嚴肅說道：「我去調一下早上那條路上的監視器，看看有什麼人、車經過的。」

雖然不太清楚夏宇凡在想什麼，但程文智知道這個小隊長做事，向來不馬虎。

「嗯，好。」程文智立刻聯絡醫院的周銘正，請他將相關證物保留下來，以備送驗。

☆☆

夏宇凡是中央警察大學研究所畢業，之前任職於新竹的竹洞派出所，期間就曾破獲多起殺人與不良幫派的鬥毆案，才被所長拔擢至汐平分局，擔任偵查隊小隊長的職務。

身高一百八十五公分的夏宇凡，不僅有令人稱羨的健美身材，而且濃眉大眼，五官深邃，即使不特別打扮，也稱得上是個陽光、帥氣的型男。

記得剛分發到新竹時，他熱情和極富正義感的好性情，還曾引起當地爺爺、奶奶們的一陣騷動，三天兩頭就有人要把孫女介紹給他，惹得所裡那些未婚的同事嫉妒不已。

調來汐止後，因為離家遠，夏宇凡便和程文智共租一間房子，以便早點熟悉分局裡的事務。

根據程文智調出來的資料，夏宇凡將歷年事故的前因後果都查了個遍，排除因為超車、酒駕，以及車速過快等原因，還有許多車禍發生的不合邏輯，甚至可以說是詭異非常。

以往在行車記錄器還不普及的時候，車禍除非有人看見，否則，警方就只能根據駕駛人的口述和現場狀況，來推測車禍發生的原因。但有時駕駛人為了規避責任，會故意隱瞞事實或誤導警方，反而無法查出車禍真正發生的原因。

但自從有了行車記錄器後，警方又多了一條辦案的線索，而夏宇凡也是在行車記錄器上看見，有好幾起車禍發生的同時都剛好起大霧，就是這大霧遮蔽了騎士和駕駛人的視線，才會在彎道上頻頻釀成慘重車禍。

雖然搬到汐止近一年的夏宇凡，也充分體驗到這裡綿綿不絕的雨，實在頻繁到令人抓狂，但有些事故發生時不僅是晴天，現場的地也都還是乾的，經常遇上大霧的說法實在令人不解。

可惜，這些事故附近大都沒有架設道路監視器，也沒有其他車輛經過，以至於警方無法得知，那霧——到底是氣候造成，還是焚燒雜草所致。

這天，難得休假的夏宇凡獨自開車，到最近發生過車禍的事故現場，逐一審視附近的地形，還有車輛的往來狀況。

汐碇公路的岔路多，有些還是通往私人土地或茶餐廳的小路，夏宇凡將車停靠在路旁的草地上，並走到可以眺望遠處的高地。

時序剛剛入夏，可號稱五月雪的油桐花早已落入土中，化為春泥，徒留幾點雪白，點綴在茂綠的油桐樹上。而另一旁高聳參天的相思樹，則滿布鮮黃色的小花，隨風飛撒成一陣一陣的黃金雨，樹下的褐色羽狀枯葉鋪得厚厚一層，像踩在軟軟的毯子上。

站在高處的夏宇凡舉目遠眺，位於對面的陽明山和大屯山，在藍天白雲的映襯下清晰可見，唯有大臺北盆地被淡淡的霧霾所籠罩，反倒顯得有些陰鬱沉重。

自從離開新竹後，他已經很久很久，都沒有欣賞大自然風景的閒情逸致了。

新北畢竟是個大都市，居住的人口組成分子複雜，重大案件相對頻繁，再加上汐止不但離機場近，主要幹道又可直通基隆港，更容易成為犯罪分子的交易集散地。

就如他前幾天跟監的販毒集團，就是看上汐止山區路多又雜，比起市區大樓更容易隱匿和逃竄的優點，才會選擇在這裡碰頭。

可惜，到手的鴨子，居然因為一場交通事故而飛了，就不知，在這群販毒分子逍遙法外的期間，又有多少無辜民眾要受害了。

閉上眼，深吸口氣，相思樹散發的芬多精，令夏宇凡略為懊惱的心情，再重新整理一遍。

視線再次回到前方，夏宇凡見幾處較為平坦的山坡地上，種著些許時令蔬菜，一旁還有蓄山泉水專用的桶子，塗有紅色和藍色屋頂的鐵皮屋錯落其中，倒也沒有發現什麼焚燒雜草留下來的焦黑痕跡。

如果霧是大自然現象，不是農戶燒雜草產生，難道，真有這麼多的巧合？

諸多疑點讓夏宇凡的思路有些混亂，當下的他也不再多作揣測，準備往停車的方向走去。可就在此時，前方小路突然有一個白色影子飄過，停下腳步的夏宇凡定睛一看，那團影子已經隱沒在濃密的芒草之中。

這一帶雖不算是荒郊野外，但平日人車稀少，況且那裡沒有商店、住家，誰又會在那種地方閒逛？

但一想到跟監的販毒集團有可能再次出沒，不假思索的夏宇凡，當下就朝白色影子的方向衝了過去。

為免被發現，夏宇凡選擇直接穿過草叢，可是山路太過陡峭，芒草又長得比人還高，身著短袖的夏宇凡，任由銳利的芒草劃過他的脖子和手臂，也沒想到要撥開。

走了約十幾公尺，夏宇凡隱隱聽到有人說話的聲音，屏住呼吸的他趕緊拿出手機，想在緊急狀況時，立刻找人來支援。

「小姐，妳今仔日那無帶恁小妹來？」

「她人不舒服，在家休息。」

「也是常常頭殼痛嗎？唉……閣這少年就按呢，什麼時陣才會好呢。」

這狀似普通人家的對話，讓神情緊繃的夏宇凡有點傻眼，他撥開遮住視線的那片芒草，原來前面空地有間小土地公廟，廟前擺了張石桌和幾個石椅，兩個老人家正聚在那裡喝茶、聊天。

重重呼出一口氣，收起手機的夏宇凡走出芒草叢，和老人家點頭打招呼。

「哦，這個少年耶有緣投喔。」正喝著茶的許老伯，看著迎面而來的夏宇凡，不禁眼睛為之一亮。

「哈哈哈，是想著你少年的時陣，攏呼人叫黑狗兄吧！」剛裝完水，準備再燒一壺的王老伯，轉頭看了眼夏宇凡，笑著說。

「少年耶，來，來飲茶啦。」許老伯向夏宇凡招招手，笑得更歡了。

「謝謝！」

以前在新竹任職的時候，夏宇凡就很習慣老人家的熱情，只是到汐止這麼久了，能和民眾這麼親切的接觸，還是第一次。

「奇怪，彼爿無路，你那耶按遐來？」面露疑惑的許老伯，用熱水燙了個杯子，倒滿茶湯後遞給夏宇凡。

「呃……我剛好東西掉在邊坡，跳下來撿，聽到這裡有人講話的聲音，就過來看看。」

「這拄仔好，他頭先一頂帽仔起乎風吹去，好佳哉有這位小姐去拾起來。」王老伯指指剛從土地公廟走出來的女孩子。

順著王老伯的指示看過去，夏宇凡見一個皮膚白皙，有著俐落短髮的女孩子，正拿著一疊紙錢往一旁的金爐走去。那女孩穿著一身象牙白的洋裝，像極了夏宇凡剛看到的那團白影，一聽王老伯這麼說，他馬上就聯想到自己看到的，應該是這個女孩才對。

王老伯的中氣足，聲響大，那女孩應該有聽到他們的對話，可她卻對夏宇凡的注視一點兒反應也沒。

「哎喲！你的手那會起乎菅芒割著按呢？攏流血啊。」

聽到老人家這麼一說，夏宇凡才低頭看了下，發現自己的手臂上，果然有好幾條被芒草割出來的血痕。

「應該是剛剛走過來時被割的，不要緊。」

可面色凝重的許老伯已經站了起來，他走到廟旁的草叢堆，隨手摘了幾片不知名的草葉子，放在掌心揉了揉。

「少年郎毋通靠勢你勇，這那是起乎父母看著，一定足毋甘耶。」許老伯一邊說，一邊將揉出綠汁的葉子，塗在夏宇凡的傷口上。

雖然，這種沒有醫學根據的治療方法，已經鮮少有人會用，但在眷村長大的夏宇凡知道，這是種很好的止血方法，尤其，加了口水會更好。

他知道老人家是一片好意，所以沒有拒絕，許老伯看他沒有反抗，方才嚴肅的神情瞬間放緩許多。

燒完金紙的女孩，見夏宇凡乖乖的讓許老伯塗草藥，不禁在心裡搖搖頭。

現在都什麼時代了，居然連傷口要消毒再擦藥的醫學常識都沒有，就逕自接受老人家路邊雜草的塗塗抹抹，到時要是細菌感染，導致傷口發炎，不更麻煩？

不過回頭想想，人總是不經一事，不長一智，或許，下次他就知道不要隨便接受陌生人的好意了。

走進廟裡，裝好水果，女孩向兩位老伯點頭致意後，便不發一語的離開。

這還是第一個連他正眼都不看一下的女孩子，夏宇凡在心裡暗自發笑。

「笑啥？」可近距離的許老伯，卻沒忽略夏宇凡這小小的自嘲。

「沒，沒有。」被窺探出心情的夏宇凡，忙把頭低下。

「無？看人小姐水，甲意是否？」許老伯哈笑兩聲，「你那甲意，初一、十五來這等，伊有放假就會來拜拜。」

本來夏宇凡沒有那個意思的，但被許老伯這麼一說，他反而來了興致，「她住這裡嗎？不然，為什麼要來這裡拜拜？」

土地公廟和派出所一樣，都是有轄區範圍的，看那女孩的穿著不像是山上的農戶，為什麼要跑到這種荒郊野外來拜拜，夏宇凡好奇。

「唉……攏是為著她那耶小妹啦。」許老伯嘆了口氣，「那個小姐進前在這發生車禍，伊小妹頭殼撞壞去啊，所以常常來這拜拜，希望土地公伯啊保庇伊小妹緊好起來。」

又是車禍！

「多久前？怎麼發生的？」夏宇凡追問。

「有四、五年啊哦。」許老伯回憶道：「彼個時陣撞甲足嚴重耶，伊小妹頭殼流有夠多的血，一直甲這陣攏未好。」

「阿伯知道那個小姐叫什麼名字？住哪裡嗎？」

到土地公廟拜拜的女孩子名叫白依涵，家住臺中的她，大學畢業後北上求職，目前在汐止的一家科技公司任職。

自從公司的產品在國際會展上得獎後，各個部門就陷入狂亂的忙碌之中。白依涵雖然很高興，公司有機會將產品透過展覽，銷售到中東和歐洲各地，但在人力明顯不足的狀況下，這場「旺季」還是燒得她和同事們焦頭爛額。然而，當一天和尚敲一天鐘，尤其是她手上的這幾個大案子，進度都得直接跟主管顧昱雲報告，更是馬虎不得。

努力將畫稿處理告一段落的的白依涵，直弄到夜深才想到，自己晚飯還沒吃。感覺力氣都快被抽乾的她，拿著包包走出公司大門，正要轉向停車場的方向時，迎面卻來了一個高大的身影，迅速的走到她面前。

怎麼是他？

雖說那天在土地公廟時，白依涵只是約略瞄了夏宇凡一眼，但憑他高大的身材，帥氣的臉孔，和隨便就能與陌生人搭訕的本事，想讓人不記住都很難。只是，怎麼會這麼巧在這裡碰到？

汐止即便只是新北市的一個區，但人口也將近有二十萬人，在這個說大不大，說小也不小的行政區裡，兩個只見過一次面的人要再次遇見，機會當然不多。

「妳好，我們又見面了。」終於等到人的夏宇凡，笑得一臉親切。

「……」就算夏宇凡主動對著白依涵打招呼，但她還是不太敢相信，這個人是專程來找她的。

只是搭訕也要看對象，白依涵沒有老人家那種隨便應付陌生人的閒功夫，所以神色漠然的她，直接無視的與夏宇凡擦身而過。

「白小姐。」夏宇凡見狀有些訝異，連忙叫住她，「我是汐平分局的刑警夏宇凡，有幾件事情想請教妳。」

警察？

警察三更半夜的找她做什麼？

停下腳步的白依涵轉過身，狐疑的盯著眼前這個穿著便服，卻自稱是警察的男人。

這幾年，臺灣這個「詐騙王國」的美名已經傳遍全世界，連阿公、阿嬤都被自稱法官的人騙過，白依涵身為一個知識分子，當然不會輕易相信這種主動報上名來的「刑警」頭銜。

「前幾天我們在土地公廟見過面，還記得嗎？」可天真的夏宇凡，還一臉熱切的趨向前。

「然後呢？」

對於白依涵過於冷漠的回應，自詡為很有人緣的夏宇凡愣了愣，方才醒悟。他隨即出示刑事警察的徽章，並將原本隨意的神情略為收斂了下，「關於五年前的那場車禍，我想進一步了解，不知道白小姐方不方便配合？」

就算是真的刑警，五年前的事，還有什麼好追問的？況且，車子是她自撞的，又沒有傷到別人，案子也結了，這個人還想查什麼？

「現在？」白依涵拿出手機，低頭看了下，螢幕顯示為晚上十點半。

「很抱歉！我這兩天白天來過貴公司，但總機小姐說我沒有預約無法和妳見面，昨天等到十點都沒碰到妳，再加上我打了手機，但妳都沒有接……」

其實，夏宇凡可以直接穿著警察制服去公司找人的，畢竟他是為了查案，但考量到可能會影響到白依涵的工作，還有，這件案子本就已經結案，夏宇凡覺得還是先以私人身分訪查為好。

「哦，我不接陌生來電。」看在對方這麼積極的份上，原本一臉防備的白依涵，態度也跟著放軟了。

「我知道今天晚了，那可否約個時間，我再來找妳。」

「不用，我還沒吃飯，你想問什麼，我們邊吃邊談吧！」沒什麼多餘時間的白依涵，果斷答應。

「那好。」夏宇凡左右張望了下，指著辦公大樓旁的一家居酒屋，「就那裡可以嗎？」

那家居酒屋的串燒和炸物都不錯，最重要的是上餐速度快，凡事講究效率的白依涵點點頭，抬腳就走。

即使已近深夜，但小小的居酒屋裡依舊熱鬧，三三兩兩的人群，喝酒的喝酒，聊天的聊天，白依涵點了兩樣菜，一口一口吃著，夏宇凡因為隔天一早還有勤務，便點了杯冰檸檬茶，緩緩喝著。

居酒屋裡的燈光昏黃，白依涵白皙的雙頰不像初見時那樣冰冷，反而透著幾分柔美，也和夏宇凡剛剛和她對話時，那種漠然的感覺截然不同。

就如許老伯所說的，她的確有種溫柔婉約的內在美。

「有什麼話儘管問吧！」坐在對面的白依涵，被看得有些不自在。

收回臉紅的心跳，向來公私分明的夏宇凡，竟然忘了自己是來查案的，「是這樣的，根據五年前的檔案顯示，妳說車禍發生當時突然起了一陣大霧，伸手不見五指？」

「嗯。」雖然，白依涵一直努力忘掉那時的情景，可即使經過這麼多年，只要她一回想起，那血淋淋的畫面就歷歷在目。

「那霧是下雨引起的？還是清晨那種霧？又或者，是燃燒雜草產生的煙？」

「都不像。」低著頭的白依涵，用筷子夾著眼前的炸物打轉，卻無心再吃了，「就有一團很濃很濃的白霧，突然整個向車子撲過來，當時的我完全看不到前方，於是緊急踩下煞車，可……還是來不及了。」

「妳說那時的車速大約是五十，可那山路速限是四十。」

「那一段剛好下坡。」咬咬脣的白依涵也很自責。

她當時應該聽妹妹的話，開慢一點，可平溪的停車位太少、太難找，為了早一點到達目的地，順利搶到停車位，她才會一時貪快，「而且那天又是個大晴天，我完全沒想到會有霧。」

「晴天？出大太陽的那種？」

一聽到夏宇凡這麼問，白依涵忍不住抬頭白了他一眼，「對，夏天的太陽，會把人烤焦的那種。」

「妳確定不是燃燒雜草的煙？」夏宇凡再問。

「燒草的煙怎麼可能濃到看不見？」有些不耐煩的白依涵放下筷子，問問題也要有根據，身為警察人員不是應該依據科學辦案的嗎？

可白依涵的吐槽沒有讓夏宇凡感到不快，反而讓他陷入了沉思。

既不是大自然現象，也不是人為，那究竟為什麼會突然湧進大量的白霧呢？

「問完了？我可以走了嗎？」白依涵拿出信用卡，打算結帳。

「暫時先這樣。」夏宇凡禮貌性的拿出現金，「打擾了妳這麼久，這餐算我請客。」

「不需要。」白依涵果斷回絕，「我習慣各付各的。」

好強勢的女孩，和她溫婉的外型完全不搭。

附議的夏宇凡笑了笑，沒有繼續堅持，然後跟著白依涵到櫃檯買了單，陪她走到停車場。遠遠向上看去，整棟大樓挑燈夜戰的人還不少，看來這些科技新貴也沒想像中的令人羨慕。

「下次見面再請妳。」夏宇凡認真說道。

白依涵可不希望再有下一次，她默然的睨了這個愛搭訕陌生人的刑警一眼，隨即關上車門，快速離去。

幸好夏宇凡沒喝酒，才剛回到租屋處沒多久的他，連個澡都沒時間洗，就被值班的員警給叩回。幾個不良幫派在夜市相互圍毆，十幾個青少年，因為爭風吃醋棍棒齊飛，扭打成一團。

分局派了大批警力到場維持秩序，誰知那些喝了酒的年輕人，氣勢一個個比警察還強，不但嘴上幹話不斷，張牙舞爪的樣子，就怕人家不知道他是哪個幫派的角頭一樣。

指導師父洪建國帶著幾個菜鳥警察強力鎮壓，程文智算是老鳥了，眼看這些打架、鬧事大部分都是熟面孔，二話不說直接扣上手銬，通通載回警局。待夏宇凡趕到的時候，一個頑強的青少年還在跟員警嗆聲，怎麼都不肯上警車。

「銃三小，你敢抓恁爸，恁爸就叫律師告你。」

這個帶頭的年輕人叫鍾少楓，是上櫃建設公司董事長的兒子，不僅長得人高馬大，而且身強體壯，他揮舞著刺有西方魔鬼圖像的手臂，推開想架住他的員警，另一隻手還拿著手機現場錄影。

「哈哈哈，來啊！警察有什麼屁用，沒有我老爸繳稅養你們，你們連口飯都沒得吃。」

見狀的夏宇凡嘆了口氣，從鍾少楓身後一個手刀，迅速朝那隻高舉手機的手腕給砍了下去。

「啊——」完全沒有防備的鍾少楓一聲慘叫，手機瞬間落地，「幹，是誰……」

國臺語交雜的鍾少楓還來不及罵完，身手矯健的夏宇凡已經把他的手臂一個反折，並將他整個身體壓制在警車上。

「為了對得起你老爸繳的稅，我們就暫時先替他管管你這個兒子。」將鍾少楓戴上手銬，夏宇凡不忘讓另一個員警，撿起他那隻掉落的名牌手機。

「媽的，又是你！信不信老子有天找人打爆你的頭。」暴怒的鍾少楓罵得口水直噴。

「想當我老子，下輩子都沒機會。」夏宇凡不跟鍾少楓逞口舌之能，他將雙腳亂踢的鍾少楓右手再一個反折，又惹來對方一陣鬼叫後，便推進警車裡。

「學長，幸好你來了，不然……」菜鳥警察許瑞恩趕緊打開車門，不忘向一旁的夏宇凡致謝。

「你師父呢？」一般新進員警都會跟著指導師父一起出勤，尤其是這種打群架的場面，更需要有經驗的員警指導和處理。

「師父接到電話，又趕回去了。」坐上駕駛座的許瑞恩打開蜂鳴器，準備將人載回警局。

聞言的夏宇凡皺皺眉，順手將車門給關上，坐在後座的鍾少楓，不斷對著車外的夏宇凡破口大罵，還用腳踢著椅背，位於兩旁的員警拼命制止，氣得只差沒跟著罵三字經。

都說警察是正義的化身，但像鍾少楓這種仗著老爸有錢，整天打架、鬧事，無論警察抓他幾次，他老爸都有辦法請到厲害的律師，將他給保釋出來。

只是他今天能拿棍子無故傷人，明天就有可能拿刀砍人，這種暴力分子就像社會的不定時炸彈，家庭、法律約束不了他，等於縱容他犯下更可怕的罪行。警察雖然是執法者，卻無法讓這些犯法的人，得到應有的管教與懲戒。

看著鳴笛的警車一輛輛遠去，感到無奈的夏宇凡這才鬆了口氣，自行回家。

員警雖然都是輪班制，但遇到緊急事故或者人力不足時，即便正在休假也一樣會被叩回警局，所以，他們的手機二十四小時不能關機，而且要隨時待命。

夏宇凡想起以前在竹洞派出所任職時，因為地處偏鄉，有時要到農舍幫忙處理飛出來螫人的蜜蜂，協尋在山裡走失的老人，還要關懷轄區弱勢族群等，即使一整天東奔西跑，但只要聽到民眾的感謝聲，再忙也不覺得累。

還記得有個頭髮花白的楊奶奶，就經常提著一大袋自家種的橘子到派出所，指名要給夏宇凡。而每次為了跟老爺爺、老奶奶，說明派出所不能收禮的規矩，夏宇凡總是要費盡一番唇舌，卻仍止不住大家的熱情。

有時巡邏，還得面對老人家的飯局邀約，曾是菜鳥的夏宇凡不好推辭，待進了人家家門才發現，這些名為吃飯的邀請，實則都是找他去相親的。

六都的繁榮經濟雖然吸引人，但工作壓力也大，隨著青年人返鄉務農的趨勢越來越頻繁，很多老人家在高興之餘，也開始積極幫忙孩子物色好的對象。尤其像夏宇凡這種長得好看，又有人緣的熱血青年，更成了吾家有女的首要爭取目標。

所以，即便夏宇凡現在都調到汐止任職了，那些老人家還是經常傳訊息，要他回新竹看望。

相較於鄉下的純樸風情，初到汐止的夏宇凡，的確有著諸多不適應，不過隨著辦案的經驗累積，他反而覺得這裡的工作更具有挑戰性。

一如之前程文智接手的那件交通事故，後來便真的驗出信用卡上，有騎士本人以外的指紋。雖然指紋不是很明顯，無法查出究竟是誰留下的，但表示那皮夾確實有不明人士碰過，只是因為騎士傷重，想不起當時的皮夾內究竟放了多少東西，因而無從了解到底丟失了什麼。

滑了下手機，顯示現在時間為凌晨兩點，可程文智卻還沒回來，躺在床上的夏宇凡深吸了口氣，試圖讓急速運轉的腦袋放鬆一下。

他已經好幾個月沒回老家了，應該找個時間回去看望，可一想到老爸那張正經八百的撲克臉，和催婚的老媽，夏宇凡就……

窗外飄來一陣陣中庭緬梔花淡雅的香味，他的前女友曾說，緬梔花的花語是希望、復活和新生，可是，他們兩人的感情卻在一次次的希望中，破滅了。

那樣也好，像警察這種沒日沒夜，又充滿危險的工作形態，即使結了婚，又有幾個女孩子，能受得了擔驚受怕的日子呢？

有些煩躁的夏宇凡翻了個身，讓剛沖過澡的身體散個熱，朦朧的眼前閃過那天在相思樹下的黃金雨，還有芒草叢中，那抹稍縱即逝的白色身影。

第三章　關愛

時間剛過了早上的十一點整，汐止辦公大樓的會議室裡，上演著一場誰對誰錯、你推卻要我做的職場大戰。

人人都說「商場如戰場」，就算是搞技術的公司也一樣，每每有重要的決策或產品出錯時，那些平時相敬如賓的同事，為了責任歸屬，一樣也會指著對方，爭得面紅耳赤。

白依涵的資歷雖深，又是公司不可或缺的高級工程師，但畢竟不是主管職，在這種重量級的會議裡，她頂多只能當個技術幕僚分析原因，並沒有實際的發言權。見慣了這種有心無力場合的她，只能藉著出來倒杯咖啡，順便呼吸一下，不同於會議室裡的「新鮮空氣」。

自從對面樓高四十層的商場大樓蓋好後，以往抬頭就能仰望藍天白雲的景象，便再也無從得見了。隔著淡藍色的透明玻璃窗，大樓底下的車輛停停走走，還是塞得那麼嚴重，白依涵想起夏宇凡說過來公司找她的事，不禁皺起眉頭。

那個男人為什麼對一件五年前，已經結案的車禍事件這麼感興趣？

是因為那兩個老人家多嘴，講了自己的事吧！

這五年來，白依涵只要有空就會帶妹妹去土地公廟拜拜，所以，住在那邊的幾戶人家都知道她車禍的事。只是閒聊歸閒聊，隨便和陌生人談自己的隱私，白依涵就不怎麼能接受了，誰知道那個警察是不是真的為了查車禍，才來找她的。

「還在為剛才的事生氣？」不知道什麼時候，端了杯咖啡的顧昱雲，已經站在白依涵身後了。

「沒。」猛然回神的白依涵簡單回應了下，不自覺的站直身體。

「看來這個會沒開到中午，是結不了了。」顧昱雲啜了口咖啡，問道：「早餐吃了嗎？」

白依涵向來很少吃早餐，但顧昱雲總喜歡問，她只好搖搖頭。

「下了會一起吃個午餐吧！」情深款款的顧昱雲，聲音委婉到令人著迷。

走廊上的空調明明設在二十六度，卻讓穿著一身夏衣的白依涵，莫名打起了冷顫。

顧昱雲是白依涵的直屬主管，也是她進公司後，唯一指導她如何進入這個領域的老師。

從小在純樸的臺中鄉下長大，直到大學獨自北上的白依涵，在經過四年都市生活的洗禮，已經完全跳脫原本天真浪漫的少女情懷，成了一個埋首工作堆中，朝九晚十的科技新「跪」。初入社會的殷切期盼和學習熱情，在時間壓力和一次次不間斷的修稿中，漸漸消磨殆盡，取而代之是會議上，虛與委蛇的附和，與越來越抗拒的矛盾心理。

可顧昱雲卻完全不同。

無論公司交付的工作有多少，客戶的要求有多不合理，他都可以在部門裡，找到最適切的人接手，並以最快的速度協助部屬排除困難。

白依涵曾經很好奇，顧昱雲在面對那些幾近無理取鬧的客戶時，是如何調整自己心態的？又要如何說服部屬，勇於挑戰這些不可能的任務？

但在一次次夜歸時，看到捲起袖子的顧昱雲，站在部屬旁邊，不厭其煩的指著圖稿修正再修正時，她終於明瞭，願意親自引領員工突破瓶頸，滿足客戶需求的，才是真正的領導者。

無論是技術、人事，或者管理，因為有顧昱雲的支持和提拔，才讓年紀輕輕的白依涵，得以在這間人才濟濟的公司裡，迅速的占有一席之地。

只是對白依涵而言，顧昱雲除了是位令人敬重的主管之外，再無其他想法，可近來，他對白依涵的關心，卻漸漸超越了主管和部屬的單純關係。

顧昱雲總是在白依涵落單的時候，和她說些無關公事的話，問候她的起居，好奇她的喜好，即便沒有情人間的甜言蜜語、牽手搭肩，可他關愛備至的眼神，卻比這些舉動更令白依涵手足無措。

那是出自內心，像對親人一樣的溫暖關懷，不是狂風暴雨，不是短暫激情，而是細水長流的愛，讓人點滴在心頭，讓白依涵幾乎沒有反駁的餘地，更沒有拒絕他的理由。

但只要一想到家中的牽掛，白依涵就覺得愧疚萬分。

不！她不能……

「不好意思！我已經請維琪幫我買便當了。」僅能以拒絕這種方式逃避的白依涵，把手上的紙杯丟進垃圾桶後，毫不留戀的轉身走進會議室。

顧昱雲對白依涵這樣的反應，也不知道是習慣，還是體諒，他總是微笑，然後回報給自己一個藉口，「她懂的，不急，慢慢來。」

果然如顧昱雲所言，會議直開到下午兩點才結束，坐在辦公桌前吃著冷冷的飯菜，白依涵仍為方才顧昱雲與她談話的神情，感到些許無奈。

她到底該不該，明白拒絕顧昱雲對自己的關愛？

可顧昱雲畢竟是她的直屬主管，若是明確拒絕，以後兩人相處起來豈不是很尷尬？再說，顧昱雲並沒有真的向她表達過情意，萬一，是白依涵自作多情呢？

深吸口氣的白依涵甩甩頭，再次打起精神，盯著筆電螢幕的她，趕緊將那些未讀以及待回覆的信件逐一瀏覽，並以最快的速度作出處理和回覆。

「嘿，聽說妳昨晚和一個帥哥吃宵夜去了，真的假的？」剛回座位的謝美葳一見到白依涵，便一臉不可思議的問道。

不會吧！那麼晚了，居然還會被撞見？

又是哪個大嘴巴，一早就亂放送消息的？

「妳說什麼？」白依涵只當作沒聽懂，她可不想在辦公室裡渲染自己的八卦。

「別裝傻了，快說，那個帥哥是妳去哪裡勾引來的？」緊跟著來的江維琪，一個勁兒的想知道端倪。

「什麼啦！哪來的什麼帥哥？」神色依舊的白依涵，抖掉江維琪伸過來的毛手毛腳，繼續裝傻。

「少來，美玲姐都看見了。聽說他還來過公司找妳，沒想到為了和妳見面，居然苦等到半夜，在凡事講求速食的現在，這麼有耐心的男人簡直是稀有人類。」自我想像的江維琪兩手交握在胸前，陶醉到不行。

原來，是負責櫃檯總機的王美玲。

王美玲是公司草創時期的老幹部，對公司的忠誠和用心，連總經理都親自表揚過。即使公司請了二十四小時的警衛，但她每天上班的第一件事，就是把前一晚的監視器都給看了個遍，好確定沒有員工在公司裡，做什麼偷雞摸狗的事。

白依涵怪自己粗心，那個警察就守在公司大門，她和他站在那裡對話了好一會兒，就算沒有被人看到，也會被大門的監視器給錄下來。

在這間不算小的公司裡，流言傳播的速度和廣度，可用「即時報導、無遠弗屆」來形容，搞不好現在整個辦公室，都在討論她和那個警察的關係。再說，王美玲一定猜出他既不是廠商，也不是客戶的事實，白依涵如果不先把事情給澄清，肯定又有一番傳不完的耳語。

「他是警察，來查案的。」

「蛤！警察？妳……妳出什麼事了？」原本還饒富興致的江維琪瞬間變臉，她緊張的與謝美葳對看一眼後，嚴肅的坐在白依涵身邊問道。

「五年前我曾經出過一場車禍，他只是來問一些事。」

那次的車禍雖然讓妹妹白依雪重傷，但身為駕駛人的白依涵卻只受到輕微撞擊，因此，她並沒有告訴公司裡的任何人，包括主管顧昱雲，和那時剛成為同事的謝美葳和江維琪。

「那，都處理好了嗎？」謝美葳深知白依涵的個性，既然這麼多年都沒有向她們透露過車禍的事，肯定有什麼難言之隱，於是，搶在多話的江維琪之前發問。

「不清楚。」輕嘆口氣的白依涵，收起沒吃完又冷到發硬的便當，裝進紙袋裡，「所以，不是什麼好事。」

「警察又怎樣？警察也要交女朋友，也要娶老婆啊！」沉默了好一會兒的江維琪，突然爆出不平，「沒看過電視演的，有人還因為車禍，撞出愛情的火花呢。」

聞言的謝美葳瞬間噗笑，「電視裡的愛情沒有邏輯，現實世界，誰敢用命去賭一份愛情？」

「誰說要用命去賭？」勾起脣角的江維琪一臉壞笑，「不是說警察嗎？違規不就好了。」

☆☆

一般人並不清楚，警察是有分權責的，更別提白依涵和江維琪這兩個粉領族了。

夏宇凡雖然追查車禍的原因，但並不負責處理日常車輛的違規事項和交通指揮，所以，無論江維琪逛遍汐止多少個交通警察的管制路口，都找不到她心目中的帥哥警察。

可是，一場突如其來的交通事故，卻讓白依涵和夏宇凡再次有了交集。

農曆七月初一當天，適逢假日，雖然天空飄著毛毛細雨，但白依涵還是帶著妹妹白依雪，前往當年事故附近的土地公廟拜拜，沒想到回程時，又遇到一起嚴重車禍。

三輛重機和一輛超跑在轉彎處追撞成一團，造成一人死亡，二人重傷，和四人輕傷的慘劇，原本就狹小的山區道路，頓時被急趕而來的救護車、醫護人員、警察和圍觀群眾堵得水洩不通。

「不會吧！今天鬼門才剛開，就發生這麼嚴重的事故。」穿著一身名牌運動服的中年男人，脖子上掛著單眼相機，一看就是來山上拍照的。

「可不是，我剛才聽那幾個種菜的阿伯說，這邊常有魔神仔在抓交替，抓到誰誰倒楣。」另一個較為年輕的長髮男，悄悄拿起相機，對著車禍現場拍了又拍。

「真的假的？」中年男人一見他拍照，便低聲唸了幾句，「車禍又不是什麼好風景，你幹嘛拍？」

「搞不好讓我拍到魔神仔的真面目，放到IG上肯定爆紅。」

「你真的信？」拿起相機的中年男人猶豫了會兒，終於還是放下，並一臉不以為然的說：「這條路上這麼多監視器，要真的有早就被拍下了，怎麼可能沒留下影像記錄。」

「這叫磁場引力，通常磁場相近的靈魂才有可能相互看見，你沒聽過八字輕的容易撞見鬼嗎？我八字輕，或許有機會看到。」

「你……那你現在看到了嗎？」聽完這番話的中年男人，莫名起了一身雞皮疙瘩，他用手肘碰了下長髮男，就怕他真看到了什麼。

「正在找啊！」長髮男人壓低音調，露出一臉的詭異。

剛拜拜完的白依涵載著白依雪正要回家，遠遠就見到圍觀的民眾和醫護人員，白依雪雖然坐在車內，可曾經的事故和恐怖的就醫經驗，讓她一聽到救護車鳴笛的聲音，就嚇得手腳發抖，臉色蒼白。

「姐，不要過去，我怕……我怕。」白依雪用雙手掩住耳朵，對著白依涵又哭又搖頭。

「不怕不怕，我去看看發生了什麼事，妳乖乖待在車子裡，不要亂跑。」白依涵拍拍妹妹的肩膀安慰著。

「不要，姐，妳不要走，我不要一個人待在車上。」嚇極的白依雪，死死的抓住白依涵的手臂不放。

白依涵為怕妹妹見到車禍那種血淋淋的場面，心想著能不能將車調頭離開，可剛好假日車多，狹窄的山路根本沒辦法迴轉。

嘆了口氣的白依涵溫婉道：「那好，妳不哭，不哭我就帶妳一起下車，去看看有沒有別的路可以走。」

遲疑了下的白依雪，像個孩子似的用五指抹掉自己臉上的淚，而後點點頭。

「真不哭嘍！不哭才可以下車。」像哄孩子的白依涵，再次強調。

這次，白依雪頭點得更準確。

待白依涵一開車門，白依雪就趕緊跳下車，用發抖的雙手抓住姐姐的衣服，低著頭，怯怯的跟在姐姐身後，像個擔驚受怕的小可憐。

前方現場一片混亂，看來一時之間通不了車，白依涵不能讓妹妹等那麼久，她還得回家吃藥。就在白依涵不知該如何是好時，剛巧看到蹲在事故現場，收集證物的夏宇凡。

昔日那個討人厭的警察，差點讓她成為辦公室緋聞的對象，在此時卻像個天降的救星，讓白依涵不管不顧的朝他猛揮手。

「警察先生，警察先生。」站在封鎖線外的白依涵，對著遠處的夏宇凡連喊好幾聲，可現場來了七、八個警察，專注在採證物品的夏宇凡，根本沒聽到有人在喊他。

白依涵雖然小心翼翼的將妹妹護在身後，但眾多人員的叫喊聲，救護車的鳴笛聲，讓心生恐懼的白依雪又開始哭了起來。

「嗚……姐姐，我怕。」

「說好了不哭的，有姐姐在，不怕。」白依涵極力安撫妹妹。

白依雪突如其來的啜泣，引起圍觀民眾側目，擔心妹妹舊疾復發的白依涵，只好羞紅著臉，招來一個離她最近的警察，「對不起！警察先生。」

正在拍照的程文智轉頭，見一個漂亮女生正對著他喊，「什麼事？」

「我找那個……那個警察先生。」白依涵指著那個背對她的夏宇凡。

「哪個？」程文智再次轉頭看了下，不確定女孩要找的人是誰。

「就……蹲在地上的那個。」夏宇凡雖然有自我介紹，但一直沒什麼好印象的白依涵，早就把他的名字給忘了。

「宇凡？」

但經程文智這一提醒，乍然想起的白依涵猛點頭。

「妳等一下。」迅速朝夏宇凡走去的程文智，拍拍他的肩膀，並低頭露出曖昧的淺笑，「喂！有美女找你。」

「……」

撞擊現場一片狼藉，甚至還死了人，有美女找你這種玩笑話，好像不合適這種場合。但夏宇凡知道程文智不是會隨便開玩笑的人，站起身的他順著程文智的目光看過去，才發現，白依涵竟然也在這裡。

「認識？」礙於車禍現場人多口雜，程文智就算有心想問，也不好表現得太明顯。

「嗯。」夏宇凡輕回一聲，便將證物交給一旁的許瑞恩，還不忘吩咐，「記得，這裡每一個掉落的證物都要驗指紋。」

「好的。」一旁的許瑞恩應聲，繼續小心收集。

脫掉塑膠手套的夏宇凡，見白依涵一臉著急，再看到圍觀的群眾堵住往來車輛，已經排成一條長龍，心裡便猜到了幾分。

「好久不見，白小姐。」面無表情的夏宇凡，略點了一下頭，表示致意。

帶著幾分嚴肅的夏宇凡，讓有求於他的白依涵頓時有點小尷尬，記得初見面之時，他和兩位老伯的親切聊天，還有夜半找她的耐心和溫和，彷彿都是白依涵自己的錯覺。

她是不是，打擾他辦案了。

「很抱歉，有件事不知道能不能請你幫個忙？」

「現在？」夏宇凡回頭看了下身後的混亂，示意有些為難。

「只要一點點時間。」抿了抿嘴脣的白依涵，忍住一臉的燥熱和難為情，小聲問道：「我妹妹身體不舒服，急需要離開這裡，可不可以，請你讓我們的車先行通過？」

身高一百八十五公分的夏宇凡微低下頭，在聽完話後定了定神，而後將手套收進腰包，淡淡說道：「目前現場很亂，在採證沒有告一個段落之前，恐怕不能開放車輛通行。」

「可是我妹妹很不舒服，她……我不能一直待在這裡。」急如星火的白依涵背著手，回握身後那個低聲啜泣的小可憐。

感覺到白依涵的臉色不自然，夏宇凡這才發現她身後的白依雪。

回想之前許老伯曾說，白依涵的妹妹因為車禍，頭部受了重傷，導致智商像個孩子，難道就是她……

那是個和白依涵全然不同的美女，一對黑白分明的眼睛，像不食人間煙火似的，完全看不到一丁點塵囂味兒；長長的秀髮編了兩根辮子，黑溜溜的掛在胸前；雪白的皮膚透著點紅潤，在一身寬鬆的淡青色衣裙下，顯得清新又脫俗。

即使當了這麼多年警察，閱人無數的夏宇凡也不免被白依雪這股清麗的模樣，給吸引得有些失神。

可夏宇凡打量白依雪的目光，令白依涵十分不自在，甚至有被審視的厭惡，瞬時生起氣的她，轉身護住自己的妹妹，丟下一句話後打算離開，「不方便就算了。」

「我們會儘快清出一個車道，但妳應該等不了那麼久。」夏宇凡搶先說道。

「廢話。」暗自咒罵的白依涵忍不住翻了個白眼，卻仍期待他能想出一個好辦法。

「不過，剛好我要回分局拿個東西，如果妳不介意，可以搭我的車一起下山。」

「那我的車怎麼辦？」

「來回一趟不超過半小時，況且這裡沒那麼快處理好，到了山下，妳讓妹妹先回家，我再原路載妳回來。」

好像，沒有比這個更好的辦法了。

看在夏宇凡這麼熱心的份上，白依涵應該要高興才對，但白依雪自車禍後就害怕與陌生人接近，更別說搭別人的車，白依涵擔心，若是妹妹在夏宇凡的車上出什麼狀況，豈不是造成他的困擾。

「我的時間有限，可以就跟上來，不然就只好在這裡等了。」

夏宇凡意外的冷淡，讓有求於他的白依涵氣不打一處來，可為了讓妹妹早點回到家，又不得不妥協在他的建議下。

「那就……麻煩你了。」

「我的是那部白色國民車，妳們在車旁等一下，我交代一些事後馬上走。」沒等白依涵回應，夏宇凡逕自走向做筆錄的程文智。

深吸口氣的白依涵，擁著受到驚嚇的白依雪，離開人群走向夏宇凡停在路邊的那輛車，並仔細跟白依雪說起，她們必須搭別人的車下山一事……

第四章　過往回憶

這次的追撞車禍證物雜亂又繁多，可在許瑞恩帶回的證物裡，果真驗出了與駕駛不符的指紋，令人意外的是，居然和程文智負責採集的前一場車禍的指紋，很相似。

「學長，被你猜中了，山區的這幾場事故果然有古怪。」難得和夏宇凡參與辦案的許瑞恩，盯著螢幕上的檢驗報告，興奮的大叫。

「更正，學長這不是猜中，而是集科學、邏輯、推理分析出來的結果。」剛走進辦公室的程文智，拿著厚厚一疊文件，朝說錯話的許瑞恩後腦勺打下去。

「是，學長是智慧型辦案，怎麼可能用猜的，只有我才會用猜的，啊哈哈……」撓撓頭的許瑞恩不覺得痛，反而認為是程文智點醒了他。

「結果呢？有過記錄嗎？」對程文智這種拍馬屁的行為，緊盯螢幕看車禍照片的夏宇凡沒跟著附和，反而追問起他交辦的事情。

「有，根據刑警局的指紋自動析鑑系統比對後，確實有一個人的指紋，和車禍證物上的指紋相似度非常高。」程文智將手上那疊資料，放在夏宇凡的桌上。

既然有符合的對象，可程文智的臉上，卻絲毫沒有中到頭獎的表情，反而還一臉的凝重，沉默的夏宇凡打開報告看了遍，不禁皺起眉頭。

「是誰？我們這一區的嗎？」猶自興奮中的許瑞恩，也好奇的湊了過來。

「不是。」程文智重重的嘆了口氣，「是二十年前的槍擊要犯曲佑興。」

「曲佑興？槍擊要犯？咦，我好像沒聽過。」

為了方便警察緝捕要犯，內政部警政署通常會發給各警察單位，一份待捕的通緝犯名單，要抓人立功，翻閱和熟記這些名單也是警察的任務之一。

「你這個菜鳥當然沒聽過。」程文智一個側身靠在辦公桌旁，認真的向許瑞恩講起曲佑興當年的豐功偉績。

「二十年前，他可是轟動整個北臺灣的重量級罪犯。厲害的是，他既不屬於任何一個黑道、幫派，也不是我們這邊的特務分子，誰出錢就可以讓他殺人，而且黑白兩道通吃，心狠手辣的程度連黑道的人都不敢惹，還給了他一個『鬼見愁』的綽號。」

「這麼厲害。那太好了，如果我們抓到他，不僅大功一支，搞不好還可以接受部長表揚。」整天應付那些市井流氓的許瑞恩，一想到可以抓大咖的，整個人都熱血了。

「可惜，你沒機會。」

「為什麼？」

「因為，曲佑興五年前就在一場槍戰追擊中，意外墜下山谷死了。」

「蛤！」眼睛瞪得老大的許瑞恩，表情瞬時就僵化了，「那那那……證物裡，怎麼還會有他的……」指紋。

「除了曲佑興，還有其他相似或符合的嗎？」夏宇凡追問道。

「沒有。不過我已經請鑑識組那邊，再繼續幫我們核對別的可能。」

「嗯。」夏宇凡點頭後，便將文件交還給程文智。

程文智看了臉色發白的許瑞恩一眼，又笑又搖頭，「一個死人指紋就把你嚇成這樣，還怎麼當警察？」

「師父說，汐碇公路那一帶曾經謠傳過魔神仔事件，很多當地人都認為，車禍主因是……」本來還不覺得有什麼的許瑞恩，越想心裡越發毛。

「你師父說說就信啦！現在都已經是太空時代了，嫦娥、上帝都沒看到，還魔神仔咧。」不信妖魔鬼怪的程文智打斷他，對這種謠言嗤之以鼻。

「我想也是……」

許瑞恩的指導師父洪建國，和交通隊組長林長春，都是汐平分局最早的成員之一，早期汐止山區魔神仔出沒一事傳得沸沸揚揚，汐平分局的老幹部大都清楚。

林長春的個性保守，不想讓媒體報導和渲染這種事，是為了避免造成當地民眾的恐慌心理，但洪建國卻經常把魔神仔出來鬧事的謠言，掛在嘴邊。許瑞恩跟著洪建國學習，辦案技能不但沒長進，疑神疑鬼的本事倒學會了不少。

可是，一個五年前意外墜崖的死人指紋，突然出現在五年後的車禍現場，任誰聽了都會打心底的感到困惑吧！

夏宇凡也不例外。

所以，除了讓程文智繼續核對可疑的指紋外，夏宇凡也將五年前，曲佑興在槍戰中墜崖的詳細資料，全都給調出來查閱。

☆ ☆

趕了一早上的圖，白依涵還沒來得及喝完提神的咖啡，就接到總機大姐打來的電話，說是會客。滿腦子疑惑的白依涵打開手機行事曆，沒見到今天有人預約，更何況現在都快中午了，她怎麼可能在這個時候和人有約？

行色匆匆的白依涵，這才想起忘了問總機，到底是哪家廠商還是客戶來訪，也不知道該帶什麼文件下樓，趕時間的她沒空再回撥，乾脆拿起筆電，搭上電梯，直奔一樓櫃檯。

「嗨，美玲姐，誰找我？」

總機王美玲見白依涵正經八百的趕下樓，不禁掩嘴偷笑，並用眼神示意那個坐在會客室裡的人，「之前他來我沒通知妳，是因為礙於公司規定，沒有預約不能會客，不過現在看起來，他以後應該都不用預約了吧！」

白依涵順著王美玲曖昧的眼神看去，感覺那位訪客的身形似乎有點兒熟悉，然而，就在看到那個人的臉後，她整個人瞬時就火燒了起來。

「你……你怎麼又來了?」偷瞄了一眼櫃檯裡的美玲姐,幸好她沒拿手機傳訊息,否則待會兒上樓,肯定要被江維琪鬧個沒完。

「又?好像不怎麼歡迎。」帶著抹微笑的夏宇凡站起身,從手提袋裡拿出一個凱蒂貓的小包包,「掉在後車座上,我想應該是妳妹妹的。」

原來,是掉在他的車上了。

這個凱蒂貓是白依雪最鍾愛的包包,昨晚為了找這個包包,白依雪吵得她整晚覺都沒睡好,沒想到,居然在他車上。

「呃……謝謝!」撥了撥額前的碎髮,一臉尷尬的白依涵,趕緊將那個玩具包包收進自己的外套口袋。

「只有謝謝?」伸手看了眼手錶,夏宇凡打趣道:「和昨天的態度比起來,這兩個字未免太不夠誠意。」

不夠誠意?他還想要怎樣?

不會吧!難道又要一起吃飯?

白依涵當然知道現在是用餐時間,就因為這樣,待會下樓的眾多同事一定會看到她和夏宇凡在一起,那狀況就不是警察來查案可以解釋得通了。

「那個……我,我還要上班。」

「現在是休息時間了。」

叮！叮！就在白依涵猶豫著要怎麼拒絕時，梯廳那邊陸陸續續傳來同事的嘻笑聲，這傢伙再不走就來不及了。

「好吧！我知道有個地方人少又安靜，我們趕快走吧！」當機立斷的白依涵幾乎一說完，頭也不回的拔腿就跑。

「也沒這麼急，反正我今天有的是時間。」揚揚眉的夏宇凡脣角一笑，邁開腳步緊跟著去。

汐止科學園區雖然沒有內科的腹地來得大，但對面的知名商場大樓有美食街，異國料理，就連燈光好、氣氛佳的高檔餐廳也不少。可偏偏白依涵帶著夏宇凡頂著炎炎日頭，走了十幾分鐘的路程，找了家偏僻小巷裡既沒有冷氣，廚房還在大門口的牛肉麵館吃午餐，實在令人費解。

白依涵因為帶著筆電，便找了四個人的位置坐下，誰知拿著長筷正在拌麵的老闆，遠遠的對著她大聲吆喝：「如果只有兩個人，就不要占四個人的座位，等著吃麵的客人很多，要有公德心。」

穿著薄外套的白依涵因為心急，又在太陽底下趕路，早就出了一身的汗，現在被老闆這麼指著鼻子說沒公德心，臉上更是像被火烤了一樣。

「對……對不起！」抱起筆電，白依涵連忙換張小一點的桌子，眼睛更是連正前方都不敢看了。

夏宇凡拿起菜單，體貼問道：「牛肉麵和水餃，想吃什麼？」

「呃……水餃好了。」低著頭的白依涵將短髮撥到耳後，即使熱到額頭都是汗，還是堅持把外套穿在身上。

小小的圓板凳無法放東西，白依涵只能把筆電放在腿上，為怕筆電滑下去，只好一手扶著，踮起腳尖撐住。

「幾顆？有酸辣湯和牛肉湯，小碗的？」

「十顆水餃就好了，湯不用。」

這種天氣喝湯太熱，夏宇凡張望了下，店裡沒有賣飲料，於是他填好單子，打算去隔壁買個冷飲，誰知剛要遞單子給老闆時，身後就傳來一聲尖叫。

「啊——」

夏宇凡和老闆，不約而同看向店裡，那個驚慌失措的女人，見抱著筆電的她倉皇的跳了起來，還撞倒了身後的兩張圓板凳。

「幹啥幹啥？」拿著長筷的老闆吆喝得更大聲了，怒氣沖沖的他走向白依涵，不關心客人的狀況不打緊，還只顧著檢查桌子和板凳有沒有被碰壞。

「有……有蟑螂。」嚇得一臉慘白的白依涵，指著正在地上團團轉的大蟑螂。

「啐！就隻蟑螂嚇成那樣，還有沒有見識。」

冷下臉的夏宇凡將點餐的單子揉成一團，丟進一旁的垃圾桶，嚴肅的對著老闆鄭重說道：「根據《食品衛生管理法》，用餐場所如果出現蟑螂，經查屬實，可處六萬元以上罰鍰，不知道老闆有沒有這方面的見識？」說完，便拉著白依涵的手，大步離開。

「不……不就隻蟑螂嗎？哪個店裡沒有個幾隻的，見怪不怪。」不以為然的老闆見人走後，伸長著手，指著離去的兩人大聲叫罵。

自從和大學那個追她的學長分手後，白依涵就沒有這樣被男人牽著手走了。

都怪他，沒事幹嘛找中午吃飯的時間來，害得白依涵為了避開同事，才誤入那家沒衛生又糟糕到不行的牛肉麵館，天知道，她根本沒去過，哪會想到汐止居然還有這麼差勁的店家。

可是，他打算帶她去哪裡，白依涵可不想在路上被同事撞個正著啊！

「那個……我們……」話都沒說完，夏宇凡已經帶著白依涵，進到一家極富鄉村風格的小餐廳。

「歡迎光臨！」兩人一踏進店門，穿著整齊制服的店員，就親切的齊聲喊道。

店裡的冷氣緩緩吹送，讓熱得一身汗的白依涵，瞬時感到一陣涼爽舒暢。

鬆開白依涵的手，夏宇凡逕自走到最靠裡面的位置，然後拉開椅子，等著白依涵走過來。

「謝謝！」店面雖小，但客人不少，白依涵張望了下，幸好沒有熟面孔。

兩個人一坐下，店員就拿了本目錄過來，淺笑問道：「好久不見了，夏警官，今天怎麼沒坐外面？」

「天氣熱，麻煩先來兩杯涼開水。」

「好的，請稍等。」

收起剛才嚴肅的神情，夏宇凡又恢復一早爽朗的精神，「這家店的英國小吃很不錯，妳可以參考看看。」

聽夏宇凡這麼一說，微微回神的白依涵才想到，自己從沒吃過英國小吃。

打開目錄，舉凡各式水果生菜沙拉、炸物、麵食和燉飯，還有甜點和飲料，餐點多得讓人目不暇給。

「夏警官，您要的涼開水。」店員遞上水，不忘偷偷瞄了白依涵一眼。

「謝謝！我今天休假，就別叫警官了。」夏宇凡雖然和店家說過很多次，他沒穿制服的時候不要直呼他警官，更不想讓人誤以為他在濫用警官這個頭銜，但店員總是改不過來。

「好的，那麻煩點餐再按服務鈴。」年輕女店員微微一笑，輕快的轉身離開。

「經常來？」喝下一口涼開水，淡淡檸檬清香一掃剛才的燥熱，讓努力盯著目錄的白依涵，得以忽略女店員那略帶曖昧的餘光。

「和同事來過幾次。」以前夏宇凡都是和男同事來，第一次帶女生用餐，店員好奇在所難免。

餐點太多，相片又很誘人，白依涵也很想嚐嚐這些沒吃過的英國料理，可經過牛肉麵館的那一番折騰，她剩下的時間不多。

「我還得趕回去上班，能點個上菜快一點的嗎？」

「當然可以。」上身微微向前的夏宇凡，指著白依涵手上的目錄，「英式餡餅是套餐，有牛肉、有澱粉，也有蔬菜和飲料，炸魚薯條是經典小吃，點餐到上菜應該不會超過十分鐘。」

「那好吧！就這個。」本就沒吃早餐的白依涵，一杯開水下肚後，感覺更餓了。

夏宇凡點頭一笑，按下桌邊的服務鈴，店員果然馬上拿著單子過來。

腦子一空下來，白依涵這才想到下午兩點還有一個會議要開，趁著等餐的空檔，她急忙打開筆電，逐一審視那份已經打好的檔案。

店內陸陸續續有人進來用餐，也有吃完早午餐的客人離開，店員上菜速度果然很快，白依涵一邊吃著餐點，一邊看著講稿，早把剛進店時的新鮮和好奇，拋諸腦後。

英式餡餅的牛肉軟嫩，剛好符合白依涵速食的要求，搭配塗上香濃奶油的馬鈴薯泥，口味更為滑順。向來挑食的她，居然在短短二十分鐘內，把餐點吃得一乾二淨，連菜渣都不剩。

喝下一口英式風味茶，粉色的玫瑰花瓣散發淡雅的馨香，琥珀色的茶湯將口中殘餘的油膩一掃而光。白依涵這才突然感嘆起，她已經很久很久，沒有這麼認真的享受一個人喝午茶的樂趣。

不對！不是一個人，她明明是跟著別人一起來的。

訝然抬頭，坐在她對面的這個男人，正悠然的喝著不知名的飲料，然後，用一種男神等級的淺笑，看著她。

顯然夏宇凡冒昧的直視，讓不習慣和陌生人相處的白依涵很不自在，雖然，她昨天還不惜拉下臉，請夏宇凡幫了自己一個大忙。

「我下午還有會議要開，得趕緊回去。」打算刷卡付錢的白依涵摸摸口袋，才想到自己沒帶皮包，完了，又不能帶著夏宇凡跟她回公司拿，怎麼辦？

這下子糗了，本來白依涵還打算請吃一頓還清人情，這下子變成她白吃白喝人家的，又得欠夏宇凡一次。

「呃……那個，我忘了帶錢包。」諸事不順的白依涵，恨不得直接鑽個地洞埋進去。

「我知道，這回我請，下次再換妳。」瀟灑站起的夏宇凡，爽快的走到櫃檯結帳。

可白依涵不想跟他再有下一次了啊！

走出店外，白依涵果斷說道：「我們公司有規定，員工上班時間不能處理私事，所以，麻煩你以後不要再到公司來找我。」

「我知道。」夏宇凡的迅速回應，讓急於甩掉人的白依涵鬆了口氣，但緊接著夏宇凡拿出手機滑了下，「那我們交換一下 LINE 吧！」

「啊！」

「掃一下 QR Code 很快的。」

「可是……」

「妳該不會沒加過好友吧？」露出驚訝表情的夏宇凡瞪大眼睛。

「當然，加過。」身為科技人的白依涵咬咬唇，只好乖乖拿出手機。

「還認得路嗎？要不要我陪妳回去？」

「不……不用了，我知道怎麼走。」

加完友的白依涵，氣得扭頭離開，直覺被設計的她快速趕回公司，剛才美好的一頓餐點，瞬時成了堵在胸口的一股悶氣。

那個警察太狡詐了，居然用這種方式要了她的LINE，可如果白依涵不給，免不了給人占了便宜，還拍屁股走人的壞印象。

總之，等下次還完人情後，白依涵鐵定要刪了他。

為了儘快還清夏宇凡的人情，白依涵找了個假日空檔，打算約他吃飯，誰知白依雪知道後，直嚷著要一起去。

「妳不是不喜歡陌生人嗎？姐姐只是和他吃個飯，很快就回來。」耐下心的白依涵解釋。

「我不喜歡別的人，但他不是。」語焉不詳的白依雪，嬌氣的拉著姐姐的手說：「他會講笑話，我喜歡聽他講笑話。」

「……」

搭夏宇凡車下山的那一次，他的確講了很多笑話逗白依雪開心。

雖然，在思維正常的白依涵聽來，都是一些很無腦，甚至很白痴的網路話題，卻意外的安撫了因車禍，讓情緒一直處於驚恐中的白依雪，並讓她安安穩穩回到了家。

這是自白依雪車禍受傷以來，她對第一次見面的陌生人，完全卸下了心防。

即使，白依涵很佩服夏宇凡這種面對各式各樣的人，都能打成一片的另類本事，但不表示就願意和他交朋友。

畢竟，夏宇凡一開始接近白依涵的動機，是因為五年前那一場車禍，所以只要一看到夏宇凡，她就會想到車禍對妹妹造成的終身遺憾，還有，自己種下的罪孽。

只是，對妹妹這種破天荒的外出要求，白依涵真不知該如何拒絕。

醫生曾說，要想讓白依雪恢復正常生活，就必須克服她怕生的恐懼感，可無論白依涵和爸爸、媽媽怎麼哄騙，怎麼帶她和熟識的親人接觸，最後都只能以驚嚇和哭鬧收場。

就在白依涵以為，再也找不回過去那個聰慧又活潑的妹妹時，夏宇凡儼然給了她一線希望。

「我們要去的餐廳人很多，妳得答應我，有事好好講，不能吵，知道嗎？」受傷後的白依雪很難控制自己的情緒，但喜歡錄影PO網上傳的正義魔人又很多，白依涵得先和妹妹溝通好，免得引起不必要的誤會。

「好。」為了見夏宇凡，白依雪答得乾脆。

「還有，吃完飯就得馬上回家，不能賴著不走，知道嗎？」

「好。」

可白依雪答應得越爽快，白依涵就越擔心，這表示妹妹根本沒把她的話給聽進去，然而約定好的時間快到了，白依涵只能幫妹妹的服裝儀容稍作打理後，帶著她一起出門。

為了不讓住在公司附近的同事撞見，白依涵選擇之前夏宇凡帶她去過的那家小餐廳，更何況，難得帶白依雪出來用餐，她也想讓妹妹嚐嚐那美味的異國料理。

雖然白依涵提早到，但沒想到，夏宇凡早已在餐廳門口等著她了。

剛才在LINE裡看到白依涵說會帶著妹妹一起，夏宇凡有點訝異，幸好他出門得早，知道附近有家禮品店，還來得及買個見面禮。

白依雪遠遠見夏宇凡站在餐廳門口，便熱情的揮起手打招呼，可這普通不過的舉動看在白依涵眼裡，簡直是不可思議。

她居然，主動和陌生人打招呼！

心思細膩的夏宇凡，自然不會忽略白依雪和白依涵兩個截然不同的表情，他露出招牌的燦爛笑容，迎向兩姐妹，並從手提袋裡拿出一隻粉色的泰迪熊玩偶，遞給一臉開心的白依雪。

「送妳的，喜歡嗎？」

「哇！是熊熊。」

一旁的白依涵正要伸手阻止，可白依雪卻以更快的速度將熊給搶了過來，「喜歡，喜歡。」

「依雪，不能隨便拿別人的東西。」白依涵是來還人情的，她可不想再欠夏宇凡更多。

「他不是別人。」就像怕被搶走玩具的孩子，白依雪將手上的泰迪熊抱得緊緊的，「我剛剛才說過，妳怎麼就忘了？」

怎麼，白依雪居然為了只見過一次面的男人，埋怨起她這個親姐姐了？

「對，我不是別人，以後妳就叫我夏大哥吧！」白依涵的臉色難看，識相的夏宇凡也不忘安撫，「不知道妳喜歡什麼，所以我就沒買，等以後有機會再送妳。」

無事獻殷勤，非奸即盜。

「我又不是小孩子，不用破費。」果斷拒絕的白依涵拉著妹妹的手，直接走進餐廳，而熱臉貼到冷屁股的夏宇凡微微一笑，也跟著進去。

兩姐妹的食量本來不多，但考量到夏宇凡這個男生會吃不飽，白依涵就多點了幾樣特色小食，結果，一邊聽著夏宇凡講笑話的白依雪，竟然又吃又喝了一下午。

「哈哈哈……笑死了，夏大哥，後來那個笨賊怎麼樣了？」

「妳一定猜不到，最後那個笨賊……」

「依雪，很晚了，我們應該要回家了。」等到火氣都冒上來的白依涵，打斷正聊得興高采烈的兩個人。

但聽得正入迷的白依雪，不滿的嘟起小嘴：「可是，夏大哥還沒講完。」

白依涵不甚客氣的睨了對面的夏宇凡一眼，好似在責怪他教壞自己家的妹妹一樣，「夏大……嗯咳，夏先生的工作很忙，我們不好打擾人家太久。」

「其實我……」夏宇凡今天特別和同事調休，就是為了好好和白依涵吃頓飯，他真的不趕時間。

可白依涵又打斷他，「而且妳今天吃了這麼多東西，小心回去肚子痛。」

「我不會。」猛搖頭的白依雪不想走，「我可以一直吃到晚上。」

真是怪了，白依雪向來很少反駁姐姐的意思，況且，出門前明明都講好的事情，但白依雪好像故意和她作對似的，說一句嗆一句。

「忘了出門前我是怎麼說的嗎？吃完飯就應該要馬上回家的。」失去耐性的白依涵真的生氣了，拉起妹妹的手就往外走。

白依涵的強勢，讓身為陪客的夏宇凡有些尷尬，急忙站起的他向店員打完招呼後，便跟著兩姐妹來到停車場。

「可是……可是，我還不想回家。」感覺委屈的白依雪，一邊走一邊扯著被姐姐拉住的手，淚眼汪汪的看著那個被無視的夏宇凡，像是在求助。

「不准哭，妳出門前答應過我的。」可白依涵扳過妹妹的臉，要她看著自己。

「……」努力咬緊嘴脣的白依雪不敢讓自己哭出聲，可是，她真的不想回去。

以前住臺中時，白依雪還能跟著爸爸、媽媽在自家院子種些花花草草，聊聊隔壁家阿公、阿嬤的趣事，但自從搬到汐止後，她就只能待在小小的大樓空間，連呼吸都覺得悶。

可為了不讓年紀大的爸爸、媽媽，過著每天傷心難過，又要往返醫院奔波的生活，白依雪只能選擇和姐姐住在一起。

只是熱衷工作的白依涵，一回到家就抱著電腦畫畫，怕打擾到她的白依雪根本不敢講話，更不敢出聲吵姐姐。她總是一個人靜靜的看著電視節目或卡通，日復一日，很無聊，很無聊的過著漫長的每一天。

可是和夏大哥在一起不一樣，他除了會講笑話，還說了很多白依雪從來都沒聽過，也沒想像過的趣事。

像是鄉下人家養的小豬不見了，警察得幫忙去找，結果在竹林裡抓到受驚嚇的小豬，屎尿都撒在警察的衣服、褲子上，說有多狼狽就有多狼狽。

還有，老婆婆到山上挖竹筍，結果筍挖多了背不動，家裡又沒人，只好請警察來幫忙。幾個警察一人一袋背下山，老婆婆為了答謝他們，就煮了一大鍋竹筍排骨湯讓他們帶回派出所，分給大家喝，真是好心有好報。

白依雪好希望自己也能體驗一下，這種多采多姿的生活。

見兩姐妹僵持不下的夏宇凡嘆了口氣，終於出聲勸道：「就算她是個孩子，也需要正常的社交活動，妳一直把她困在家裡是不行的。」

「你懂什麼？」怒氣沖沖的白依涵後悔帶妹妹一起出來，更後悔讓妹妹跟這個舌粲蓮花的警察認識。

「我妹妹她不是個孩子，她的腦部受過傷，她根本就是……」心智不全嗎？咬著牙的白依涵，實在說不出這麼殘忍的字眼。

「就因為她受過傷，所以需要更多人的關心和照顧，一昧的將她關在家裡只會讓她更依賴妳，也更離不開妳。」

「那也是我的事，不用你這個外人來瞎操心。」打開車門，將妹妹推進副駕駛座後，白依涵打算盡速遠離這個雞婆的男人。

眼看著坐進車裡的白依雪開始啜泣，不忍心的夏宇凡，攔下白依涵這個固執己見，又聽不進任何建言的女人，「如果是妳妹妹單純的管教問題，我這個外人大可以視而不見，但現在是妳的心態出現了問題，我擔心長此以往，妳妹妹會因為妳，傷得更重。」

「你……你亂說些什麼？」這個男人是說她有病嗎？白依涵簡直氣炸了。

「因為要對妹妹的人生負責，所以，妳就把自己的人生和她綁在一起，害怕她所害怕的人事物，恐懼她所恐懼的人事物，妳把自己的妹妹困在了家裡，也把自己困在她的孤獨裡，不是嗎？」

「……」

他在說什麼？才不是這樣，根本不是這樣。

紅了眼眶的白依涵怒視著眼前的男人，就連單薄的身體也發起抖來，她想否認，卻一個字也說不出口。

「就算妳妹妹無法恢復成受傷前的樣子，但今天的她不是也過得很好嗎？至少她走出來了，還交了我這個新朋友，可是妳呢？卻要把她拉進妳為她建造的那個象牙塔裡，把她和妳繼續關在一起。」

「夠了！」白依涵大喊道：「你以為你很了解我們嗎？你以為警察就很了不起嗎？我妹妹不

過是看你長得帥又很會說話，才跟你多聊幾句，你以為回去以後，她就能改變什麼？」

忍住即將決堤的淚水，漲紅著臉的白依涵仰起頭，「不會，搞不好下次她就會忘了你，然後把你當陌生人一樣，看一眼就尖叫著逃走。」

「要試試看嗎？」夏宇凡嚴肅回道。

「你……」咬牙的白依涵無語了，這個警察實在太狡滑了，他一直在設圈套讓白依涵跳，可是她絕不會再上當，絕對不會。

「我想妳不敢，對吧！」目光流洩出一絲憐恤的夏宇凡看向車子裡，那個已經哭到睡著的白依雪，「把她永遠的栓在妳身邊，是妳認為對她最好的方法，不管她願不願意。」

「不對——不是——我沒有——」幾乎崩潰的白依涵，揮手用力推開夏宇凡，「你……你憑什麼這麼說我，你，你憑什麼？」

可就在白依涵揮手推開的當下，夏宇凡已經伸出堅實的雙臂，一個箭步，將白依涵整個人環抱進自己的懷裡。

「你，你幹什麼？」奮力掙扎的白依涵尖喊。

「放過妳妹妹，也放過妳自己吧！」

這直白的一句話，讓情緒還在激動當中的白依涵，瞬時腦筋一片空白。

沒有多餘的冗言贅語，夏宇凡身體的溫度，就這麼直接的透過夏天單薄的衣服，從四面八方向白依涵侵襲而來。他的呼吸是那樣灼熱，心跳穩定有力，雙手有力的包覆，像小時候父親抱她那樣，讓人感到既安全又溫暖。

處在這種突發狀況中的白依涵，思緒根本無法集中，被身體擋住的眼神，也頓時失焦。

直至今日，白依涵仍清楚的記得，那天早上的陽光燦燦，開著新車的她，正打算載難得到臺北玩的妹妹，到平溪放天燈。

一路上，白依涵熱情的向妹妹介紹，臺北很多好吃又好玩的地方，加上姐妹倆許久不見，話匣子一打開就停不下來。只是汐碇公路的彎道多，坡度陡，速限又只有四十公里，白依涵擔心假日到平溪的遊客太多，去晚了會找不到停車位，便開始不斷超速行駛。

「姐，這裡有限速，別開那麼快。」心驚膽跳的白依雪在一個急轉彎後，緊緊的捉住車門上的把手提醒。

「放心好了，這種路還難不倒我。」

白依涵是家中長女，在爸爸的刻意訓練下，很早便學會了開車，也考到了駕照。只是山區不像一般平面道路那樣好開，尤其白依涵開的這輛車還是剛買的，很多性能操作都還在適應當中。

然而，自恃開車技術不錯的白依涵，還是錯估了自己的應變能力，就在她踩下油門，一心趕往目的地時，突如其來的一陣濃霧，排山倒海般的向她撲來。

由於假日往來的車輛多，白依涵擔心緊急煞車會引起後車追撞，於是打算減速行駛，誰知，下一秒居然有個人影從濃霧裡竄出來，讓閃避不及的她，迅速踩下煞車。

由於下坡的車速快，就算性能再好的車子也不可能馬上停下，於是，失去控制的車子，就這麼硬生生的撞上了邊坡的護欄。

買車時，白依涵只考慮到這是她的個人專用車，所以，唯有駕駛座配備了安全氣囊，不想，卻在白依雪搭乘時出了事故。

坐在副駕駛座的白依雪，因為慣性定律的關係，頭部在緊急煞車時撞到前面的擋風玻璃，玻璃碎片刺進她的頭皮深處，當場血流如注。而身為駕駛的白依涵，雖然有安全氣囊護著沒受到重傷，卻也因為撞擊力道太大，當場昏了過去。

五年前的那一場車禍，讓白依雪的腦部受到嚴重的創傷，由於傷及大腦，血塊壓迫到部分腦神經，就算做開腦手術，治癒的成功機率也很低。白家父母不敢貿然動這種手術，於是僅讓醫生把小女兒的外傷給處理好，就帶她回家自行靜養。

表面上看起來，白依雪跟一般人沒什麼兩樣，甚至和以前一樣漂亮，但事實上，她的智力嚴重倒退，連書都沒辦法唸。

原本在校成績優異的白依雪，已經申請了臺北的大學準備就讀，但從醫院回家後，她只要一看到成堆的文字，頭就痛得直打滾。白家父母不知道該怎麼辦才好，往返幾次醫院，醫生也只是打針、抽血、檢查，然後就是搖頭。

沒多久，白依雪的手臂和手背上，就已經扎滿了蜂窩似的針孔，在她失心的哭著不要再去醫院時，白爸爸和白媽媽終於放棄治療。從此，白依雪的記憶就時好時壞，常常記得一些事，又忘掉一些事。

好端端的一個女孩子，就這樣毀了……

白依涵從自責、哭泣、害怕，到面對現實的陪妹妹上醫院檢查、復健，乃至於一次次教她讀書，恢復記憶，那段不為人知的歷程，是說不出、也道不完的辛酸和苦楚。

即使，白爸爸和白媽媽，都勸她別把責任全攬在自己身上，但白依涵卻無法從那個差點害死妹妹的陰霾中走出來。她依稀聽見白依雪警告自己的話，「姐，這裡有限速，別開那麼快。」

為什麼白依涵要那麼任性，如果不是她執意超速，那後來的一切就不會發生，白依雪不會失去她嚮往的大學生活，爸媽也不會失去一個聰敏伶俐的女兒，白依涵更不會失去一個善良又貼心的好妹妹。

然而，這無止盡的愧疚和自責，就像流滿白依雪頭上的血一樣，已經鮮明的烙在白依涵的腦海裡，永遠都擦不去，也抹不掉了。

所以，白依涵決定把妹妹接到汐止同住，因為白依雪是她的責任，她要用盡心力照顧好妹妹，直到終老。

這樣的白依涵沒有力氣，也沒有心情，去享受一般女孩子該有的生活。談戀愛，結婚生子，對她而言都是一種奢求，這也是白依涵為什麼對每一個追求她的男人，甚至是顧昱雲，都無動於衷的原因。

同事們都以為白依涵性格冷漠，是個工作狂，如果連顧昱雲這種高富帥，溫柔又體貼的男人都不能打動她，那世界上還有誰能入得了她的眼？

可是，誰又了解她背後真正的辛酸呢？

一長串的淚，像積累已久的愧疚和委屈，滾滾而下。那寬闊又溫暖的胸膛，瓦解了白依涵脆弱的堅強，夏宇凡厚實有力的臂膀，更圈住白依涵在他的懷裡掙不開。

「我錯了，是我錯了。」心緒恍惚的白依涵，伏在夏宇凡的胸前哭喊。

如釋重負的夏宇凡輕拍她的肩膀，安慰道：「人生不如意十之八九，只要常想一二。妳應該慶幸自己反應及時，將車子撞向護欄，否則要是衝向對面車道，受到傷害的人可能更多。」

「可……可是我，嗚……」這些道理白依涵都明白，唯有卡在心裡的那道坎很難跨過去。

這五年來，白依涵一直用工作填補自己心裡的空虛，她以為和妹妹兩個人，可以這樣安安靜靜、平平安安的過下去，可她從沒想過，自己也有受不了而崩潰的一天。

疲憊的她極需要一個角落，一個可以安置她內心孤獨又寂寞的角落，可以供她休憩，讓她的心酸、她的累，得以宣洩的地方。

這時的白依涵，像是掉進時光隧道一般，把這五年來所受的壓力，全都用眼淚灑了出來，直過了好久好久，她才緩緩從那無止境的悲傷情境中抽離。

「啊！對不起，把你的衣服弄髒了。」一回過神的白依涵，連忙用手在夏宇凡的胸口擦拭。

只是白依涵這樣的舉動，卻惹得夏宇凡有些熱血沸騰，他拉住白依涵的手，輕聲問道：「好點了嗎？」

男人吐氣的熱度，猶自燙著白依涵的臉，讓羞得無地自容的她，向後連退了好幾步，「我……我沒事了。」

只想趕緊逃離現場的白依涵打開車門，卻又被夏宇凡擋下。

「人與人之間的磁場是會互相影響的，身邊的人如果情緒緊張，另一個人的情緒也會受到波動。焦慮會影響睡眠，睡眠又影響情緒，長久下去，身體的免疫力變差，精神狀況也不可能好。」

見白依涵終於肯耐下心的聽他講，夏宇凡給個建議，「就我的觀察，妳妹妹的狀況不算太差，如果妳願意給我一點時間，也許我可以改善她的精神狀況。反而是妳，妳的責任感太重，要適當的給自己一點喘息的空間。」

「……」

見白依涵既不反對也不贊同他的說法，夏宇凡將攔住車門的手收回，「這是我身為朋友的忠告。」

「好，一個月後如果依雪還記得你，我就相信你說的。」即使心裡已經不那麼抗拒，但嘴上不服輸的白依涵，還是沒給夏宇凡好臉色。

「一言為定。」

第五章　夢寐以求

最近公司為了搶接一個美國客戶的大訂單，總經理特別邀請他們的管理階層到臺灣參訪。這筆年營業額近百億的訂單，使得整個公司進入緊急的備戰狀態，上至管理階層下至員工，每個人都繃緊神經，等著迎接貴客們的到來。

時節雖然進入九月，但臺北的秋老虎正盛，著裝隆重的總經理，除了向客戶介紹公司的組織和未來前景，還特別帶他們參觀了幾個重要的技術部門，當然，身為部門主管的顧昱雲是一定要陪同的。

身著灰色格紋西裝的顧昱雲，搭配一件白色的絲質襯衫，讓原本就精實的身材更顯高䠷，他的頭髮天生微捲，又是人人羨慕的深褐色，炯炯有神的雙眼深邃又迷人，尤其是那略略泛青的落腮鬍，更顯得整個人性感無比。

可惜，這麼有魅力的一個男人，卻在愛情裡形單影隻。

「聽說，經理以前在美國的知名大學就讀，唸的還是室內設計，沒想到轉到我們這個行業反而大紅大紫。」正在吃午餐的江維琪，主動聊開話題。

「他大學唸的的確是室內設計，不過，在一次校際參展中，恰巧遇到我們的總經理，總經理這個伯樂看上了經理這匹千里馬，就引薦他到公司上班。幸好總經理把他找來了，否則，公司也不會成長得這麼快。」對顧昱雲瞭如指掌的謝美葳，接著說。

原來，大家對顧昱雲的求學、就業背景都這麼熟悉，但身為顧昱雲的徒弟，又是跟他最常接觸的白依涵，居然一無所知。

「難怪，總經理那麼看重他。」一邊咬著韓式炸雞的江維琪，一邊認同的點點頭。

「總經理也是為了提升公司的產品定位，才努力挖掘人才。目前亞洲的市場雖然不虞匱乏，但如果能將產品推廣到歐美，得到世界級大師的認同，那才是創新者真正的成就。」一心嚮往國外生活美學的謝美葳，期盼說道。

以前的白依涵也曾渴望到國外求學，甚至體驗不同於臺灣的生活，只可惜，人算不如天算，學生時期的夢想和熱情，終也有被現實消磨殆盡的一天。

「所以，總經理才想調派他到國外？」可江維琪看似不經意的一問，卻使得原本專心吃飯的白依涵，心頭微微一震。

「公司是有打算在美國成立一家分公司，而且正在物色合適的外派主管，聽說總經理不止一次諮詢經理的意見，畢竟公司的一級主管中，經理算是結合技術與管理，又是最熟悉美國市場的一個。」喝了口湯，謝美葳緩緩說道。

「能替公司到美國開拓市場，推廣我們的產品，是身為每個設計人員夢寐以求的好機會啊！那經理答應了嗎？」江維琪迫不及待的想知道。

「沒吧！如果有消息，公司肯定會找其他主管來接手，至少在今天這麼重要的參訪團裡，除了經理，並沒有其他可替代的高階主管加入。」謝美葳搖搖頭。

「喂！依涵，妳怎麼都不出聲，要設美國分公司的事，妳該不會都不知道吧？」江維琪轉頭問道。

白依涵是顧昱雲親自帶出來的得力幹部，以她的能力，肯定能幫助顧昱雲將美國分公司建立得有聲有色，至少，江維琪和謝美葳都是這麼想的。只是，白依涵根本沒有給顧昱雲任何開口邀請的機會。

「妳們的消息還真靈通，我今天才知道這些事。」低頭吃飯的白依涵，淡淡回道。

到國外設立分公司的事屬商業機密，通常不會讓一般員工知曉，但是江維琪和謝美葳竟然都打聽得一清二楚，可見這件事早已傳遍整間公司了。

「不會吧！難道，經理都沒跟妳提過？」

「還真的沒有。」略顯尷尬的白依涵反問：「那妳們又是從哪裡聽來的？」

「這就是網路通訊的好處。」聞言的謝美葳揚揚眉，「住在國外的幾個業界朋友，剛好聊到那邊的產業狀況，我也是碰巧聽到公司在找人駐美的事情，又想到前一陣子總經理老是找經理開閉門會議，自然就是要徵詢他的意見。」

沒想到，謝美葳對顧昱雲的一舉一動這麼敏銳，連他跟總經理開閉門會議的事情都這麼關心。

白依涵只知道，公司有不少女職員私下對顧昱雲很有好感，可惜，他一直執著於自己這個不可能的人身上。

平心而論，出國留過學，思想先進又新穎的謝美葳，比白依涵更合適與顧昱雲在一起，而且謝美葳長相甜美，懂得打扮又享受生活，在公司也頗受男性同事們的青睞。

想到這裡，白依涵不禁對謝美葳脫口而出，「妳為什麼不向經理舉薦自己呢？」

聽到這句話的江維琪，差點兒沒把送進嘴裡的炸雞給掉出來，就連謝美葳都不可思議的瞪大了眼睛。公司裡有誰不知道，就算顧昱雲真被派去美國，他心目中唯一的人選，一定是白依涵啊！

「如果經理公開詢問，我一定會自薦的。」自信滿滿的謝美葳，似乎正期待那一天的到來。

原來如此。

輕輕一笑的白依涵，拿起桌上的飲料向謝美葳舉杯，「那公司的未來，就靠妳嘍！」

「必須的。」謝美葳跟著舉杯。

「什麼什麼啊！妳們乾杯怎麼能忘了我。」江維琪忙放下炸雞，也跟著高舉。

☆☆

白依涵和夏宇凡的一個月之約，很快便到了。

雖然這段期間，白依涵都沒在妹妹面前提到這個惹人厭的警察，可白依雪卻沒有一天不提起他。

「夏大哥很忙嗎？」

「姐，路邊那個警察好像是夏大哥？」

「我可不可以打電話給夏大哥？」

「夏大哥是不是忘了我了？」

白依雪每天周而復始的發問，讓一心想擺脫他的白依涵，煩不勝煩。

「夏大哥很忙，沒空接妳的電話。」

「那我可以加他的 LINE 嗎？留言給他，他有空就可以打給我了。」

這幾年，白依雪的手機從來都只有爸爸、媽媽和白依涵這個姐姐的帳號，沒想到她腦筋動得挺快，居然馬上就聯想到 LINE 這麼方便的通訊軟體。

既欣慰又掙扎的白依涵抬起頭，見妹妹一副興沖沖的樣子，又不好潑她冷水。難道，夏宇凡真有什麼通天本領，可以讓她這個懼生的妹妹，勇敢的走出困境？

可一想到那張笑得曖昧又不明所以的臉，白依涵還真的很討厭看到。

就算是這樣，只要有一點點讓白依雪恢復為正常人的機會，白依涵都不會輕易放棄。於是，白依涵只好用 LINE 向夏宇凡認輸，並將他加入白依雪的好友中。

凌晨兩點多，開了一整天會議的夏宇凡，拖著疲憊的身體回到租屋處，正巧程文智剛洗完澡出來。

連續幾個晚上，分局裡燈火通明，大伙兒挑燈夜戰，為的就是討論怎麼圍捕販毒集團的諸多事宜。

根據線報，警方幾乎可以確定這些販毒分子所藏匿的山區位置。但敵暗我明，而且需要搜索的範圍實在太大、太廣，即使一天要好幾梯次的人員去巡邏，都只能空手而回，而動員十幾天的結果，就是讓這些日夜輪班的員警們，各個都精疲力盡了。

「累慘了吧？趕快去洗個澡。」程文智擦著猶自滴著水的溼頭髮，催促著。

「我先回個訊息。」開會的時候 LINE 就響了好幾次，夏宇凡一見是白依涵的留言，心下一喜，沒想到，緊接著就收到白依雪的加友邀請。

她果然接受自己的建議了，緊盯著手機螢幕的夏宇凡勾起脣角。

可現在這個時間，讓他猶豫到底該回不該回，他擔心發出的訊息通知會吵醒沒關機的白依涵，那就不好了。

好奇的程文智，一屁股坐在夏宇凡旁邊的椅子上，笑問：「你也跟上流行，交網友了嗎？」

雖然，分局的同事們也會用 LINE 聯絡事情，但夏宇凡才剛開完會回來，三更半夜的，應該不會再有什麼事急著回吧！

「不是，跟朋友回個訊息而已。」輕哼一聲的夏宇凡秒回。

「哦，是女朋友嗎？」程文智繼續打探。

在汐止孤身一人的夏宇凡生活簡單，平時除了他們這幾個同事外，連個喝酒、聊天的伴都沒有，所以，這半夜回訊息的意外舉動，特別引起程文智的聯想。

「是女的朋友。」決定不回訊息的夏宇凡，轉而將起床的鬧鐘設定在早上八點。

「女的朋友，那就是有機會成為女朋友嘍！」笑開的程文智，搭著夏宇凡肩膀打氣。

「像我們這種日夜顛倒，沒有假日，又槍林彈雨的生活，應該沒幾個女孩子受得了。」夏宇凡自嘲，即使有緣，也要對方有勇氣啊！

「沒錯，就像我女朋友，總是抱怨我太忙，沒空陪她，她哪裡知道，我也是為了兩個人以後的日子啊！想想要買房、買車，將來還要養孩子，不趁年輕時多打拚，難道要娶來一起餓肚子嗎？」

「你女朋友的爸爸不是……」

「別提了，她早就從那個不是家的家，搬出來了。」

程文智的女朋友名叫鍾玉嵐，爸爸是上櫃建設公司的董事長，因為鍾玉嵐的媽媽早死，爸爸又娶了個後媽，還生了個兒子。只是那個兒子太不爭氣，整天喝酒、鬧事，鍾玉嵐看不下去，便自己搬出來住。

「她那個後媽怕我女朋友分走了他們家的財產，巴不得我女朋友早一天離家，你說有錢了不起嗎？不是所有人都貪圖他們家的財產。」憤憤不平的程文智罵道。

「女兒本來就有財產繼承權，就算是後媽也阻止不了她的權利。」有錢人才更容易為錢反目，這種戲碼夏宇凡看多了。

「我女朋友才不奢望。搞不好用不著幾年，那個兒子就會把她家的錢敗光。」程文智坦白說道：「那個後媽生的兒子，就是常打架被我們抓的鍾少楓。」

「什麼，居然是他！」

「就是他。什麼樣的媽媽養出什麼樣的兒子，你說像那種人渣，就算有關係也要和他離得遠遠的。」

的確，鍾少楓已經滿十八歲了，很多刑事責任就算他想避也避不了，況且，以他日漸凶狠的性格判斷，被抓去關是遲早的事。

「同一個爸爸，怎麼會教出這麼極端的兩個孩子。」夏宇凡見過鍾玉嵐幾次面，是個溫柔又很體貼的女孩子。

「我女朋友小的時候，她爸爸把所有的積蓄都投進了公司，每天從早忙到晚，還常常為了軋支票跑三點半，要不是剛好領到她媽媽的高額保險金，公司恐怕早就倒了，哪還能上得了櫃，賺股票錢？」

「保險金？」

「對啊！玉嵐她媽媽身體一直不好，可為了補貼家計，又要照顧女兒，就接了很多家庭代工。有天晚上為了趕交貨，騎車外出時被車給撞了，領了一大筆意外保險金。」

雖然天有不測風雲，但在家庭、公司兩頭財務吃緊的狀況下，誰會想到替不是家中經濟支柱的妻子，保那麼高的意外險呢？

「唉，跟你說這些幹嘛，你忙這麼多天肯定累壞了，還是趕快洗個澡睡覺吧！」見夏宇凡皺眉深思，程文智這才想到明天他還得早起。

「嗯，你也早點睡。」手機插上充電器，夏宇凡準備洗澡。

「對了，明天晚上我休假，你不用等我吃飯。」

「哦，要和那個『女的朋友』浪漫約會嗎？」

面露微笑的夏宇凡回道：「你想多了，還有她妹妹。」

「哇！姐妹花，你的豔福還真不淺……」

因為白依雪一直惦記著炸魚薯條，所以，他們又約在那家異國小餐廳見面。

三個人找了個靠窗的位置，夏宇凡刻意坐在白依涵的對面，但隨後跟上的白依雪，沒有照慣例坐在姐姐旁邊，反而搶在他旁邊的空位置坐下。

身材偉岸的夏宇凡即使坐著，視線仍高過白依涵半個頭，但因為心裡牽掛著那天被他抱住的尷尬，白依涵一直避免與夏宇凡有眼神上的接觸，要嘛低頭喝茶，再不然就看向窗外。

「難得妳主動約我出來。」一身筆挺秋裝的夏宇凡，對著白依涵微微一笑。

「……」明知故問，不就是打賭輸了嗎？

可是，不解風情的白依雪，開始滔滔不絕的對著夏宇凡問東問西。

「夏大哥，警察不都在路口指揮交通嗎？為什麼我和姐姐都沒有看到你？」

「哦，我不是交通警察，所以，不用指揮交通。」

「不指揮交通，那你要做什麼？」

「我是刑警偵查隊，專門捉壞人的。」夏宇凡高舉雙手，對著白依雪比了個抓壞人的動作。

「哇！捉壞人。」聽到夏宇凡這麼一說，沒被嚇到的白依雪，反而興奮得連眼睛都瞪大了，好像捉壞人比路口指揮交通更了不起。

「我也想要抓壞人，夏大哥可不可以帶我一起去？」

來了興致的白依雪，激動得拉住夏宇凡的手臂，但見面色一沉的夏宇凡迅速側身微閃，隨即護住了自己的左手臂，好像那裡碰不得似的。

雖然，夏宇凡沒有阻止白依雪的動作，但坐在對面的白依涵，卻清楚的看見他閃躲時的表情，顯然那隻手是——受傷了。

一直冷著臉的白依涵，止住妹妹繼續打鬧：「不可以對夏大哥動手動腳，不禮貌。」

「對不起，對不起！是不是……是不是我抓得太用力了？」白依雪努力道歉，還不忘摸了摸夏宇凡的左手臂，這才發現長袖衣服下有包紮的痕跡，隨即驚叫：「夏大哥，你受傷了？」

白依雪的這一叫喊，讓訝然的白依涵抬起頭，眼光正好與夏宇凡對個正著。白依涵本想說些什麼，可是看到妹妹對夏宇凡那麼熱切的關心，又將心底的疑問給吞了回去。

「嗯，小傷，沒什麼大不了的。」感覺到白依涵眼神的變化，為避免引起不必要的誤會，夏宇凡輕輕撥開白依雪的關心。

「怎麼受的傷，會不會很痛？」只是心思遲頓的白依雪，依舊緊追不捨。

「有一點痛，不過已經好很多了。」夏宇凡故作輕鬆的解釋，並順便機會教育，「所以妳要好好照顧自己，不能讓自己受傷，姐姐才不會擔心。」

「嗯嗯，我知道，我一直都很小心，很小心的。」白依雪乖巧的點頭。

「那就好。」

表示肯定的夏宇凡，對白依雪比了個「讚」的手勢，可沒用過臉書的她不懂，於是在等餐時間，夏宇凡又拿出手機，開始了一系列的網路教學。

自從受傷後，白依雪就不太能接受密度高的文字，所以，白依涵自然小心的避開所有跟文字有關的東西，除了LINE。

因為，LINE裡有許多可愛的圖案和動態臉譜，白依雪很喜歡，恰巧臉書的圖片和影片同樣也吸引了她的目光，於是在姐姐的同意下，她立刻申請了帳號，和夏宇凡成了臉友。

夏宇凡把白依雪加進一些健康及心靈有關的社團，也教她如何辨識是否為善意的陌生邀請，和可能詐騙的種種行為。

沒想到一頓飯下來，白依雪不但在臉書上看到了自己爸爸、媽媽假日出遊的打卡照片，還找到了失聯多年的高中同學。

對失去部分記憶的白依雪而言，那曾經陌生的熟悉，終於又回到了她的世界，激動又興奮的她，甚至來不及吃她的炸魚薯條，就迫不及待的與那些舊同學，熱烈的聊了起來。

原來，網路比起面對面的接觸，更讓白依雪感到心安，但這些看似正常不過的行為，卻因為白依涵過於小心的保護，導致白依雪一直沒有機會嘗試。

一結完帳，白依雪就急著跑到車上講電話，獨留下白依涵和夏宇凡一起。

「今天，真的很謝謝你。」對著眼前這個男人深深一鞠躬，白依涵由衷的感激。

「都是朋友，互相幫忙是應該的。」夏宇凡微笑道。

朋友？怎麼他早就把她當朋友了嗎？

可在這頓飯之前，白依涵還從沒把他當成自己的朋友。

「你的手……是在抓壞人時被傷的嗎？」既然是朋友，免不了要關心一下，況且，白依涵也很想知道，他值勤抓犯人的時候，會像新聞播報的警匪槍戰一樣危險嗎？

「是啊！我一失神沒注意，就挨了他一刀。」其實這只是小傷，但為了引起白依涵的關注，夏宇凡刻意加重語氣。

光是聽到這樣簡短形容的白依涵，心就猛地跳了好幾下，她一向怕血，不知道夏宇凡在面對持刀的歹徒時，會是個什麼樣的場景。

「那……你受傷了，局長有沒有給你多休息幾天，或請傷假？」這一刀子下去，都不曉得有多深、多痛，他怎麼還能若無其事的出來吃飯？

「不過是傷到表皮，縫了幾針，沒什麼關係，比起那些中槍或折斷手腳的輕多了，我又怎麼好意思請傷假。」

白依涵吃驚的抬起頭，見夏宇凡講得一臉雲淡風輕，好像那一刀是割在別人身上似的，無關痛癢，隨即感到一陣天旋地轉。臉色變得慘白的她，身體不由自主的晃了好幾步，她一手按住胸口，並趕緊扶在一旁的柱子上，低著頭，不停的喘氣。

沒意識到會有這種突發狀況的夏宇凡，連忙伸手扶住白依涵的上身，急問道：「怎麼了？妳不舒服嗎？」

可額冒冷汗的白依涵牙關緊閉，除了搖頭外，一句話都說不出。

「我扶妳到車上休息一下。」

幸好他們已經離停車場不遠，夏宇凡讓白依涵在車子後座躺下，白依雪一見姐姐昏倒，嚇得幾乎要哭了出來。

「姐姐……姐姐，嗚……妳怎麼了？」在副駕駛座的白依雪頻頻回頭，急得跳腳。

為免引起白依雪的恐慌，夏宇凡一邊安撫她，一邊問白依涵：「我開車送妳去醫院好嗎？」

「不用……我沒事。」氣若游絲的白依涵，勉強擠出這一句話。

「妳是不是……有什麼病？還是要吃藥？有帶出來嗎？」夏宇凡值勤時，偶爾也會遇到路上行人這種突發狀況，只是發生在自己認識的人身上，還是令他有些手足無措。

「沒有，不要緊，我休息一下就好。」白依涵丟下這句話後，便高舉手臂遮住自己的臉，不再出聲。

白依雪車禍受傷的恐怖影像，又再次襲擊白依涵敏感脆弱的心，即使經過這麼多年，她仍然沒有辦法忘記擋風玻璃刺進妹妹頭骨裡的驚恐，和足以烙進她骨血的罪責。

可是，為什麼當夏宇凡提到會挨刀、中彈時，她居然也會心悸到渾身發軟？

白依涵和他，不過只有數面之緣……

不知道過了多久，恢復了點精神的白依涵，終於緩緩睜開了眼睛。

「姐姐，姐姐，好點了嗎？」挨到白依涵身邊的白依雪，臉上還掛著兩行清淚，見姐姐醒來便趕緊向前關心。

一直等在車外的夏宇凡聽到聲音，也馬上打開車門問道：「需不需要去看醫生？」

「不用，我沒事，只是突然有點頭暈而已。」白依涵不想讓妹妹瞎擔心，只好勉強自己坐起來。

「我開車送妳們回家吧！」見狀的夏宇凡，逕自坐進駕駛座，「回去好好睡一覺，如果還是不舒服，就一定要去看醫生。」

雖然不想麻煩他，但白依涵明白，自己現在這種狀況根本開不了車，只好勉為其難的交出車鑰匙。

開著車，夏宇凡每停一個路口，就會朝後座的白依涵多看一眼，見她除了臉色蒼白之外，並沒有其他不適的症狀，這讓懂得醫療知識的夏宇凡，略略的鬆了一口氣。

突發性的頭暈、額冒冷汗，可能是自律神經失調，但這種現象，比較容易發生在壓力大的上班時間，可是他們剛剛只是在閒聊，為什麼也會發生這種症狀？

「我是不是說錯了什麼話，讓妳覺得不舒服？」夏宇凡試探性的詢問，因為身為員警的第六感，讓他直覺這和白依涵上次大哭的原因有關係。

「……」

「是不是聽到我受傷，讓妳感到害怕？」

夏宇凡想起一種名為「創傷後壓力症候群」的疾病，指的就是在經歷過嚴重傷害或交通事故後，所產生的心理障礙。患者的主要症狀包括對人的情感疏離、過度警覺、容易發怒，以及逃避會引發創傷回憶的事物等，都和白依涵這幾次的症狀極為相似。

但，後視鏡裡的白依涵只是身體微微一震，並沒有回答。

即便夏宇凡在與白依涵初見之時，就覺得她的性格與常人不同，然而經過這幾次相處，他更確認車禍對白依涵造成的心理創傷，絕不僅止於表面上看到的如此淡然。

只是心病還得心藥醫，這種事，急不得。

白依涵租的房子離餐廳很近，沒多久，車子已經來到一棟大樓前，停好車的夏宇凡打算陪兩姐妹一起上樓，白依涵卻不肯。

「妳妹妹那麼瘦，萬一妳昏倒在電梯裡，嚇到她怎麼辦？」好人做到底，況且，夏宇凡是真的不放心。

「我沒有那麼脆弱，搭個電梯又不會死人。」不知道為什麼，白依涵對夏宇凡講話的語氣，總是口不擇言。

「我不放心。」難得嚴肅的夏宇凡堅持。

「你又不是我什麼人，有什麼好不放心的？」不領情的白依涵瞪了他一眼，直接走人。

「沒關係，夏大哥，你跟我搭電梯也是一樣的。」沒想到，從後頭跟上的白依雪偷偷對著夏宇凡眨了眨眼，瞬時就讓他噗笑了。

安全的將兩姐妹送進家門，夏宇凡還不忘交代白依雪，要特別注意姐姐的身體狀況，「如果有事，隨時可以打電話給我。」

「好。」白依雪順從的點點頭。

「那我走了。」即使，夏宇凡擔心不懂世事的白依雪，根本無法好好照顧她姐姐，但也只能祈禱白依涵的狀況，沒有他想像那麼糟了。

夏宇凡走後，白依涵的心情也漸漸恢復了平靜。

躺在床上，白依涵回想這幾年來，她一直忌諱的各種話題，車禍、流血、死亡，只是以前的她工作環境單純，除了開車需要特別小心之外，並沒有機會接觸到這些事情。

可是認識夏宇凡後，圍繞在他身上的話題，總是離不開這些可怕的記憶。

白依涵很想逃開，偏偏夏宇凡又一直撞上來，讓她煩不勝煩。

即便如此，自從知道夏宇凡是專門逮捕罪犯的刑警後，白依涵總是會下意識的去瀏覽一些社會新聞，了解最近有沒有發生什麼大事。

偷搶拐騙，殺人放火，即使在臺灣這一座號稱人是最美風景的島嶼上，也天天上演著大小不同的凶殺案件，如果沒有正義化身的警察維護社會治安，那手無縛雞之力的小老百姓，又怎麼能與那些病態的殺人犯相抗衡？

可是，所謂的正義之士不是銅牆鐵壁，他們也是血肉之軀，難道，在面對這些凶神惡煞的同時，他們一點兒恐懼感也沒有嗎？

在簽下美國這家大客戶後，身為領頭羊的技術部門，終於能鬆一口氣。

白依涵將手上的案子順利移交給工程部門後，除了偶爾開個會，其他時間就是純粹的文書作業，百無聊賴的她滑著手機，難得用看 LINE 來打發上班時間。

點進亮著許多紅色數字的好友名單和群組，白依涵終於把經年累月的未讀訊息給掃完，這才在 LINE 的名單最下面，看到斗大的三個字——夏宇凡。

他什麼時候傳的訊息，白依涵怎麼都沒發現？

「**身體好點沒？工作還忙嗎？我很擔心呢。**」

「這個男人沒事在擔自己什麼心，他是不是太自作多情了？」白依涵習慣性的在心裡吐槽。

「最近有大案子要忙，局裡取消所有人不必要的休假，連假日都要模擬演練，我會有好一陣子不能去找妳，記得好好照顧自己。」

緊盯著手機的白依涵，一字一句細細的琢磨著夏宇凡的話，腦海卻在不停的翻攪。

「又要去抓犯人了嗎？最近，有什麼大案子需要他去辦的。」打開即時新聞網，白依涵點了下社會新聞，卻找不到和汐止有關的。

「他手上的傷好了嗎？可以出勤務了嗎？」原本就不是很強健的心臟，因為夏宇凡的留言，又開始狂跳。

「天殺的！他抓壞人關我什麼事？」憤憤的白依涵關掉手機，離開座位去倒咖啡，好讓濃烈的咖啡因，把有關夏宇凡的一切都沖淡掉。

第六章　圍剿行動

經過十幾天的跟監，圍剿販毒頭子的行動，終於要開始了。

在循線得知販毒分子的聚點後，部署縝密的夏宇凡，領著十幾個員警摸黑上山，難得今晚夜黑風高，連老天爺都配合得天衣無縫。

秋末夜晚的山風呼呼吹著，隱密的山路，將眾人的身影掩藏在高過於頂的芒草花中，大伙兒屏氣凝神走了約十幾分鐘，終於看到前方一間木造的破工寮。

工寮裡微弱的燈光隨著風勢搖擺，裡頭的人影也跟著一起晃動，夏宇凡細數了下，只有三個人，明顯與他們得到的線報人數不同。

為了掌握更確切的人數，也避免打草驚蛇，前頭領隊的夏宇凡舉手向其他隊員示了個暗號。幾個隊員放低身體，躡手躡腳的繞到工寮後門待命，另一小隊則分別守在工寮的兩側，而夏宇凡帶著一小組人馬守在前門，仔細觀察裡面的動靜。

「講三小，你明明答應我要給雙份的咖啡，怎麼只有這幾包？」一個年輕男生拍桌子罵道。

「我答應給你雙份咖啡，是以為你拿去賣，可是你卻自己用掉了。」一個低沉的菸嗓男人回道：「短時間吸那麼大的量，是會死人的，你知不知道？」

「死不死我老爸都不管了，關你屁事。」年輕男生走到一張木床前，指著坐在床上，那個戴著深色鴨舌帽的男人繼續罵，「我是看在你和我老爸是老交情了，才給你機會賺點錢花，不然你以為這把年紀了，還能出去殺人放火嗎？」

「是啊！怕是刀子還來不及抽出來，就被砍死了吧！哇哈哈哈……」站在桌旁的兩個年輕人，放聲大笑。

「我就算再怎麼老，都比你們這幾個沒長毛的管用，信不信？」菸嗓男人嘿笑兩聲，突降的聲調，讓原本就不太明亮的工寮瞬時冷了起來。

三個年輕人不約而同的相互對視，而後噤聲不語。

站起身的菸嗓男人在懷裡掏了掏，光是這個動作，就讓那三個年輕人嚇得後退好幾步，鴨舌帽下有著一條長長刀疤的男人見狀冷笑，這才拿出一大包裝有白色粉末的毒品。

「我醜話說在前頭，這些咖啡的純度很高，吸上一點點就能爽上天，但你們要是不懂得節制，那以後痴呆、包尿布，可就不關我的事了。」

「就算我包尿布，死老頭也會請看護照顧我。」帶頭的年輕人一把搶走桌上的毒品，好像那是他的命一樣。

「錢呢？」

「錢……等我媽賣了股票再給你。」拿到東西的年輕人打算走人。

「想得美。」菸嗓男人一個跨步擋住門，「你爸爸堂堂一個上櫃公司老董，還需要你媽賣股票才有錢嗎？」

「誰……誰叫最近房地產不景氣，我才沒有現金可以給你。」有些支吾的年輕男生語氣放軟，「我保證，等我爸的房子都賣掉後，你要多少有多少。」

「放你媽的屁，老子的帳你也敢賒。」菸嗓男人伸手一抓，就把搶走毒品的年輕人給逮住，另外兩個年輕人見情況不妙，幫著一起動起手來。

「我說了，等……等我老爸房子賣了就有錢了，咖啡我先拿走，保證不欠你一毛錢。」

三個年輕人六隻手，毫不客氣就跟菸嗓男人幹起架來，菸嗓男人年紀雖然大上他們許多，但手腳俐落又有勁，一個手刀，就砍得細皮嫩肉的他們哀叫連連。

夏宇凡見裡面鬧了起來，一聲令下，全副武裝的隊員們大喝一聲，用腳踹開前門，衝進工寮，然後拿起警棍，直接對著眼前的四個人展開攻擊。

菸嗓男人一見警察衝進來，趕緊壓低帽沿，轉身閃到那三個年輕人的背後。

帶頭的年輕人一看到夏宇凡這個宿敵仇人，馬上幹字連連，「媽的，又是你！」

原來，這個帶頭的年輕人，就是之前常打架鬧事的鍾少楓，他從懷裡抽出一把鋒利小刀，二話不說便往夏宇凡的身上刺過來。

「這是你自找的，老子今天就把前帳都跟你算了。」發起狠的鍾少楓連刺兩刀，都被身手敏捷的夏宇凡閃過，更是怒不可遏。

對付這種毛頭小子，根本用不著夏宇凡出手，他格開鍾少楓的小刀，直接打發給許瑞恩，

「小許，這小子交給你了。」

身後的許瑞恩一聽到指令，馬上和另幾個員警衝上前，七手八腳的將三個年輕人給制伏，而就在鍾少楓對夏宇凡瞎嚷嚷的時候，那個賣毒品的菸嗓男人，早已向後門逃去。

跟監多時的夏宇凡，雖然早就知道鍾少楓會在這裡做毒品交易，但他的目標並不是鍾少楓，而是那個販賣毒品，殘害他人生命的菸嗓男人。所以，一見他向後門跑去後，夏宇凡即刻拿起無線電對講機，喊道：「么兩洞，么兩洞，公雞向後門跑了，快攔住。」

菸嗓男人一聽到對話，便知道後門被堵住了，情急的他罵了幾句三字經，隨後拔槍朝身後追來的夏宇凡，開了一槍。

「砰！」原本寂靜的樹林因槍聲引起一陣騷動，幾隻山鳥被嚇得驚叫，嘎嘎聲劃破夜空。但就在槍聲落下的同時，撼動的空氣又轉為一片死寂。

工寮後門沒有燈光，不僅昏暗而且堆滿雜物，夏宇凡和所有隊員對工寮的內部陳設一無所知，所以在槍響後，大家紛紛找一個可以護身的地方，躲起來。

面對前後被夾擊的處境，菸嗓男人似乎也不敢輕舉妄動，可困在原地也不是個辦法，於是他打開手電筒，對著後門的方向丟出去。因為他得了解警方到底有多少人守在後門，部署的位置如何，才能推算自己出逃的路線要怎麼跑。

然而這一丟，卻也暴露了菸嗓男人自己的位置，夏宇凡一個躍身，翻過擋在身前的兩個木箱子，直接撲向戴著鴨舌帽，努力掩飾身分的那個人。

男人一見夏宇凡衝過來，立即站起身來企圖反制，可是夏宇凡以更快的動作，一個手刀，準確的打掉菸嗓男人手上的槍，附近幾個聽聲辨位的隊員，趕緊向前支援。

只是萬萬沒想到，菸嗓男人不只手上有槍，腿上還暗藏著一把利刃，就在夏宇凡以為即將制伏他的時候，彎下腰的男人一個反身，利刃便劃過了夏宇凡的手腕內側。

大吃一驚的夏宇凡連忙跳開，但不明狀況的員警卻朝他撲了過去，情急的夏宇凡連忙喊住：「別過去，他手上有刀。」

可是，已經來不及了。

只聽到暗夜中有人慘叫一聲，菸嗓男人掙開眾人的圍剿，進而搶走重傷員警的手槍，迅速從後門跑了出去。

「堵住後門，別讓他跑了！」錯愕的夏宇凡大喊，並隨後追了出去。

菸嗓男人聽見夏宇凡發出的警告後，又狠狠咒罵了幾聲，暴怒的他，轉身回頭朝夏宇凡連開數槍，「砰！砰砰！」

裡面傳來的慘叫聲和連續槍響，聽得工寮外的隊員們頭皮一陣發麻，而守在後門那個有經驗的老鳥，見情勢緊張，早早舉槍待發。

說時遲、那時快，猜到沒那麼容易脫身的菸嗓男人，仗著他高壯勇猛的身材，隨手拿起廢棄的舊木板當盾牌，一使勁，便撞倒了兩個守在門後的隊員。

「開槍，快開槍！」眼見那個害人無數的人犯就要跑了，心急如焚的夏宇凡，對著前方攔阻的人員大聲疾呼，並果斷的朝菸嗓男人腿上開了兩槍。只見那個男人一個踉蹌，顯然已經中槍，但冥頑不靈的他，仍咬緊牙關繼續向前衝去。

那個站得較遠的隊員，在看到菸嗓男人向自己迎面跑來後，心想：「這下子有機會立功了。」誰知，當他瞄準對方打算開槍時，槍枝卻——卡彈了。

在這種兵荒馬亂的狀況下，猶自回想究竟是哪一個環節出錯的他，一個失神，對方已經用迅雷不及掩耳的速度朝他「砰」的，開了一槍。

熟背人員部署位置的夏宇凡，在聽到槍聲後怔忡了一下，接著馬上大喊「文智」，並朝倒地的員警方向衝了過去。

原本守在前門的隊員，在處理完鍾少楓三個人後，也紛紛趕來支援，見負傷的毒販仍舊往山上直跑，立即持槍緊追了上去。

打開手電筒的夏宇凡，扶起程文智的上半身，連忙問他傷到哪裡，並一邊拿起無線電叫救護車。

渾身癱軟的程文智口裡吐著熱氣，喘吁吁的說：「馬的，我的右肩……痛得要命。」

聞言的夏宇凡，扯開他的防彈背心和警服，果然看到程文智的右肩上，一團溫熱的鮮血直冒出來。

光束照明下的血液鮮紅，且正隨著心跳一陣陣湧出，極可能傷到了動脈。穩住心神的夏宇凡，馬上脫下自己的制服，壓住程文智的傷口，但因為力道太大，惹得程文智慘叫。

「沒事，只是一點點皮肉傷，不要緊的。」夏宇凡勉強自己緩和著語氣，企圖讓受傷的程文智放鬆心情，可龐大的壓力，反而使得他額上的汗如雨下。

「呵，我還真是倒楣，這種槍卡彈的事，居……居然發生在我這種老鳥身上。」自嘲的程文智咧嘴一笑，卻使得被拉扯的傷口更痛，身體還因此不由自主的顫了下。

可為免影響到隊長夏宇凡的心情，程文智只好咬著牙，強忍著。

「救護車一會兒就來了，你再忍耐一下。」

眼前程文智的情況非常糟，夏宇凡趕緊用預備的三角巾幫他綁好傷口，避免因為震動而流出更多的血。麻煩的是，工寮附近都是山路，救護車無法直接開到這裡，看來夏宇凡必須背著程文智，到車子可到的地方進行急救，時間已經刻不容緩。

二話不說的夏宇凡，在另一個隊員幫扶下，背起了虛軟的程文智。

丁點月光都沒有的山路本就難走，夏宇凡靠著另一個隊員拿的手電筒，勉強視路。只是，離救護車停放的位置還有一小段距離，夏宇凡得小跑步才能儘快到達，但他又怕自己跑快了，會讓程文智的傷口流出更多的血。

「宇凡。」後背上的程文智氣息越來越微弱，聲音也越來越無力，「有件事，你得幫幫我。」

「傻瓜兄弟，以我們的交情，還需要說什麼幫不幫的。」程文智的身體，讓背著他的夏宇凡感到越來越沉重。

「幫我轉告玉嵐，說我真、真的……很愛，很愛她……」

「切，這種肉麻兮兮的話，我還真的講不出口，留給你自己說比較好。」

「我也想……只怕……怕……」意識漸漸昏沉的程文智話還沒說完，身體便一軟，昏倒在夏宇凡的背上。

被毒販用刀刺中腹部的員警，因為傷及要害，還來不及到醫院，就因為失血過多而亡。

程文智雖然穿著防彈衣，偏偏毒販的那一槍，硬是擦過防彈衣的邊緣，打中他肩上的動脈。不過幸好，機警的夏宇凡及時止了血，並馬上將他送上救護車急救，才不至於賠掉一條寶貴的性命。

原本已在睡夢中的鍾玉嵐，在接到夏宇凡打來電話，說自己的男友中槍命危時，嚇得差點兒當場就昏了過去。相戀多年的小倆口，若不是程文智堅持要等存夠了錢，買一間屬於他們自己的房子才結婚，恐怕現在都兒女成群了。

失血過多的程文智，直到醫院急救多時，都還是呈現嚴重的昏迷狀態，為免造成遺憾，夏宇凡只好將好友囑託他說的話，一字一句轉告給鍾玉嵐知道。

「嗚……文智，你怎麼這麼傻。」性格溫良的鍾玉嵐聽了之後，在手術房外，哭得柔腸寸斷。

「妳別太難過，剛剛醫生也說了，文智的傷口不深，子彈也沒打到骨頭，算是不幸中的大幸。」

「幸好你急時救了文智，不然，我真的不知道該怎麼辦……」眼淚擦了又擦，身為員警未來的另一半，鍾玉嵐明白自己早晚都要面對這樣的殘忍。

「請問，你們誰是A型血？」一位護士急匆匆的從手術室裡，跑了出來。

「我就是A型血，怎麼了？」鍾玉嵐急忙問道。

「傷者失血太多，血庫裡的A型血都用完了，就算要從別的醫院調也需要時間，所以，需要馬上有人捐血。」

「我，我可以。」

「可是，妳這麼瘦，體重應該還不到四十五公斤吧？」

「沒關係的，我身體健康，沒什麼疾病，我的血可以馬上抽。」

「……」面有難色的護士對著瘦弱的鍾玉嵐上下打量，似乎下不了決定。

「這樣吧！我問一下局裡有誰是A型血，請他們馬上過來。」可惜夏宇凡是B型，不能捐。況且，他也覺得讓鍾玉嵐一個人捐那麼多血不妥當，萬一她也發生什麼事，夏宇凡要如何向程文智交代。

「不！既然從醫院調血都來不及，那找局裡的人來，花的時間也是一樣的。護士小姐，先用我的血吧！如果不夠，再找別人。」

「那……好吧！妳跟我進來。」傷者命在旦夕，三更半夜去哪裡找血，護士小姐勉為其難的帶著鍾玉嵐，到另一個地方抽血。

捲起袖子，躺在椅子上，臉色發白的鍾玉嵐，即使已經緊張得渾身顫抖，卻仍極力讓意識保持清醒。看著汩汩的鮮血，從自己的身上流進集血袋裡，鍾玉嵐誠心的向天祈禱，讓她心愛的男人早點脫離險境。

這次分局的行動，雖然抓到了買毒的鍾少楓三人，卻跑了販毒的主謀。

回分局後的夏宇凡，先口頭向分局長報告完攻堅的整個過程，並交代許瑞恩，將那個販毒男人掉失的手槍和毒品包裝，儘速送去採集指紋後，又馬上趕回醫院等待程文智的消息。

而鍾少楓和毒販之間的對話，早就被同行的員警給悄悄錄下，依照程序，他們三人都得接受尿液檢驗。

「幹，老子就是不尿，你們能怎麼樣？」

這三個年輕人雖都是警局的常客，但以前是因為打架鬧事被抓，這次犯的可是買賣毒品的重罪，不是打通電話就能解決的。尤其是鍾少楓，已經在分局鬼吼鬼叫幾個小時了，吵得許瑞恩簡直想拿警棍打昏他。

「小楓，小楓，我的寶貝在哪裡？」天色微亮，一個穿著名牌服飾，打扮鮮豔的美麗婦人，愁著一張臉跑進警局。

許瑞恩的指導師父洪建國，一聽到婦人的聲音，連忙從座位上站了起來，對著自己人喊道：

「咳咳……那個，鍾少楓的媽媽來了，可以放人了。」

「不行啊師父！依照規定，他們三個都得留下來驗尿，不能這麼快走人。」許瑞恩搶先一步攔下。

「你個菜鳥懂什麼？鍾少楓又不是吸毒現行犯，驗什麼尿？況且現場也沒有現金，根本不能證明他們正在做毒品交易，你憑什麼把人扣下來？」幹了二十幾年員警的洪建國，劈頭就給剛入行的許瑞恩一頓臭罵。

「可是，隊長說……」

「隊長隊長，你整天跟在那個姓夏的後面聞個屁啊！到底我是你師父，還是他才是你的師父？」

「師父……」

「就算你現在把人送到地檢署，沒有證據證明他吸毒，人也是一樣要放。照我說的做就沒錯了，難道我懂得會比那個姓夏的少嗎？」洪建國平時的聲響就大，即使無理也不饒人，大伙兒不想和他爭辯，紛紛低下了頭。

何況分局長和夏宇凡都不在，許瑞恩根本說不過他師父，所以，即使生氣也只好照做，而鍾少楓的媽媽一聽到兒子沒事，頻頻向洪建國點頭道謝。

「你師父今晚又沒排班，怎麼突然就跑來了？」另一個參與圍剿的隊員，在聽到洪建國要求放了鍾少楓的話後，憤憤的和許瑞恩咬起耳朵。

「誰知道，每次鍾少楓被抓，他就第一個喊放人。」其實，對於洪建國與鍾家的關係，分局的大家心裡多少都有過疑問，只是沒找到直接的證據而已。

「這三個人是我們幾個兄弟拿命抓回來的，難道就這麼輕易的放過？」

「當然不會。」低下頭的許瑞恩，小聲說道：「學長離開前有交代，不管誰來都一定要留下證據。」

「可是，驗尿又不是擠奶，鍾少楓那小子擺明了不配合……」

勾起唇角的許瑞恩，露出一臉壞笑，「剛才我趁那小子不注意的時候，剪了他一撮頭髮，只要送去檢驗，證據確鑿，就算他想抵賴也沒用。」

「哇！你果然夠機警，學長神預測，讚。」

「當然，我許瑞恩崇拜的偶象，是秉持科學辦案的夏隊長，他可不是靠張嘴巴做事的。」高高抬起下巴的許瑞恩，也覺得與有榮焉。

急匆匆趕回醫院的夏宇凡，直到凌晨程文智脫離險境，生命跡象穩定後，才獨自開車回家。聽聞程文智沒有生命危險後，鍾玉嵐又狠狠的哭了一次，直到醫生怕抽太多血，情緒又過於激動的她撐不住，打了一針鎮定劑後，才讓她靜靜的睡下。

夏宇凡沒想到，平時看起來性情溫和的一個女孩子，為了自己心愛的男人，竟會如此悲慟欲絕。這讓他想到有創傷後壓力症候群的白依涵，若是看到這則死傷慘重的新聞報導，會不會因為害怕，讓原本就飽受摧殘的心理狀況，更雪上加霜？

即使兩天兩夜沒闔眼的他，身心都已經疲憊不堪，但滿腦子都是白依涵大哭時的脆弱，夏宇凡還是不知不覺來到她家樓下，想著應該怎麼安撫她那千瘡百孔的心靈。

汐平分局圍剿毒犯，導致員警一死一重傷的消息，隔天便被新聞大篇幅報導，緊盯著手機螢幕的白依涵，聽著記者講述昨晚驚心動魄的攻堅過程，擔心得兩手頻頻發抖。

顧不得上班時間的她，撥了好幾通電話給夏宇凡，可手機那頭卻沒有回應，心急如焚的她又撥了LINE，一樣沒有人接。

回到家後，電視新聞仍不斷重複警方的整個緝捕過程，但記者只說員警一死、一重傷，卻沒有說死的是誰、傷的又是誰，讓白依涵越看心裡越煩躁。

幸好白依雪不喜歡看新聞，躲在房裡滑手機的她，正和同學聊得津津有味，若是讓她知道夏宇凡出了意外，恐怕又要哭得不用睡了。

可這一晚，白依涵也不好過，心神極不穩定的她，嚴重失眠了。

雖然，工作壓力大的她也經常失眠，但從來沒有像現在這樣，焦慮到無法克制。

凌晨三點，兩眼圓睜，只能瞪著天花板的白依涵，絲毫沒有睡意，再繼續待在床上掙扎也沒什麼意思，嘆了口氣的她，索性走去陽臺吹吹風。

暗夜的街道，像極了深邃的黑洞，要把人吸進去一般，不管怎麼奮力抵抗，始終都逃不過被沒入的命運。

流血、流淚，白依涵都曾經歷過，那種差點兒喪失親人，和追人魂魄的恐懼，讓她無時無刻不感到膽戰心驚。但在夏宇凡的懷裡，白依涵所有的恐懼都化為溫柔，甚至讓她感受到，從沒有過的真切和踏實。

如果，從此再也沒有機會看到他，白依涵會不會有些遺憾？

天上閃爍的星星，忽明忽暗的，像在暗示人生的某些過程。

沒有黑暗，哪有耀眼的明亮呢？

但白依涵人生裡的明亮，何時才會出現？

這讓她想起夏宇凡的笑。

那算是嗎？

算是吧！

都說：「人帥真好，人醜吃草」，果然一點也沒錯。不可否認，夏宇凡笑的時候真的很好看，那是一種真誠，沒有做作的自然。

也許，哪一天他也會厭煩白依涵的冷漠，然後像其他男人一樣，遠遠的離開她。

如果真有那麼一天，白依涵會不會悔不當初呢？

又嘆了口氣的她，下意識將頭靠在陽臺上，空洞的，望著樓下的一片寂靜，可有一個熟悉人影，遠遠的在對街晃動，那一身筆挺制服，顯然是個員警。

只是陽臺的女兒牆太高，讓她看不真。

莫名在心底揚起一絲期待的白依涵，墊起腳尖，想把人給看得更清楚些。她將頭探了出去，而對方也正好抬頭，朝著白依涵住的這層樓看來。

「是他！」白依涵驚呼一聲，毫不遲疑的拔腿就往樓下衝。

颳著秋風的街道空無一人，沒想到夏宇凡這一駐足，讓夜不成眠的白依涵給看到了。在對街傻傻凝視著上面的他，直到白依涵出現，才讓夏宇凡這一天來的疲憊，瞬間化為喜悅。

見夏宇凡好端端的站在自己面前，莫名感到欣慰的白依涵，一顆心跳得又快又急，就連雪白的胸口，也隨著呼吸不斷起伏。

只是白依涵那一身單薄的長衣，讓大樓牆外的燈光從她背後給透視出來，使得平時包得緊緊卻玲瓏有致的身材，顯得若隱若現。

這難得一見的景象，讓身為男人的夏宇凡不得不低下頭，以避開自己直視女體的無禮，可卻難以掩飾他一臉笑意。

「還笑？手機為什麼不接？」匆忙下樓的白依涵，絲毫沒有發現到自己的魯莽，還故作鎮定的質問起對方。

「我沒想到妳會打電話給我，而且，我忙到現在才有空。」抿起嘴的夏宇凡，儘量控制自己的笑意，免得又惹這個容易動怒的女人生氣。

「這麼晚了，你還來幹嘛？」

「那這麼晚了，妳為什麼還沒睡？」

「我……天氣熱，出來乘涼。」

「穿著輕薄的睡衣在大街上乘涼，算不算妨礙風化？」

終於明白夏宇凡為什麼一直竊笑的白依涵，當下就尖叫了，還不忘摀住自己燒紅的臉，飛也似的轉身跑上樓。

心有靈犀的兩個人，即便只是匆匆一瞥，但知道白依涵因為牽掛自己，居然也會失眠到睡不著，讓夏宇凡心裡，感到一陣未曾有過的歡喜與滿足。

就在白依涵進電梯之前，她耳邊響起夏宇凡留下的一句話，「我明天到公司等妳下班。」

因為夏宇凡的邀約，使得隔天一下班，一顆心就噗通噗通跳個不停的白依涵，早早下了樓。帶著分不清是緊張還是雀躍的心情，白依涵趁著沒人發現之前，急急跳上夏宇凡的車。

打從下午開始，她的臉就一直微微發熱，一想到昨晚，不對，是今早穿著睡衣衝下樓的糗態，白依涵還真是沒臉再見夏宇凡。

可是，在得知夏宇凡沒事後，她突然好想再見他一面。但因為想著今早的失常舉動，上車許久的白依涵始終不敢開口，直到夏宇凡問了她好幾句話後，才猛地回神。

轉頭一看，白依涵這才發現夏宇凡的額頭和臉頰，多了好幾道瘀青，連手腕都裹著厚厚的紗布，顯然是很嚴重的傷。即使白依涵很想知道他傷得怎樣，卻總問不出口，因為，她不希望夏宇凡看出自己很在意他的事。

只是，能和白依涵單獨晚餐的夏宇凡心情正好，以至於沒有發現此刻她矛盾又掙扎的心情。

「是不是昨晚看了新聞後，很擔心？妳打了五、六通電話給我。」感到窩心的夏宇凡，笑咪咪的看著身邊這個過於安靜的女人。

極為尷尬的白依涵雙頰一紅，嘴硬道：「電視都報了，我這個當朋友的還充作不知，豈不是太不近人情？」

自從今早見他沒事後，白依涵的心裡就好像放下了一顆大石頭，倒忘了昨天還發了瘋似的找人。

「謝謝妳終於把我當朋友了。」轉過頭的夏宇凡，眨了眨他那對迷人的大眼睛，電得白依涵耳朵都熱了起來。

車子一路開到山上，夏宇凡帶著白依涵，來到一家外觀古樸的紅色建築物停下，這家餐廳講究以天然食材入菜，非常受到都市年輕人的喜愛。

白依涵雖然在汐止工作多年，但除了公司聚餐外，鮮少注意這裡還有哪些特色餐廳，可沒想到夏宇凡這個專門抓犯人的警察，居然這麼愛好美食。但她哪裡知道，平時夏宇凡都是跟著同事巡邏時，發現這些熱門的打卡地點，他一個人根本不會到這種地方來用餐。

「妳沒跟妳妹妹說我的事吧？」見白依涵似乎有心事，又不太說話，夏宇凡主動發問。

「嗯，她現在和高中的同學們聯繫得勤，我就沒告訴她。」吃下一口熱呼呼，饒富傳統風味的茶油麵線，白依涵這才想起，她已經很久沒回去看爸爸、媽媽了。

「這是好事，只要不害怕接近人群，她就有機會再走出去。」

「可是，依雪沒有識別好人、壞人的能力，萬一碰上……」

「她不是還住在家裡嗎？等她適應人群後，我們再慢慢教她就好了，這事又不急。」夏宇凡夾了一塊雞腿肉放進白依涵的碗裡，安慰道。

就算夏宇凡這麼說，白依涵還是擔心，尤其他一直避而不談昨晚抓毒犯的事，更讓白依涵的心裡感到不安。

夜晚山上的空氣，比起城市裡的車水馬龍，要清新乾淨許多，飯後兩人踏著蜿蜒的山路散步，心情更顯得分外寧靜。

沉默的兩人並肩走了好一會兒，突然一輛沒有開頭燈的機車，從叉路對著他們急駛而來。幸好走在外側的夏宇凡反應快，急忙拉住白依涵的手，將她護到自己身後，騎機車的老人這才發現路上有人，驚呼一聲的他連忙把車頭一轉，閃了過去。

這突如其來的驚嚇，讓白依涵心口怦怦直跳，幸好有夏宇凡拉住她，否則後果不堪設想。

「謝謝！」

夏宇凡溫暖而厚實的掌心，緊緊的與她的掌心相貼，見機車遠去後，白依涵本想抽回手，但夏宇凡卻淡淡的說了句，「牽著我，比較安全。」

是嗎？

好像是吧！

白依涵回想起他的胸膛，也有著相同溫度，為什麼，她不會像抗拒顧昱雲那樣拒絕夏宇凡呢？

或許，這正是白依涵自己也想不透的地方。

狀似漆黑的山上很安靜，除了風吹樹葉的沙沙聲和蟲鳴，就徒剩兩人幾乎一致的腳步聲。

同樣處在這樣的暗黑空間，白依涵第一次不會感覺到害怕，只是身邊多了個人，就有這麼大的差別嗎？

「分局長放我兩天假，明天帶妳出去走走？」

「他這算是約我嗎？」白依涵在心裡暗想。

「明天一過，我又要開始忙了。」見白依涵不回話，夏宇凡補上一句。

難道她對夏宇凡的寬心，只有短短幾十個小時？一想到那個凶殘的殺人犯猶自逍遙法外，到底什麼時候才能結束這場打打殺殺？

「我明天有會議要開，不能請假。」白依涵猶豫了下，才回道：「晚上可以。」

但就在白依涵說出這句話的同時，驚覺自己居然連一絲絲拒絕的念頭都沒有。

原來，感情在冥冥中滋長的速度，已經遠遠超出她所能掌控的了。

隔天一早，睡眠飽足的夏宇凡將書面報告打完，送去給分局長後，便滿心愉悅的接白依涵下班。

為免影響到隔天的工作，夏宇凡將車開到距離較近的基隆海邊，順便品嚐這一年一次的秋蟹美味。

寬廣的海岸線沒有光害，難得今夜秋高氣爽，皎潔月光映照在深藍色的海面上，隨波蕩漾，夜晚的海風陣陣吹過，帶著些微溼的涼意，而浪花拍打岩岸的聲音，籠罩整個耳際。

「被毒犯打傷的那個員警，現在脫離險境了嗎？」過了今晚，他就又要回去值勤了，白依涵沒有辦法假裝自己不知道，至少，在經過昨晚的交心以後。

「嗯，他是我室友，已經沒事了。」

「你……也參與了這次的行動，是嗎？」白依涵懸著的一顆心，猛跳個不停。

「嗯。」

「那個毒犯跑了，那你，還要繼續去抓他嗎？」

「……這是我的工作。」白依涵問得這麼仔細，夏宇凡就算想隱瞞也不行了，既然兩個人打算在一起，就應該讓彼此有個心理準備，而不是讓完全狀況外的她，整天提心吊膽。

只是，聽到夏宇凡這麼一說後，彎起腳的白依涵，將下巴靠在膝蓋上，靜靜的望著前方的那一片墨藍，沉思不語。

遠處的海面，看似那樣無聲無息的寧靜，但眼前卻是波濤洶湧。

越是怕遇到的事，偏偏就越容易遇到，現在的白依涵，都還沒有從妹妹車禍的陰霾中走出，卻又要踏進另一個恐懼當中。

她，可以嗎？

「其實妳不用擔心，我的身手很好，可以保護好自己，一個打三個都沒問題，不會有事的。」夏宇凡微微一笑，親暱的摸摸白依涵頭髮，想化解她心中的憂慮。

白依涵當然明白，追捕犯人是他的工作，如果這個世界沒有壞人，那警察這個職業又有什麼危險可言？可偏偏這個世界是病態的，有的人永遠欲求不滿，只想著不勞而獲；有的人用傷害別人，來發洩自己做不到的事；還有人總喜歡把快樂，建築在別人的痛苦之上。

總是有一些人，會想一堆千奇百怪的理由，來解釋自己做出這麼多傷天害理的行為，所以才必須有警察這樣的職務，來制衡那些病態，否則，這個社會不知道還會變成什麼樣。

想起自己這些年的怯懦，白依涵不禁打從心裡佩服起夏宇凡。如果她連已經發生過的傷痛，都無法面對和克服，那麼一而再、再而三因公受傷的夏宇凡，又怎麼能無畏無懼，勇敢的面對每一次出擊？

坐直身體的她，深深吸了一口氣，既然做出了選擇，那白依涵也必須讓自己看起來不那麼脆弱，至少在夏宇凡面前。

緩和了心情的白依涵，伸手摸了下夏宇凡臉上的傷，輕聲問：「很痛嗎？」

誰知，夏宇凡對這個突如其來的親暱舉動，感到一陣受寵若驚，「說不痛是騙人的，要幫呼呼嗎？」

被惹笑的白依涵拋了個白眼給他，「都多大的人了，還要幫呼呼，也不害臊。」

可沒想到白依涵的這個白眼，在情意萌發的夏宇凡眼裡，卻成了媚眼。情不自禁的他低下頭，趁著白依涵沒有防備，在她臉上親了一口，「有什麼好害臊的，又沒人看見。」

然而面對夏宇凡的突襲，白依涵兩眼圓睜，居然完全不懂得反應。

「怎麼，妳要這樣一直看著我嗎？」談起戀愛的夏宇凡，笑得帥極了。

慌亂的白依涵這才羞得急著轉頭躲開，可夏宇凡卻以更快的速度捧起她的臉，輕啄她的脣，然後緊緊摟住她的腰，深情又熱烈的擁吻。

因為前一晚約會得太晚，以至於白依涵早上到公司時，腦袋還呈現一片混沌狀態。

「依涵……依涵！」剛走回辦公室的謝美葳，拍著白依涵肩膀叫著，「經理找妳。」

「啊！哦，什麼事？」白依涵連忙回神。

「應該是要問妳，昨天討論的那個案子能不能接吧！」

糟糕，此時白依涵的腦筋一片空白，情急的她拼命思索昨天開會時，討論的是哪一個案子。

話說白依涵從昨晚恍惚到現在，連夏宇凡怎麼送她回家都記不清了。

她只記得，那軟軟的脣印在自己的脣上，溫暖而甜蜜，不管是輕的吻、深的吻，每一次碰觸，都像要收走她靈魂似的，令孤寂多年的白依涵迷醉。

擁抱瓦解了心防，從第一次夏宇凡抱著她那時，而這次，白依涵被他擁在懷裡的身體，簡直就要融化。

伏在夏宇凡的身上，白依涵跟著他一起心跳、一起喘息。他熾熱的臉交織著自己的耳頸，而雙脣滑過的地方，像瞬間被電流通過似的，燃燒她每一條情感的神經。

難道，這就是戀愛的感覺，愛情的滋味？這讓白依涵深埋在心底的愛意，也跟著被挑動了起來。

因為夏宇凡的出現，白依涵才發現自己不是真的那麼獨立、那麼剛強，她依然需要愛，需要一個給她愛，和愛她的男人。

而她的回吻讓男人熱情噴發，緊擁的兩人在礁岩上纏綿，直到海潮的浪花濺溼他們的褲腳，才止住了彼此湧現的愛意。

「妳不舒服嗎？」難得可以單獨見面的顧昱雲，發現眼前的白依涵有一些魂不守舍。

「沒……沒有，只是昨天睡晚了，有點累。」迅速打開電腦的白依涵，對自己在工作時間居然還想著私事，感到滿臉愧疚。

「沒想到，女強人也有喊累的時候。」可不以為意的顧昱雲卻笑了，「有時間多出去走走，我們好像很久沒有辦部門活動了。」

「嗯。」顧昱雲的關心，讓與他面對面的白依涵，始終心虛的低著頭。

此時的白依涵明白了自己的感情，但顧昱雲怎麼辦？她怎麼能讓顧昱雲平白對自己付出那麼多，卻又什麼都得不到，畢竟她對他，還有著別人無法取代的敬重。

只是平時和白依涵一談起工作，她的神情總是特別專注又認真，怎麼今天感覺有些反常？身為直屬主管的顧昱雲，不禁起疑。

方才聽謝美葳說，白依涵這兩天都準時六點就下班，這是她到公司這麼多年來，從未有過的舉動，她……是不是家裡發生了什麼事？

即使，目前的顧昱雲，還不知道白依涵和夏宇凡正在熱戀，但她的改變，已經不可避免的提醒了顧昱雲，該是行動的時候了。

這個小週末，曾經留學美國的謝美葳，剛好有幾個閨蜜回臺探親，為了造福研發部門那些可憐的單身狗，於是辦了個賞楓歡樂遊，讓平日埋頭苦幹的男性同事，均衡一下陽氣過盛的職場環境。

時值年底，大家都趁機把沒休完的年假請一請，所以一過中午，整個部門的人便開心得一哄而散。

滑滑手機，收收訊息，好不容易撐到下班的白依涵，收拾好東西正準備走人，可顧昱雲卻在這個時候來找她。

「要回去了嗎？」

「你，怎麼沒和大家去賞楓？」白依涵記得，謝美葳邀請過顧昱雲好幾次。

「我今天特別留下來，就是想請妳一起吃飯。」雖然，顧昱雲偶爾也會跟白依涵單獨吃飯，但都是中午時間，會在下班時間這麼正式的約她，倒是頭一回。

「請我？……有什麼事嗎？是不是，在這裡談一談就可以了？」有些吃驚的白依涵，只想避開和顧昱雲的單獨相處。

「妳確定要在這裡講嗎？」可顧昱雲看她的眼神，卻閃爍著不同以往的深邃光芒。看來，不適合在公司裡講。

「走吧！難得請妳吃飯，就當是賞個臉吧！」顧昱雲拿起白依涵的外套，遞給她。

車子來到信義區的百貨公司，搭上電梯，來到一家專營異國料理的高檔餐廳，昏黃唯美的燭光，悅耳的鋼琴伴奏，還有整個空間都散發著天然花朵芬芳，氣氛好得媲美電影情節。

白依涵不懂，顧昱雲為什麼突然把她找來這麼豪華的地方用餐。

面帶微笑的服務員，一聽是事先訂位的客人，便帶著兩人來到靠窗又安靜的座位，並遞上菜單。

自從認識夏宇凡後，白依涵也品嚐過幾次異國餐點，但跟這種餐廳比起來，只能算是國民餐，所以在看了菜單上的價目表後，感覺太過奢華的白依涵，反而不知道該點什麼了。

見白依涵久久不開口，顧昱雲很貼心的幫她點了份鱈魚套餐，因為他曾聽江維琪說過，在臺中長大的白依涵喜歡吃海鮮，他則為自己點了一客牛小排。

一直保持沉默的白依涵，習慣性的接受眼前這位年輕主管安排，並等著他開口。她知道，凡事理性又謹慎的顧昱雲，不會毫無原由的請她吃飯。

可過了許久，顧昱雲都只是和她聊些無關緊要的話題，直到服務員送上餐前酒，顧昱雲這才舉杯，向白依涵表示約她吃飯的真正原因。

「生日快樂！」他朝訝然的白依涵笑了笑，「雖然明天才是，不過我想，晚上比較有過生日的氣氛，對不對？」

原來如此。

「謝謝！」白依涵禮貌性的回敬，並啜了口冰冰甜甜的餐前酒。

自從白依雪出事之後，白依涵已經許多年不曾過生日了，甚至根本忘了有這一天。因為，歡樂的氣氛不合適白依涵現在的生活，可為什麼身為外人的顧昱雲，要記得呢？

悅耳輕快的琴聲，漫步在整個寧靜的空間裡，讓人感覺輕鬆愉快，燭光映著白依涵雪裡透紅的臉龐，微微斂下的雙眼閃著迷人的眸光，令暗戀她多年的顧昱雲，看得有些痴醉。

這幾年，除了不斷精進的技術和能力，白依涵的外表幾乎未曾改變過什麼，而顧昱雲對她的迷戀，談不上是外表的吸引，也許是因為工作上、言談間的認真和執著，引起了他的注目。

猶記得白依涵初次來面試時，對顧昱雲種種工作上的嚴苛條件，幾乎是斬釘截鐵的說：「我可以做好這份工作，無論你有什麼樣的要求。」

如果人與人之間，會因為相知而相惜，那感情又何嘗不是？

「白酒和海鮮，是這裡絕妙的搭配。」顧昱雲吃的是牛排，所以配的是紅酒，但當白依涵聽他這麼一說後，馬上就猜到他是個很懂得品味生活的人。

就如謝美葳一樣。

「可惜，我不太會喝酒。」白媽媽料理海鮮的方式都很簡單，不外乎就是清蒸、紅燒或糖醋，就算用酒，也是一般的臺產料理米酒。

況且，白爸爸因為多年胃潰瘍的毛病很少喝酒，因此，不解風情的白依涵，也很坦白的表示，她不喜歡酒這種東西。

「這種酒精的濃度不高，品嚐而已，不會醉。」顧昱雲連忙解釋，他可不想讓白依涵誤會，自己有什麼不良企圖。

工作上的刻板印象，讓兩個人似乎談不上什麼幽默風趣的話題，但很快的，櫃檯的廣播製造一個新的氣氛。

原來是找顧昱雲的，他狀似神祕的離開了下，然後笑咪咪的向白依涵走來，並從背後拿出一大束的鵝黃色玫瑰花，「送給妳。」

睜著一對大眼睛的白依涵，直楞楞的盯著眼前的這個男人，不知所措，而周遭羨慕又嫉妒的眼光，幾乎對著被嬌寵的她，排山倒海而來。

認識他這麼多年，白依涵從不認為顧昱雲會是個需要用送花，去討好女孩子的男人，可是，他居然送花給自己。

這樣唯美浪漫的場景，如果是發生在夏宇凡出現之前，也許，白依涵會被這一幕感動得銘記五內。可惜現在的她，心裡已經有了人，怎麼還能接受顧昱雲這樣的深情，怎麼能？

見白依涵傻傻的坐著不動，顧昱雲彎腰主動拉起她的雙手，將花輕輕的放在她的懷裡。

滿滿的一束花，那閃著剔透瑩光的水珠，落在鵝黃色的花瓣上，顯得多麼嬌嫩，朵朵玫瑰的芬芳香氣撲鼻，令人精神都振奮了起來。

這是白依涵有生以來，第一次有人這麼大張旗鼓的送她花，為她過生日，她的心裡有著說不出的感激，以及滿滿的感動。

「我看妳常穿淡雅顏色的衣服，所以，猜想妳應該也會喜歡鵝黃色的玫瑰。」喝了口紅酒的顧昱雲，柔軟的面色稍紅，微醺的眼裡透著隱忍已久的愛意。

「……」

「依涵，認識這麼久了，在工作上，妳始終是我的得力助手，妳應該也聽說了，公司打算派我去美國設立分公司。」見白依涵不開口也不回話，猶豫了會兒的顧昱雲下定決心，「我想，邀請妳和我一起去。」

「很抱歉！目前我沒有離開臺灣的打算。」他終於還是問了，白依涵果斷回絕。

「為什麼？妳不是很羨慕謝美葳在美國的經歷嗎？如果妳願意和我一起去，我會好好照顧妳的。」

「所以，你應該找的人是謝美葳，她比我更合適。」

「她找過我，可是我拒絕了。」面對自己心儀的對象竟然如此雲淡風輕的要他和別的女人一起出國，完全不了解原因的顧昱雲，又喝下一口酒。

「我找妳，除了工作，最重要的是私心，難道這麼多年來我對妳……妳一點都感覺不到嗎？」有些心酸的顧昱雲，由衷的說出。

「我們只適合當工作上的伙伴，我始終把你當成一個好主管。」低下頭，白依涵終於勇敢拒絕。

「原來，妳一直都是這樣想的。」顧昱雲看向白依涵的眼神，閃過一抹很深的失落、很深的哀傷。

「對不起！」該面對的，還是一樣要面對，白依涵不能讓他再為自己，執迷下去了。

「不，沒……沒關係！其實，我今天是陪妳過生日的，去美國的事，我們就別提了。」再次拿起紅酒杯的顧昱雲轉過頭，刻意避開與白依涵的對視，而後，苦澀的將那杯酒，一飲而盡。

第七章　殺人滅口

自從上次讓那個毒販落跑了以後，他就像在空氣中消失了一樣，令警方完全失去線索。不過令人覺得不可思議的是，從毒販掉落那隻手槍上採集到的指紋，居然和之前許瑞恩在車禍現場採到的指紋，一模一樣。

「什麼！真的是那個死掉的槍擊要犯，曲佑興的指紋？」一收到刑警局的指紋比對及鑑定報告後，夏宇凡馬上找分局長討論，誰知，他的反應比夏宇凡想像中來得大。

「曲佑興雖然在五年前的那場槍擊意外中掉下山谷，但至今都沒有找到他的遺體，根本不能證明人已經身亡。」

自從許瑞恩比對出曲佑興的指紋後，連著幾個月來，夏宇凡查遍所有資料，上面記載的，都說當年參與槍戰的員警，均親眼目睹曲佑興被警方用子彈擊中胸口後，滾落山谷。

雖然，承辦這起案件的警局動員多人，而且在附近搜救好幾天，最後卻只在溪邊找到一件案發當日，曲佑興穿過的破外套，和一隻被溪水泡爛的鞋子。

當時颱風過境不久，山谷下的溪水湍急，受重傷的曲佑興，就算沒有被員警當場擊斃，也會被溪水沖走而遭到滅頂，在場的與會人員為了早日結案、爭功，便直接宣告曲佑興死亡。

可又有誰會想到五年後，一場毒品交易，竟暴露他早已消聲匿跡的行蹤。

「就算曲佑興沒死，但緝捕當晚，你們既沒有看到，也沒有拍到販毒者的臉，憑藉著手槍上的指紋，就要指證一個死了五年的通緝犯復活，我實在很難用這點說服上面的頭頭。」面有難色的分局長，挺著鮪魚肚在辦公室裡來回走著。

「要證明逃走的毒販是不是曲佑興，還有一個辦法。」夏宇凡拿出手機，按下播放鍵。

『我答應給你雙份咖啡，是以為你拿去賣，可是你卻自己用掉了。短時間吸那麼大的量，是會死人的，你知不知道？』

『死不死我老爸都不管了，關你屁事。我是看在你和我老爸是老交情了，才給你機會賺點錢花，不然你以為這把年紀了，還能出去殺人放火嗎？』

按下播放停止鍵，夏宇凡推測道：「從這幾句對話裡可以聽得出來，那個毒販和鍾少楓的爸爸不僅認識，而且，還是熟識多年的老朋友。」

「但是我們也不能憑著這段對話，就把一個上櫃公司的老闆，給抓來問話啊！」經常出入分局的鍾少楓，不管鬧出多大的事都有人保，可見他老爸肯定很有一手，長年居高位的分局長，壓根兒不想得罪有錢人。

「現在不能，不代表就沒機會。」沒理會分局長顧慮的夏宇凡，從資料夾裡取出一疊文件，放在桌上。

「鍾少楓的爸爸名叫鍾皓然，他的第一任妻子林美秀，是騎機車外出時，發生意外身故。當時鍾皓然公司的財務狀況吃緊，可是卻替老婆保了一大筆高額的保險費，而這筆保費，又恰巧拯救了他的公司。」

聽夏宇凡這麼一說，神色猶豫的分局長冷哼一聲，還是回到座位，拿起那疊文件看了又看，「照你這麼說，他老婆的那場意外，的確發生的太巧。」

「從事故照片上看，林美秀的機車明顯是被人從後面追撞，才導致她摔車身亡，可警方卻在事故單裡填上『對造不詳』，而不是『肇事逃逸』，因此，才沒有人對這起車禍做更進一步的追查。」

「嗯。」分局長翻了翻，夏宇凡這一頁又一頁的書面報告，沉思起來。

「洪建國？」在事故登記單上，分局長赫然看到了這個簽名。

「沒錯，當年負責處理林美秀交通事故的人，就是洪組長。」

其實這每件事分開來看，任哪個人來都看不出誰和誰有關聯，偏偏夏宇凡對越是說不清楚、講不明白的事情，就越喜歡追根究底，所以才會查到這一連串的事件，源頭都指向同一個人，那就是——鍾皓然。

依照夏宇凡的推測，鍾皓然不但買通了凶手製造假車禍，讓投保高額保險的林美秀意外身亡，還令員警洪建國在事故單上，填寫錯誤的處理結果，導致肇事者得以逍遙法外。

有鑑於兩次車禍現場都採集到曲佑興的指紋，表示他不但擅長製造假車禍，還非常了解警方處理車禍的程序，因此，當年林美秀之死，極有可能就是鍾皓然雇用曲佑興下的殺手。

如此環環相扣下，唯有對鍾皓然提告，才有可能得到夏宇凡想要的答案。

只是，要如何把已經結案多年的案子，重新翻案再審，就必須要從洪建國的身上下手了。

「鍾皓然的兒子鍾少楓，每次只要一進分局，洪建國就會通知鍾皓然的現任太太李芳華來保釋領回，但鍾少楓這次犯的是毒品交易，按規矩，我們可以要求他做尿液檢驗。但以鍾少楓的脾氣一定不肯配合，所以，我讓小許剪下他的頭髮送去化驗。」

夏宇凡翻到資料的最後一頁，「根據檢驗結果，鍾少楓的頭髮呈現陽性毒品反應，而且，至少吸食超過七天以上，我想，李芳華為了救兒子，一定會找人幫忙。」

「你認為，洪建國會為了鍾少楓，再次違反勤務紀律？」皺起眉頭的分局長，小聲說道。

「如果他們之間沒有任何聯繫，李芳華自然不會找他。」闔上資料，湊近分局長的夏宇凡，眼裡閃著令人敬畏的光，「不過一旦搭上線，那連翻數案的績效，分局長，你可能光是記功，就讓其他分局長眼紅到炸掉。」

汐平分局的分局長王國忠，今年已經五十五歲，原本可以申請退休的他，因為政府年金改革導致月退金驟降，遲遲不敢言退。

但是一個分局的分局長，除了督率所屬警察日常的各項勤務外，還有許多行政工作要做，並肩負著各項專案工作的績效評比與競賽。

身為分局裡的最高領導者，不僅要管理好下屬，對於直屬長官與上級業管單位的要求，也必須做到使命必達，更不用說每次選舉，為了拒絕民代關說得花上多少脣舌，才能在不得罪人的情況下，全身而退。

再加上員警的工作不分晝夜，沒有假日，即使身為分局長的王國忠，不用像基層員警那樣日夜顛倒，賣命的執勤抓盜匪，但如此繁雜，責任又重大的工作，確實讓體能已漸漸走下坡的他，感到非常吃力。

夏宇凡明白，洪建國和鍾皓然私下串通的事情一旦暴露，王國忠這個分局長，極可能因為督導不周跟著一起記過、受處分。但若是與鍾皓然雇人殺妻，又詐領保險金，還有抓到死而復生的槍擊要犯曲佑興比起來，那獎與懲的待遇，就可謂是天差地遠了。

領一大筆績效獎金好過年，或者在職等上更上一層樓，是誘使一個等待退休的中年男人，放手一搏的最佳利器。

「這件事，你就自己看著辦吧！」洪建國畢竟是分局裡的老鳥，要說王國忠跟他沒有任何交情是不可能的，所以這件事，身為主管的王國忠只能睜一隻眼，閉一隻眼。

「知道了，謝謝分局長。」夏宇凡明白，這已經是分局長最大的讓步，自己不可能要求的更多。

收起那一疊致命資料的夏宇凡，識趣的走出分局長室，準備展開接下來的行動。

鍾少楓年紀輕輕就染上毒癮，不僅可能面臨六個月到五年的有期徒刑，還得送交勒戒所強制戒治。慶幸的是，他當時沒有接受毒販的建議，將毒品拿去賣給別人，否則刑罰將會更重。

身為父母的鍾皓然和李芳華，當然捨不得唯一的寶貝兒子去勒戒所受苦，尤其他們還打算將鍾少楓送去美國唸書，在此之前，更不能留下任何犯罪記錄。

「阿國仔，這件事你一定要幫忙，多少錢都沒有問題。」鍾皓然和李芳華果然約了洪建國到沒人的基隆河邊，想辦法將這件事給喬好。

「不是我不幫，是這次接手這個案子的人太機車，我怕，搞不定啊！」雖然，洪建國在許瑞恩和其他員警面前頤指氣使，但他也明白，恪盡職守的夏宇凡不是那麼好惹的。

「這樣，你開個價，只要幫我兒子度過這一關，我們夫妻倆就給你足夠的退休金養老，好不好？」李芳華見洪建國不肯，急得眼淚都快掉下來。

「這……這不是退休金的問題，萬一搞不定……」扯著嘴角的洪建國轉身。

「那兩倍，兩倍退休金。」加強語氣的李芳華，拉住洪建國的袖子勸道：「你年紀不小了，用不著和那些年輕小伙子一樣，拿命去拼，不如直接拿了錢，退休出國玩。」

「其實，我在分局過得還不錯。」撓撓下巴的洪建國低頭，踢著腳下的小石頭，慢條斯理的講道：「每天吃吃喝喝等下班，悶了可以開警車出去逛兩圈，去茶店仔還有人免費陪喝酒。要是做到六十歲再退休，不但有一大筆退休金，每個月還可以領月退俸……」

說到底不就是錢嗎？鍾皓然一個堂堂上櫃公司老闆，難道出不起？

懶得和洪建國浪費時間的鍾皓然，直白問：「那你說，到底要多少才肯幫？」

「這個嘛……」勾起脣角的洪建國掏出手機，在發著藍光的螢幕上，寫下一串數字，「至少，也得這個數才行。」

鍾皓然和李芳華看了後，瞪得眼珠子差點沒掉下來。

幹了二十年警察的洪建國，當然知道用手機或即時軟體聯絡，會留下通聯記錄的問題，所以，他和鍾皓然夫妻倆的聯絡方式，都是透過小店舖老闆來幫忙傳達。

然而這麼隱密的事，是如何被發現的呢？

原來，身為徒弟的許瑞恩，經常看到師父洪建國出入一家小店舖，只是分局旁的超商林立，賣的東西樣式新穎，又比傳統小店來得便宜，不懂洪建國為何盡挑那家的購買？

早就疑心洪建國的夏宇凡，從許瑞恩口中得知這件事後，抓住機會，在威脅與利誘之下，小店舖的老闆只好坦誠說出，洪建國與鍾氏夫妻會面的地點。

提早埋伏於基隆河邊的夏宇凡和許瑞恩，忍受近兩小時野外蚊蟲的攻擊和叮咬，成功錄下洪建國與鍾氏夫妻的對話。

這下子，終於有證據了。

☆☆

由於承辦鍾少楓吸食毒品案件的人員是許瑞恩，洪建國仗著自己是他的師父，便不斷對許瑞恩施壓。

「好啊！小許，為了爭功，你他媽的在背地裡剪人頭髮，身為一個警察人員，你連這種偷雞摸狗的事也幹得出來，丟不丟臉啊你？」洪建國又開始在分局裡，對著許瑞恩劈頭大罵。

「警方本來就對吸毒者有強制採檢的權力，我這是在執行我的職責，算哪門子偷雞摸狗？」在得知洪建國收賄的行為後，許瑞恩連師父都不叫了，直接對著洪建國嗆回去。

「你！你你……你這是什麼態度？我是你師父，你居然敢不聽我的？」昨天還對自己低聲下氣的徒弟，今天完全就變了個樣，洪建國指著眼前還是個菜鳥的許瑞恩，不敢置信。

「就算是師父，辦案也要有邏輯，我好歹在警大受了四年的專業培訓，難道，連這一點基本的判斷能力都沒有嗎？」

「什麼專業培訓？那都是屁。你以為警大畢業就了不起，你個毛都沒長齊的，哪裡懂得這個社會有多黑暗？」

「就是因為社會黑暗，所以才更需要警察出來維護正義，不是嗎？」慷慨激昂的許瑞恩，說得眼眶都紅了。

「你還記得我們警察的勤務紀律是什麼嗎？你肯定忘了，但我還記得，要奉公守法、服從命令；愛護部屬、以身作則；愛民便民、熱心服務；還有負責盡職、講求效率。請問師父，你做到哪幾條？」

「你……我……」在警界打滾多年的洪建國，帶過的徒弟不知道有多少，但從沒見過有誰，像許瑞恩這樣認真的。

「好好好，你熱心，你專業，我懶得跟你這臭小子浪費口水，我……我直接找分局長去。」洪建國見說不動許瑞恩放人，便直接殺到分局長室找王國忠。

只是王國忠早就猜到，洪建國會來說服自己對許瑞恩施壓，為了讓夏宇凡順利進行這件收賄的案子，他乾脆外出，眼不見為淨。

本以為到手的肥羊，沒想到會踢到鐵板，這可讓等著收錢的洪建國急了。這件吸毒案如果不能儘快壓下來，屆時鍾少楓坐了牢，洪建國的那一大筆退休金肯定也跟著飛了。

「姓夏的，你敢擋老子財路，老子跟你沒完。」

「怎麼了？」白依涵見夏宇凡一直用手揉耳朵，關心問道。

「沒什麼，耳朵突然覺得癢，可能有人在罵我吧！」其實夏宇凡心裡有底，只是不想增加白依涵的負擔，所以就沒說出來。

「被罵會耳朵癢的這種謠傳，是老人家才說的，身為警察的你也信？」輕笑的白依涵不以為然。

「信。」夏宇凡回得特別用力。

「聽說被人想念也會耳朵癢，最近妳有沒有覺得耳朵特別不清靜。」高過一個頭的夏宇凡俯下身，在白依涵的耳邊輕咬。

「喂！你……」夏宇凡突如其來的輕佻舉動，讓平時一板一眼的白依涵，嚇得整個人幾乎彈開。

「沒那麼誇張吧！我又不是長得其貌不揚，妳這種反應也太不給面子了。」夜市裡人多，夏宇凡一伸手，就將自己的女朋友給摟進懷裡。

超不習慣和人這麼親密的白依涵掙扎了幾下，又瞪了身旁的男人一眼，夏宇凡卻是裝作沒看見。

「和喜歡的人肢體接觸，有益身心健康，經常抱抱還可以讓人分泌催產素、多巴胺及血清素，減少壓力激素的分泌，百利而無一害啊！」夏宇凡講了一大串，不就是為了給自己一個討抱，又冠冕堂皇的理由嗎？

「這麼說起來，我應該經常找別人抱抱？」白依涵學起夏宇凡賣萌的語氣。

「那不行，妳只能和我抱。」夏宇凡反應迅速。

「可是你這麼忙……」

「等我這個案子忙完，就有假可以休了。」夏宇凡答的歡快。

可這一句話，聽在白依涵的耳裡卻是——他又得去執行危險的任務了。

☆☆

因為房市不景氣，被資金壓得喘不過氣的鍾皓然，為籌措給洪建國的那筆救命錢，每天都忙得焦頭爛額。

洪建國要求的錢分兩次給，一半事前，一半事後，可因為洗錢防制法管得嚴，洪建國為免被銀行發現到戶頭有異狀，便和鍾皓然約好現金面交。

好不容易籌到第一筆款項的鍾皓然，本以為洪建國可以將兒子的事情處理好，所以，就沒有特別聘請律師協助處理，可半個月後，地檢署還是寄了傳票到鍾家，要求鍾少楓要再次受檢，並送觀察勒戒。

沒想到洪建國那個傢伙，居然說一套，做一套。

氣急敗壞的鍾皓然，直接和負責聯繫的小店舖老闆撂下狠話，說：如果鍾少楓被關，他也一定要拉洪建國當墊背。

小店舖老闆雖然如實把鍾皓然的話轉告給洪建國，奈何這件案子已經到了地檢署，身為警察的洪建國，就算想把案子吃下來，都沒辦法了。

「現在唯一能做的，就是想辦法爭取縮短勒戒期。」洪建國和鍾皓然，又重新來到基隆河邊談判。

「媽的！我準備這麼多錢，不是讓你給我兒子爭取縮短勒戒期的。」丟下一整箱現金的鍾皓然額冒青筋，兩手揪著洪建國的衣領大叫。

「唉呀！我說，你冷靜一點，事情都走到這一步了，我們只能想辦法不讓它變得更糟。」被掐到臉紅脖子粗的洪建國喊道。

「如果你當初就把事情搞定，也不至於走到今天這一步。」

「那我能怎麼辦？分局長整天避不見面，現在整個分局都只聽那個姓夏的。」憤憤不平的洪建國也吼回去。

「哪個姓夏的？」

「夏宇凡，是調來汐止一年多的偵查隊隊長。」極度不屑的洪建國，一提起那個男人就咬牙切齒。

夏宇凡？這個名字好像很熟。

鍾皓然突然想起兒子經常提到這個人，似乎專找他麻煩。

「買通那個姓夏的，會不會比較快？」既然洪建國連自己人都制不住，那鍾皓然幹嘛還把錢花在他身上？

「哈，你別傻了，他的腦筋比木頭還硬，是不會吃你那套的。」眼見錢就要到手了，洪建國怎麼可能還分給別人。

「不試試怎麼知道。」提著錢的鍾皓然，打算走人。

「幹！你利用完了我就想走，門兒都沒有。」可洪建國一把拉住他拿錢的那隻手。

「你辦事不力，還想拿我的錢？」抱住錢箱的鍾皓然，用手肘撞開他。

「錢是我的，你休想再拿回去。」身為員警的洪建國力氣大，硬是將錢箱給搶了過去。

「你……你居然，搶劫啊！有沒有人，警察搶劫。」又惱又怒的鍾皓然，放聲大喊。那可是他兒子的保命錢，絕不能讓這個領執照的土匪給搶走。

「叫吧、叫吧！會約在這麼偏僻的地方，就是因為叫破喉嚨也不會有人來，不是嗎？」將錢箱放在一旁的草叢裡，洪建國從腰側，拔出一把自製手槍。

「你……你想幹什麼？」看到槍的鍾皓然，簡直嚇傻了。

「你覺得呢？」嘿笑兩聲的洪建國，一步一步的靠近鍾皓然。

「不是放話說，要拉我當墊背嗎？要是放你回去，你肯定會去告我收賄，到時我不僅工作沒了，還得陪你兒子一起坐牢，你覺得，我有那麼笨嗎？」

「不，不不不會……我什麼都不會說，不說……」努力揮動雙手的鍾皓然，怎麼也想不到，兒子沒救成，還給自己引來致命的殺機。

「死人才不會說話。」洪建國將手槍指向鍾皓然的胸口，並示意他身後的那條基隆河，「從那裡跳下去，雖然河水很冷，但掙扎個幾下，很快就會過去。你死後，你老婆還可以領到一大筆保險金，再把公司股票賣一賣，至少一輩子不愁吃穿，不是嗎？」

「你，原來你……」

「都說因果循環，報應不爽。當初你怎麼對林美秀，李芳華就可以怎麼對你。不過放心好了，我會幫你好好照顧你的水某，絕不會虧待她的，哈哈哈！」

「不，你……你你你，不是人！」鍾皓然怎麼也想不到，洪建國居然是這種喪盡天良的禽獸，晴天霹靂的他抱頭，轉身就跑，「救……救命，救命啊——」

「既然你不想好死，那我只好幫忙幫到底了。」冷下臉的洪建國舉槍，瞄準鍾皓然的身後，準備扣下板機。

「砰！」可突然的巨大槍響，讓毫無防備的洪建國，脖子縮了一下。

狐疑的他轉身一看，瞥見那個對空鳴槍的人，居然是——夏宇凡。

「幹！又是你。」洪建國哪裡知道，那個小店舖老闆，早就成了夏宇凡的眼線。

轉而將槍口對準夏宇凡的洪建國還沒罵完，身手矯健的許瑞恩已經一個箭步，從洪建國的身後將他手上的槍打落，接著幾個埋伏的員警一哄而上，直接用手銬將他銬了起來。

「媽的，敢銬我，我是你師父。」洪建國對著下狠手的許瑞恩大罵。

「對，你曾經是我的師父，所以我才特別提醒你，身為一個警務人員該遵守的紀律，可你還是執意幹這種違法的勾當。」若不是許瑞恩親眼目睹，他還真不敢相信，洪建國竟然會以身試法，甚至為了錢殺人滅口。

「你懂個屁！你根本就被那個姓夏的給洗腦了，等回到分局，分局長還是會挺我的，到時，再看我怎麼收拾你們這幫小鬼。」

「這件事，我早就報告過分局長了。」夏宇凡見鍾皓然也被帶回來後，鬆了一口氣，「他應該已經在分局等你了。」

「媽的，姓夏的，我詛咒你有一天被亂槍打死，你會不得好死。」口沫橫飛的洪建國又氣又跳腳，接著被兩個員警強押上車。

夏宇凡懶得理會一個失去理智的人，他走向猶自兩腿發軟的鍾皓然，說道：「剛剛你和洪建國的對話，我們都已經錄了音，接下來，要請你好好解釋，你前妻林美秀車禍真正的原因了。」

被嚇得眼眶泛紅的鍾皓然噙著淚，看著眼前這個英俊挺拔的男人，想必就是洪建國口中，那個腦筋比木頭還硬的偵查隊隊長了。

曾經以為金錢萬能的鍾皓然，怎麼就在最危難的時刻，遇到這麼一個不為金錢所動的人呢？

可一想起那個無怨無悔，跟著他吃苦受罪，卻慘遭自己狠心殺害的糟糠妻林美秀，悔不當初的鍾皓然，終於流下兩串男人淚。

雖然洪建國打死不認收賄，還硬掰這都是夏宇凡和鍾皓然設下的陷阱，但有小店舖老闆當人證，還有一整箱的錢和錄音當物證，就算是分局長王國忠，也指示夏宇凡要秉公辦理，絲毫沒打算給洪建國留情面。

鍾皓然被抓進警局後，見夏宇凡早就把他製造假車禍的前因後果，都查得一清二楚，想起自己對已故妻子的惡行，報應到自己的身上，默默垂淚的他只能坦誠犯案。

「我認罪，只求你能放過我兒子。」瞬間蒼老十歲的鍾皓然，不忘替唯一的兒子求情。

「他染了毒癮，勒戒才能救他的命。」夏宇凡實在不能理解，都是當父母的人了，為什麼連這麼簡單的道理都不懂。

「小楓從小就愛乾淨，馬桶太髒他就沒辦法上，他還有很嚴重的偏食，只吃牛肉和雞肉……」

又是一個被父母寵壞的可憐孩子。

「你還是先想想，找誰來接手自己的公司吧！」沒等鍾皓然叨唸完，聽不下去的夏宇凡打斷他。

「除了製造車禍詐領保險金，你和李芳華還涉嫌長期賄賂員警吃案，這兩項刑責都不輕。估計你公司那麼龐大的產業，鍾少楓一個孩子也接不了手，所以趕緊找個人，不要再讓投資你的股民，也跟著受害了。」

聽夏宇凡這麼一說，張著嘴的鍾皓然頓時像洩了氣的人偶，只能用兩顆凹陷的眼珠子，呆滯的看著他。

「那曲佑興呢？現在他人藏在哪裡？」

假車禍一事，鍾皓然即使招供，卻從頭到尾都不敢提曲佑興的名字，因為他明白，像那種殺人不眨眼的劊子手，一旦被自己出賣，他們一家子誰也別想活。

只是夏宇凡的語氣如此肯定，指明了曲佑興就是他們的共犯，這也讓鍾皓然心虛的低下頭，

「我……我也不知道。」

「你兒子的毒品就是跟他買的，你怎麼會不知道？」

「怎……怎麼可能？」完全狀況外的鍾皓然，驚訝的瞪大了眼睛。

嘆了口氣的夏宇凡，將鍾少楓與曲佑興交易當時的錄音檔，播放給鍾皓然聽。

「他……他居然……」聽得臉都氣紅的鍾皓然，憤而拍桌站了起來，

「這幾年我供他吃，供他花，他居然用毒品來害我的兒子。」

「人心不足，怎麼你在社會上打滾這麼久，還悟不出這個道理。」一個上櫃公司老闆，竟然如此識人不清，夏宇凡也替他感到惋惜。

抹了把老臉的鍾皓然眼眶溼熱，一天之內受了這麼多打擊的他，感覺手腳都開始不聽使喚了。慢慢坐回椅子的鍾皓然，強撐著意識回道：「我只知道，他經常待在汐止山上，我給的錢，都是阿華每個月到銀行匯給他的，戶名是他找人頭開的，我們平常很少聯絡，就算有事，也是他主動來找我。」

「那你兒子，又是怎麼找上他的？」夏宇凡追問。

「我……我不知道。」伸出抖顫的雙手撐住頭，鍾皓然努力回想，「五年前他被警察追捕，受了很重的傷，我看他走投無路，就讓他住在我一間沒賣出去的空房子裡。」

咬咬牙，哽咽的鍾皓然緩緩說道：「那時，我讓阿華天天去給他送飯，剛好那時候的小楓，因為在學校鬧事，就沒去上課……」

夏宇凡見情緒面臨崩潰的鍾皓然，已經難過到說不出話來，就讓許瑞恩先把他帶下去休息，等李芳華和鍾少楓來後，再繼續偵訊。

「學長，如果連鍾皓然都不清楚曲佑興的去處，那我們要怎麼找起？」眼見一條珍貴的線索就要斷了，許瑞恩憂心問道。

「以為死了的人都能被你翻出來，一個大活人還擔心抓不到嗎？」夏宇凡拍拍許瑞恩的肩膀，鼓勵他，「法網恢恢，疏而不漏。雖然是句老掉牙的話，可現在不都驗證了嗎？」

「是，學長，就算掘地三尺，我也一定努力把曲佑興給『翻』出來，好證明我們堅持的理念，都是正確的。」

「好，加油！」

「加油！」

視夏宇凡為死對頭的鍾少楓，即使面臨牢獄之災，也絕口不透露曲佑興的藏身地點和聯絡方式，氣得許瑞恩差點沒賞給他一頓飽拳。

不過，這結果已在夏宇凡的意料之中。

就算鍾少楓真說出曲佑興的藏身地，曲佑興也不會笨到待在那裡，等著警察上門抓人。於是，夏宇凡只好請求分局長，再次派員搜山。

「就算躲在山區，也要下山買吃的，我們可以考慮向當地的小吃攤發送通緝傳單，讓他們幫忙找人。」在分局已有三年經驗的偵查隊副隊長蘇世成，主動建議。

雖然以往搜捕嫌犯都是線民舉報，但若能再把小吃攤納入追蹤，肯定可以將效果發揮到最大。

「可是，曲佑興已經是經驗老道的逃犯，他或許比我們更早想到這一步，不見得會下山。」

不以為然的夏宇凡理性分析。

「再說，汐止山區開闢了許多休閒餐廳，這些地方都可以提供嫌犯飲食所需。所以我個人認為，若是向山區的這些餐廳給予報案獎金，並隱祕追查嫌犯的行蹤，他反而未必能防範得到。」

經夏宇凡這麼一說，幾個隊員紛紛點頭表示認同，不過，剛剛發言的蘇世成還是有些疑問：「汐止山區那麼大，很多餐廳根本是私自設立，沒有登錄註冊，我們要從何查起？」

「這個還得請各地的村、鄰、里長提供協助，因為，他們比我們更了解自己區域裡的店家位置。不過要記得提醒他們，一旦發現嫌犯千萬別打草驚蛇，他要什麼給什麼，儘量拖延時間，然後儘快打電話通知我們。」

聽完夏宇凡的分析後，分局長立即指示所有相關人員，全力配合搜山計畫，務必在最短的時間內，將確切的資料提供給警方，以協助辦案。

第八章　意料之外

辦完鍾皓然一家的案子後，緊接著，就要迎接新一年的到來。

往年為了臺北的跨年煙火，新北各警局、派出所，都要派不少員警支援疏導交通和維護治安。但這次，分局長體恤夏宇凡幾個月來的辛苦，又立下破獲賄賂員警和製造假車禍詐領保險費的大功，於是讓他二十四小時手機待命，隨傳隨到就好。

難得能在重大節日和女朋友一起出遊，興奮不已的夏宇凡，努力搜羅合適的約會地點。

離臺北最近的日出景觀，一是陽明山，一是基隆的外木山，但考慮到海邊風大浪大，瘦弱的白依涵又怕冷，夏宇凡決定吃完跨年宵夜後，直接上山。

可為了和男朋友迎接日出，讓不曾丟妹妹一個人過夜的白依涵，感到十分為難。幸好，長住臺中的白爸爸和白媽媽，也想感受一下北臺灣的跨年盛況，特別上來陪女兒，白依涵這才敢答應夏宇凡的邀約。

白依雪若是知道自己要和她的夏大哥出門，一定吵著要跟，所以，白依涵僅向家人交代要和朋友跨年，會很晚回家；二來也是不想，讓爸媽知道自己有男朋友後，會追問個不停。

這幾年，白爸爸經常問她有沒有交男友，甚至幾個親戚也會趁她回臺中時，帶年紀相當的晚輩到家裡吃飯。可那時的白依涵已經打定主意，要照顧妹妹一輩子，根本沒想過結婚這件事，誰知道夏宇凡的出現，打亂她所有的計畫。

雖然明白拒絕了顧昱雲，白依涵應該更沒有後顧之憂和夏宇凡在一起，更別說，夏宇凡也多次表明了想見她的家人。只是，白依涵心裡總還有很多的不確定，但若要追根究底問起來，她也不明白，這種不確定到底是什麼。

遊興正濃的夏宇凡，開著車來到陽明山時，許多攝影愛好者早已占好了位置，等待拍下最美的日出景致。

雖然身穿羽絨衣、毛帽、圍巾和手套的白依涵全副武裝，可還是不敵凜冽的強勁山風。兩個人在山頭站了一會兒，連顆星星都沒看到，就躲回車子裡取暖。

「幸好妳妹妹沒來，不然肯定凍得發抖。」女孩子都怕冷，夏宇凡不忘用自己的掌心包住白依涵的小手，替她暖暖。

「對啊！我爸媽才來幾天，就開始受不了臺北的溼冷天氣了。」車上有暖氣，白依涵擔心待會兒出去溫差太大，便脫下羽絨衣、圍巾和毛帽。

「怎麼妳爸媽來臺北沒有事先告訴我，今晚應該先請他們吃個飯的。」

「知道你忙，就沒說。」懊悔自己說溜嘴的白依涵，咬咬唇。

「再忙，也要和妳爸媽見個面，問好啊！」有些抑鬱的夏宇凡拉起白依涵的手，認真問道：

「妳還沒有告訴妳爸媽我們的事，對不對？」

「……」

見白依涵不回答，嘆了口氣的夏宇凡，將她摟進懷裡。

「妳是暫時不想說，還是都不說呢？」將臉貼在白依涵的髮上磨蹭，感覺她柔順髮絲帶來的平滑膚觸，夏宇凡開始眷戀這種感覺。

「我只是覺得……還不到時候。」

「是不是，我的工作讓妳覺得沒有安全感？」

是這個原因嗎？

白依涵自己也不知道。

「我爸是軍人，還是派駐到外島的軍人，在那個交通不是很便利的時代，我一年頂多見他幾次面。每當別人在慶祝過年團圓的時候，家裡都只有我和我媽兩個人，冷冷清清的吃著年夜飯。」懷抱著心愛的女人，夏宇凡聊起了他的童年。

「我六歲那年，媽媽好不容易又懷了孕，可因為爸爸不在，家裡很多粗重的事情都得我媽自己動手。有天雨下得很大，屋頂漏水漏得厲害，挺著肚子的我媽爬梯子上去修，誰知一不小心打滑跌下來，當場便流產了。」

聽到這裡的白依涵，心裡不禁揪了一下。

深吸口氣的夏宇凡停了會兒，又接著說：「等我聽到呼救聲時，我媽已經流了一地的血，年紀還小的我以為媽媽會死，於是發了瘋一樣衝出去喊救命，鄰居才趕緊打電話叫救護車。」

沒想到，夏宇凡的童年竟是這樣悲慘，緊握雙手的白依涵很想安慰他，卻不知道該怎麼開口。

「幸好搶救及時，我媽才保住了一條命，可是從此就沒有機會再懷孕。而身為家中獨子的我，從小深受爸爸保家衛國的影響，雖然沒有去當軍人，卻成了警察……」

夏宇凡讓白依涵面向自己，嚴肅說道：「我知道這是一份很危險的職業，沒有假日，工作不分晝夜，更不可能有多餘的時間陪家人，但我希望妳明白，我以身為一個警務人員為榮，我更希望妳能相信我，支持我。」

看著眼前這個正義凜然的男人，白依涵的內心，突然感到一陣羞愧。

想當初，如果不是因為他的熱血，怎麼能讓受創多年的白依雪，克服怕生的難關，一步步回到從前？如果，不是他一而再再而三的堅持，又怎麼能暖化白依涵這顆冰凍已久的心呢？

「依涵，我知道妳妹妹的事，一直在妳心中有個陰影，可是想想社會上那些受到威脅、壓迫，卻無力還手的人，除了警察，還有誰能給他們依靠和幫助？」

「我知道，可是……」在聽了夏宇凡那一段動人心弦的告白後，白依涵實在不忍再拒絕，

「你……你再給我一點兒時間。」

「多久？三天，還是五天？」大喜過望的夏宇凡捧起白依涵的臉，兩眼放光。

「三、五天肯定是不行的，三、五……年，還可以考慮考慮。」故意講得雲淡風輕的白依涵咬住脣，好掩飾那抹差點兒流洩的笑意。

「那不行，三、五年太久，都過期了。」可嘟起嘴的夏宇凡，居然賣起萌來。

「沒聽說過人會過期的。」轉頭的白依涵噗笑。

「鮮肉放久就不鮮肉了，要趁早食用。」夏宇凡詭譎一笑，伸手攬住白依涵的腰，開始一串的熱吻。

一手撫著她的臉、她的髮，夏宇凡圈住愛人的腰，低頭印上那溫軟的脣，他厚實的手掌，穿透衣服傳遞著真實的熱情，車子裡的兩人激烈相擁。

溼熱的雙脣沿著鎖骨，滑進白依涵胸前的柔軟，夏宇凡喚著心愛的人的名字，脣上的炙熱，不斷的在那雪白柔嫩的雙峰間遊走，感受到她胸口激烈的起伏，夏宇凡忍不住把手伸進那礙事的衣服裡。

「別，別這樣！」還保有一絲理智的白依涵，按住夏宇凡那隻不安分的手，連忙推開急喘的他，「會……會有人經過。」

「旁邊烏漆墨黑的，大家都上山了，誰會看見？」

燃起情欲的夏宇凡管不了那麼多，他直接伸手拉下白依涵的椅背，瞬間倒下的她驚呼一聲，還來不及反應，動作敏捷的夏宇凡，就已經越過前排座位中間的排檔桿，跨坐在白依涵的身上。

兩個都是成年人了，白依涵當然知道夏宇凡想做什麼，只是，現在這種狀況不合適啊！

「依涵，我們結婚吧！明天我就去向妳爸媽求婚。」下身緊緊貼著白依涵的夏宇凡，低啞性感的嗓音，透著誘人的蠱惑。

「不，不行！太快了。」

「不快，一點兒都不快。」

差點因公傷而造成終身遺憾的程文智，給夏宇凡結結實實的上了一課，他已經失去過一段人生最美好的愛情，他不想再失去眼前的白依涵了。

「我會趕在妳成為高齡產婦之前，把孩子都生完。」

「你……你當我是母豬啊！」又氣又笑的白依涵握起粉拳，打向那個口無遮攔的臭男人。

可一臉壞笑的夏宇凡握住白依涵的小手，接著，低頭堵住她的唇。

「唔！」

猛烈呼嘯的山風依舊，將透著熱氣的車窗，吹出一層朦朧白霧，淺短的呢喃化為風中吟哦，迴盪在即將破曉的晨曦裡……

原本打算一看完日出，便要和白依涵父母見面的夏宇凡，還來不及吃份美味早餐，就被分局長的一通電話，給叩了回去。

鬆了口氣的白依涵，見心愛的男人一臉無奈，只能安慰他，以後有的是機會。

「回去一定要和妳爸媽說我們的事。」夏宇凡再三強調，「這幾天，我會儘量抽空和他們吃飯。」

「嗯。」白依涵順從的點點頭，這才目送他離開。

一晚沒睡的白依涵剛踏進家門，就聞到香噴噴的地瓜稀飯，「爸、媽，怎麼這麼早起？不是說要看跨年煙火嗎？」

「看了，但天一亮還是自動醒來。」白爸爸指著外頭的明媚陽光笑道。

「昨晚小雪看煙火看得很開心，我們就沒叫她起床，所以還在睡。」白媽媽趕緊添上一碗熱騰騰的稀飯，放在桌上，還一臉笑咪咪的說道：「這是小雪帶我們去隔壁超市買的地瓜，又香又甜呢。」

「依雪帶你們去買的？」白依涵驚訝。

「對啊！本來我和妳爸還擔心小雪會怕生，沒想到，她竟然恢復得那麼好。」兩眼泛光的白媽媽，笑得看向坐在一旁的白爸爸。

「這幾年，辛苦妳了。」白爸爸是個老煙槍，雖然現在戒了，但還是習慣夾根煙在手上聞聞，過過乾癮。

即便只是短短幾個字，卻讓百感交集的白依涵，瞬時紅了眼眶。

「小涵啊！讓她回臺中跟我們住吧！妳年紀不小了，有好的對象，要為自己想一下。」哪家父母不心疼自己的孩子，手心、手背都是肉，白爸爸也不希望大女兒一直為小的受苦。

「爸，依雪很乖，不會麻煩到我什麼的。」一想到年邁的父母，要幫她扛起照顧妹妹的責任，白依涵的愧疚感就油然而生。

「妳媽一個人在家無聊，一直掛心妳們兩姐妹，而且不久我就要退休了，小雪回去也有個伴。」

即使是這樣，白依涵還是不放心讓妹妹回臺中，畢竟，在夏宇凡的引導下，她的狀況真的改善很多。

誠如夏宇凡所講，人與人之間的磁場是會互相影響的，身邊的人如果情緒緊張，另一個人的情緒也會受到波動。之前白依涵和爸爸、媽媽，就是太害怕妹妹受到傷害，才一直不敢把她帶出去，可事實證明，放手才能讓妹妹得到真正的重生。

所以，治好白依雪最大的功臣，其實是夏宇凡。

「爸、媽，依雪能好的這麼快，全是因為一個警察的幫忙……」

「警察？」感到意外的白爸爸、白媽媽，異口同聲。

「對，因為五年前發生車禍的那個路段，至今事故仍很頻繁，所以半年前，有個警察曾經來找我，問當時的情況。」

「當時，不是說天候不佳，導致妳自撞嗎？」

「我也是這麼認為，可是宇……那個警察似乎還有其他疑點，就來找我求證。」

「那……那和小雪有什麼關係？」一臉著急的白媽媽，可不希望小女兒再捲入什麼案件之中。

「在一次偶然中……」為了讓爸、媽更了解白依雪恢復的經過，白依涵把這半年來，夏宇凡和她們兩姐妹相處的情形，都和父母說了遍。

白爸爸聽了後，面露欣喜，覺得自己的女兒有福氣，遇到了貴人，可觀察力敏銳的白媽媽，反而憂心忡忡起來。

「那個警察，是不是姓夏？」白媽媽問道。

「……對，他叫夏宇凡，是汐平分局偵查隊的小隊長。」這是白依涵第一次向家人提到夏宇凡，可是，媽媽怎麼會知道？

「難怪，小雪一直說什麼夏大哥的。」白爸爸想起昨天，小女兒一提到這個人就很開心。

「妳昨晚，是不是和他一起出去？」白媽媽的直白，讓白依涵瞬時就羞紅了臉。

「小涵，他是個警察，每天面對的不是流氓就是槍擊要犯，妳怎麼能找一個工作那麼危險的人……」

「媽，如果不是宇凡，依雪可能一輩子都得依賴別人的照顧，是他讓依雪克服心裡的恐懼，恢復了人與人之間的信賴感。我們這五年來求神拜佛，遍訪名醫都做不到的事，是他給了我們和依雪希望。」

「就算是這樣，我們可以包個大紅包感謝他，用不著讓妳……」

「因為，他同樣也拯救了我。」吸了吸鼻腔裡的溼意，白依涵艱難的吞下即將決堤的兩滴淚。

「在沒有遇到他之前，我以為，這輩子都要背負著愧疚和罪惡感，和依雪孤獨的生活下去，可是宇凡他告訴我，要我先放了依雪，才能放過我自己。媽，您知道這句話對我有多重要嗎？」

「小涵，我們從來都沒有想過，要把小雪的責任加在妳身上啊！」

「可是我放不下，也丟不開。」激動的白依涵，再也忍不住放聲大哭，「我只要一想到依雪是因為我超速撞車，才變成今天這個樣子，我的心……就像有好幾把刀子在割。」

見大女兒承受了這麼多年的壓力，卻始終沒有表露出來，心中萬般不捨的白爸爸，也跟著掉淚。

早已淚如雨下的白媽媽向前抱住女兒，泣不成聲，「小涵，是我們不好，我們不該讓妳一個人，背負這麼沉重的壓力。」

「媽……」

一家人多年來的辛酸，終於化為一串串的血淚，宣洩了出來。

過了好一會兒，見母女倆好不容易止住淚，白爸爸才開口：「既然那個夏警官人那麼好，那就帶回家給我們認識認識，我們也好當面謝謝人家。」

「爸，你不反對嗎？」因為媽媽的顧忌，讓白依涵也擔心起來。

「咳咳，都什麼時代了，子女談戀愛，父母還有什麼理由反對？」白爸爸故意拉大嗓門，就想在老婆面前給自己壯壯膽子。

「可是小涵，就算我和妳爸不反對，但有件事妳還是得弄清楚，小雪她整天夏大哥長、夏大哥短的，她會不會，也對那個警察有意思？」

白媽媽的這句話，瞬間戳中白依涵的軟肋。

如果自己的妹妹也喜歡上夏宇凡，那白依涵她，該怎麼辦？

☆☆

雖然，公司打算派顧昱雲去美國一事，已經在公司傳得沸沸揚揚，顧昱雲也曾經向白依涵證實這個消息，但人事部門沒公告，就表示八字還沒一撇。不過，因為公司搶到美國客戶這筆大訂單，意外的給技術部門發下不少獎金。

身為部門主管的顧昱雲，為了犒賞大家這一年來的辛勞，決定到一家著名的養生料理餐廳尾牙聚餐，而且，還可以攜伴參加。

聽說這家美食餐廳是採預約制，標榜無菜單料理，因為地理位置隱密，更透著一股濃濃的山野氣息，是很多部落客大力推薦的餐廳。

部門裡，那些曾經忙到幾乎被榨乾的同仁，一得知這個消息後，無一不對著顧昱雲高呼「主管英明」。

和父母外出購物幾次的白依雪，漸漸熟悉了居家附近的環境，雖然還不敢獨自出門，但已經令白爸爸和白媽媽，感到十分欣喜與寬慰。

「小雪，我們上來住這麼多天，也該回去了，媽再問妳一次，妳真的不想和我們回臺中住嗎？」一邊整理著行李，面露憂心的白媽媽問道。

「過年吧！等過年我再和姐一起回去。」顯然，白依雪沒聽出媽媽話裡的意思。

「那等過完年，妳就留在臺中陪我們，好不好？」鍥而不捨的白媽媽努力說服。

「不行，如果我回臺中，那以後就見不到夏大哥了。」白依雪搖頭。

「那個夏大哥，難道比爸爸、媽媽還重要嗎？」明白了大女兒的心意，白媽媽不得不早點斷了小女兒的想法。

「不是……」有些為難的白依雪不希望媽媽難過，可她又講不出什麼可以留下來的理由。

「小雪，告訴媽媽，妳是不是很喜歡那個夏大哥？」白媽媽拉住小女兒的手，要把話問清楚。

「當然，夏大哥很會講笑話，他還會教我用手機，學會很多東西。」這半年來，夏宇凡雖然不常和白依雪見面，但只要有好的資訊，都會用手機傳給她，而且，對白依雪的留言也是有讀必回。

「那妳，會想和他結婚嗎？」

就在白媽媽問出這句話的同時，白依涵剛好下班踏進家門。

「結婚？為什麼要結婚？」眨了眨大眼睛的白依雪，不解的反問。

「妳……妳不是喜歡他嗎？難道，妳不想和他結婚，天天在一起？」白媽媽以為小女兒不理解結婚的定義，急忙解釋。

「不想。」白依雪果斷回答：「我只想和姐姐住在一起，天天都住在一起。」

「可是，妳姐姐總有一天要嫁給別人，到時，她就得搬到別人的家去住了。」

「那就叫跟姐姐結婚的人，一起過來住啊！反正，我是不會離開姐姐的。」

原來，妹妹對夏宇凡的感情，並不是白依涵想像中的那種。

自從白媽媽提到，白依雪可能也對夏宇凡有意思的話後，整天擔心受怕的白依涵，就連回家面對自己的妹妹，都不像以前那樣無話不說了。

白依涵坦誠心裡很害怕，害怕萬一妹妹當著爸爸、媽媽的面，說她喜歡夏宇凡時，爸媽會直接勸自己放手。可夏宇凡是白依涵生命裡的太陽，是月亮，是星星，是指引她生命的燈塔，她現在已經不能沒有夏宇凡了，不能！

所以，在聽到妹妹與媽媽的這番對話後，白依涵鬆了好大一口氣。她想：也許是因為白依雪在車禍後，接觸到的異性就只有夏宇凡，所以才會整天黏著他。如果，能讓妹妹認識更多不同的男生，也許，她對夏宇凡的焦點就會轉移。

一想到這裡，白依涵決定做個大膽的嘗試。

唯有白依雪獨立了，她才能毫無顧忌的和夏宇凡在一起，所以，白依涵決定帶妹妹一起參加部門的尾牙聚餐，讓白依雪也能早日遇上自己喜歡的男人。

填上報名表，白依涵要帶妹妹參加聚餐的消息，馬上就在部門裡傳開。

因為顧昱雲的關係，那些原本一心追求白依涵的男同事，都打了退堂鼓，誰知這麼多年過去了，白依涵對顧昱雲還是一如初衷，完全沒有更進一步的打算。

於是大家紛紛猜測，白依涵根本就是愛情絕緣體，對男人沒興趣，否則怎麼會連顧昱雲這麼好的男人，都打動不了她的心呢？

縱使追白依涵沒了指望，但她的外表和能力在同儕裡，卻是出類拔萃的，所以妹妹應該也差不遠，就因為這樣，要求加白依雪LINE和臉書的邀請，絡繹不絕。

為了避免這群飢渴的單身狗嚇到自己的妹妹，白依涵並不打算公開妹妹的帳號，但拗不過眾人的再三請託，她勉為其難的上傳幾張白依雪的照片，算是滿足大家一點好奇心。

沒想到看到照片的同事們，無一不對白依雪不染塵埃的美，感到驚為天人，就這樣一傳十、十傳百，竟然還把相片，傳到了部門共用的群組裡。

雖然，白依涵承認妹妹的外表很迷人，但她異於常人的舉止也是事實，所以便和同事講起妹妹車禍受傷的事，希望大家見了面後，不要在白依雪面前，將心中的落差顯露出來。

連日來，被白依涵拒絕的顧昱雲，一直努力平復因為失戀造成的挫折和無力感。始終待在辦公室裡的他，被群組裡叮咚不斷的提示聲給吵煩，滑開手機一看，映入眼簾的，卻是一張清麗女孩子的照片。

那是一個長得像白依涵，卻比她更漂亮的女孩子。

即使身形瘦弱，可雪一般純淨的肌膚，大大的眼睛黑白分明，一頭長髮綁成兩條辮子，垂掛在胸前，一身的小洋裝更襯得她整個人清新脫俗，宛如是從言情小說裡走出來的女主角一樣。

除了塵封的那些老電影，顧昱雲還真想像不出，在這個什麼都趕流行，提倡標新立異的時代，還有哪個十幾歲的女孩子，會打扮得像她這樣復古。

當然，如果不是因為車禍斷了求學路，二十四歲的白依雪，早就應該大學畢業，或出社會工作了。可人生總有那麼多的突如其來，那麼多的意料之外，才讓這個年紀輕輕的女孩子，喜歡上三十年前的復古風情。

或許，這正是白依雪為自己保留的，另一把開啟人生的鑰匙。

第九章　祕境迷航

以往汐止的冬天，都是在煙雨濛濛，又溼又凍的天氣中渡過，但今年卻特別反常，有時白天露點陽光，夜晚飄點小雨，給每日為生計打拼的汐止人，額外增添了些浪漫的氣氛。

部門聚餐的地點位於汐碇路上，雖然餐廳的位置隱密，但住在汐止的同事大都耳聞過，不愁找不到路。

為免車子太多不好停車，不熟路況的其他人就安排到公司集合，再分坐幾輛車一同前往。謝美葳本想搭顧昱雲的車，可惜傷中的他，為了避開與這位仰慕者的獨處，便佯稱自己當天有事，要晚一點才能到。白依涵因為就住在山腳，所以，大家就不麻煩她再繞到公司來載人，這才讓她有時間，好好將妹妹打扮一下。

對於這次的聚餐，白依涵是緊張、不安的，但白依雪卻是歡喜、雀躍的。

夏宇凡的工作太忙，連和白依涵獨處的時間都少得可憐了，更何況和白依雪見面，因此，一聽姐姐說要認識新朋友，白依雪興奮得早早就起了床。

「今天要見的人很多，記得要有禮貌，還有，要一直跟著我，不能亂跑，知道嗎？」雖然昨晚就提醒過，但白依涵仍不忘再次叮嚀。

「知道了，姐姐，妳放心，我絕對不會亂跑的。」白依雪信誓旦旦。

簡單整理一下妹妹的頭髮，確認都沒有問題後，白依涵拿了個比較時興的包包，換掉白依雪那個太可愛的。

「我不是很喜歡這個包包，可以再換一個嗎？」左看右看的白依雪不滿意，她直接打開衣櫥，拿出另一個全新，還帶有印花的米色手提包，「這是去年生日夏大哥送我的，我想帶這個。」

看來，白依雪越來越有自己的主見了。

心裡五味雜陳的白依涵點點頭，想想這半年時間，夏宇凡已經送過妹妹好幾樣禮物了，唯獨她自己，一個也沒有。

記得夏宇凡以前曾說：因為不知道她喜歡什麼，所以沒買，等以後有機會再送。可兩個人都已經交往這麼久了，難道，他還不清楚自己喜歡什麼嗎？

鎖上門，進了電梯，頗為吃味的白依涵這才又想起，自己曾暗罵夏宇凡送禮物是無事獻殷勤，非奸即盜，又說自己不是小孩子，不用他破費之類的話，不覺皺起眉頭。

他該不會一直記得這些話，才不敢買東西送給她吧？

真是隻呆頭鵝。

從公司出發的大隊人馬，浩浩蕩蕩的開上山，疾馳而過的引擎聲，讓原本寂靜的山林，揚起一陣陣塵囂。

雖然每逢初一、十五，白依涵都會來這裡的土地公廟拜拜，求平安，按理，她是最熟悉路況的。但五年前那場車禍的教訓，讓她習慣按照規定的速限行駛，所以，很快便被其他同事的車子給超了過去。

這是白依涵第一次帶妹妹，參加這麼多人的聚會。

即使夏宇凡一直提醒她，不要太在意別人的眼光，但這些都是她朝九晚五一起共事的同僚，萬一白依雪出狀況，那日後，她要怎麼若無其事的面對這些人呢？

可是……可是，她更希望妹妹能早點恢復正常，甚至找到合適的對象結婚、生子，這樣，她才能毫無愧疚的與夏宇凡在一起啊！

一想到夏宇凡的擁抱和熱吻，白依涵的心底就湧起一股滿滿的幸福，腳下的踏板，也不禁越踩越無力。

「姐，有人，小心！」原本盯著窗外景色的白依雪突然大叫一聲，讓差點失神的白依涵，趕緊踩下煞車。

「呼……是種菜的阿伯。」幸好車速不快，白依涵反應又即時，這才沒有釀成大禍。

穿得一身鐵灰色衣服的阿伯戴著斗笠，也被急煞的白依涵給嚇了一跳，不甚高興的他瞪了白依涵一眼，似乎在怪她開車不看路，可這裡既不是路口也沒有斑馬線，行人任意穿越馬路才更危險吧！

「姐，妳剛沒看到人嗎？」心臟都快跳出來的白依雪，忍不住拍拍自己胸口。

「他……他突然走出來，我一時沒注意。」深吸好幾口氣的白依涵，心虛的低下頭，雖然阿伯穿的衣服不是很顯眼，導致她沒注意到有人從路邊走出來，可也是自己正想著夏宇凡，才因此分了心。

「要不要休息一下？」白依雪見姐姐嚇得臉色發白，關心問道。

「不用。」斂起心神的白依涵正打算踩下油門，可手機卻響了。

小心翼翼的將車開到路邊暫停處，白依涵打好P檔，踩下腳煞車，拿出手機一看，居然是顧昱雲。

「喂。」

「喂，依涵，是我。」

手機傳來顧昱雲的聲音，但不是很清楚。

「嗯，你到了嗎？」

「還沒。」

手機的雜音很重，白依涵將車子熄火，打開車門，試著找個收訊比較好的地方講話。

「我好像迷路了。」

「迷路？你現在在哪裡？」眼前的樹木林立，白依涵什麼都看不清楚，拿著手機的她又向前走了幾步，試著能不能找到視野好一點的地方。

「我也不清楚。」有點焦急的顧昱雲說道：「我照著導航開，結果開進一條小路，也找不到地方可以迴轉，現在車子卡在路上，進退不得。」

這下糟糕了，白依涵忘了提醒顧昱雲，這裡有很多產業道路，路狹又窄，尤其他開的又是休旅車，萬一被導航誤導到小路上，肯定動彈不得。

「你能說說附近有什麼顯眼的建築物，或者路標什麼的。」白依涵急了。

「看不到有什麼建築物，也沒有路標。」顧昱雲的氣息有些亂，可見也慌了，「沿途有菜園，我……找……問……」

「喂？喂！」

訊號斷了。

住臺北的顧昱雲對汐止不熟，這條路又是出了名的事故多。急得冒汗的白依涵走回車裡，跟妹妹說：「有同事迷路了，我得找個收得到訊號的地方，才能和他通話，妳待在車裡等我，我很快回來。」

「好。」白依雪乖巧的點點頭。

「我離開後，妳就把車子上鎖，誰來都不要開，知道嗎？」

「嗯。」見白依涵離開後，白依雪將車門鎖好，並打開手機裡下載好的音樂，戴起耳機聆聽起來。

這是夏宇凡傳給她的心靈音樂，白依雪每晚睡前都聽，而且一覺到天亮。

可一心追著手機訊號遠離的白依涵沒有發現，一團濃濃的白霧，正朝著白依雪和車子，快速的撲去。

突然被掛掉電話的顧昱雲，不解的盯著手機看了許久。雖然白依涵拒絕了他的告白，但應該不至於掛他電話，於是，他又回撥了幾次，「您撥的電話沒有回應，請稍後再撥。」

是山區收訊不佳的關係嗎？

因為顧昱雲的手機訊號顯示滿格，所以，他並不清楚白依涵突然斷訊的原因。等了許久都沒收到回訊的他，想到車子還停在不遠處的邊坡上，為免造成其他用路人的不便，他只好試著繼續尋找當地人幫忙。

即使今天陽光溫煦，晒在人身上還有點熱，但這裡的地勢低窪，溼度又高，大量落葉的腐敗味道飄散在空氣中，讓住慣了都市的顧昱雲，感覺十分的不舒服。

因為焦急冒汗而脫下外套的他，仔細觀察附近，發現不遠處有一片長滿野草的菜園，心想應該有農民住在那裡。於是顧昱雲加快腳步，向前走去。

「小妹妹，妳找誰啊！怎麼一個人跑到這裡來？」

前方傳來一陣低沉沙啞的男聲，讓鬆了口氣的顧昱雲一笑，可不久，就又聽到另一個顫抖的女聲。

「我……我找姐姐，叔叔你有看到我姐姐嗎？」

「妳姐姐？哦，有，妳姐姐在我家，要不要，叔叔帶妳去？」

這狀似不太正常的對答，引起顧昱雲的好奇心，他放慢腳步，沿著路邊高過於頂的芒草叢，悄悄的來到菜園一角落。

眼前戴著頂深色鴨舌帽的中年男人，穿著一身既破又髒的衣服，正和一個十幾歲的女孩兒在說話。

「可不可以，讓我姐姐出來？我在這裡等她。」

「這裡太陽大，會把妳晒黑的。」勾起脣角的中年男人，不懷好意的嘿笑兩聲，並一跛一跛的走向女孩兒，伸手想要拉住她，「妳長這麼漂亮，萬一晒黑就不好看了。」

女孩一見男人靠過來，嚇得轉身就跑，可那男人以更快的速度，拉住女孩的辮子，並伸手將她整個人抱住。

「啊！放開我，放開我。」

「是妳自己送上門的，老子好久沒女人了，讓我抱一下，過過癮。」

噘起嘴的男人眼看就要親上去，可一邊尖叫一邊亂踢的女孩子，不僅揮掉男人頭上的帽子，還露出他那張有著可怕刀疤的臉。

一旁的顧昱雲見狀況不對，正打算打電話報警時，那女孩子剛好用力踢了男人一腳，惹得男人一陣驚叫後，趕緊彎腰按住自己的大腿。

掙脫了那個可怕的男人，驚恐萬分的女孩，又哭又叫的朝著顧昱雲這個方向跑來，這時的他才看清楚，這個女孩，竟是白依涵的妹妹。

「大哥哥，有壞人，快救我！」白依雪一見有人，像落水的人攀到浮木一般，拉著他的手求救。

顧昱雲見那個男人表情痛苦又猙獰，似乎被踢中要害，於是抓著白依雪的手，快步的往停車的方向走，「別怕，妳先告訴我，妳的名字是不是叫白依雪。」

嚇得全身不斷發抖的白依雪有些訝異，隨即點點頭，「嗯嗯。」

「妳姐姐呢？」邊跑邊回頭的顧昱雲，擔心那個男人會追上來，也擔心白依涵遇到什麼更危險的狀況，於是又撥了電話。

這次，終於通了。

「喂！經理，找到路了嗎？」

「先不說這個，妳妹妹現在跟我在一起，我們遇到一個心懷不軌的男人，他可能隨時會追過來。」

「依雪？怎麼可能，她不是應該……」大驚失色的白依涵，連忙跑回停車處。

平時都待在家的白依雪本就少活動，尤其剛剛又受到極度的驚嚇，所以沒跑多遠，就喘得走不動了，「大哥……哥，我……我跑不動……了。」

見臉色慘白的白依雪唇色發紫，不了解她身體狀況的顧昱雲，轉頭看了看身後，並沒有發現那個男人跟過來，便讓她在路邊坐著休息。

「喂，喂喂喂。」發現妹妹不見了的白依涵，急得差點沒哭出來，她對著手機急喊好幾聲，顧昱雲才又回話。

「那個男人沒再追過來了，妳妹妹很不舒服，我讓她休息一下。」

「我妹妹有恐慌症，一害怕就會呼吸困難，麻煩你告訴她，要深呼吸，不要急，我儘快想辦法過去找你們。」

「我知道了，她現在還好，只是，妳要怎麼來找我們？」顧昱雲按下擴音，好讓白依雪聽到他們的對話。

「我有個警察朋友，我請他用手機定位來找你們。」抹掉淚，白依涵祈禱此時的夏宇凡待在分局，不要剛好出什麼任務。

「那妳順便告訴他，那個心懷不軌的男人年約五十歲，臉上有一道長長的刀疤，走路還一跛一跛的，請他們派員警過來查一下身分。」

「好，我馬上聯絡我朋友，那，依雪就麻煩你照顧了。」

「沒問題。」掛上電話，顧昱雲觀察了下白依雪的狀況，見她除了面色還有些慘白外，嘴唇似乎恢復了點血色。

「可以走了嗎？」顧昱雲對這裡不熟，為免那個男人追來，他們還是得趕緊回到車上。

「嗯。」呼吸略略平穩的白依雪點了點頭，可手腳發軟的她一站起來，就差點又跌進草叢裡。

幸好，顧昱雲即時拉住了她。

「我扶著妳走吧！」雖然兩個人是第一次見面，但既然是白依涵的妹妹，顧昱雲自覺有義務照顧好她。

「謝謝！」對白依雪而言，除了自己的爸爸，和剛剛那個強抱她的壞人外，她還沒有和任何一個陌生男人，有肢體上的接觸過。

就連夏宇凡也沒有。

走了幾百公尺後，顧昱雲終於看到自己的車。

不知道白依涵的警察朋友，需要多久時間才能找到他，但比起外面，待在貼有防爆膜車窗的車子裡，至少安全許多。

「那就是我的車，我們到車子裡等妳姐姐吧！」

終於盼到一點安全感的白依雪，猛力點點頭，而正當顧昱雲伸手準備打開車門時，後腦突然遭到一頓重擊，讓全然不防的他，昏迷倒地。

☆☆

剛抓到一批走私犯的夏宇凡，還在分局裡忙著看其他員警做筆錄，手機卻在這時響了。

「怎麼這個時間打來？不是說要去吃大餐嗎？」勾起脣角的夏宇凡將表單遞給許瑞恩，獨自走到分局外聽電話。

「有件事，要麻煩你。」手機那頭的語氣凝重，甚至有點兒哽咽，「我一個同事在汐碇路走失了，可以請你用手機定位找到他嗎？」

「同事？都是大人了，按原路回頭不就好了。」依規定，除非勤務需要，或報人口失蹤，否則，就算是警察也不能隨意浪費警用資源。

「可是……依雪和他在一起。」一股酸液湧上喉嚨，心急如焚的白依涵忍不住啜泣。

「什麼！妳別哭，先告訴我妳人在哪裡？」

其實，白依涵也不知道好好待在車子裡的妹妹，怎麼會跑出去，還遇到了壞人。

雖然，顧昱雲為免白依涵擔心，沒有說出那個男人想侵犯白依雪的企圖，但一想到妹妹好不容易治好的恐慌症，可能又會因此發病，白依涵就後悔到不行。她不應該把妹妹一個人留在車上的，不應該！

抹掉淚的白依涵，仔仔細細的將自己位置，還有顧昱雲的話，包括那個男人的臉上有刀疤，走路會跛腳，一字不漏的轉告給夏宇凡聽。

「我知道不應該增加你們的勤務，可是，我同事是很謹慎的人，他不會亂懷疑別人的。」夏宇凡是個公私分明的人，白依涵就怕他不願意幫忙。

可一聽到白依涵對那個男人的形容，夏宇凡的臉色馬上就變了，一邊說話一邊走進分局的他，拍拍桌子，並向所有員警比了個手勢，裡面的大家，立刻停下了手上的動作。

「依涵，待會妳把妳同事的手機號碼傳給我，還有，現在馬上回到車子裡，我大約十分鐘左右會到，記得，車門要上鎖，不認識的人來都不要開。」

「宇凡……」感覺夏宇凡的口氣不尋常，白依涵更慌了。

「別擔心，手機定位的速度很快，我會多派幾個人去找的，等我。」為了不讓白依涵過於緊張，夏宇凡刻意講得輕鬆。

「嗯，好。」掛上電話，白依涵將手機號碼傳給夏宇凡後，接著再撥給顧昱雲，好教他放心。

可是，手機那頭卻傳來，「您撥的電話未開機，請稍候再撥。」

一收到夏宇凡的指令，原本還亂哄哄的分局同仁，瞬間靜止了動作。

「土雞出現了，正在汐碇路上，按我們之前的計畫，待會兒分兩批行動。」

一聽到「土雞」這個代號，員警們各個眼睛都瞪大了，有的臉上甚至浮現出一絲興奮。

夏宇凡點了許瑞恩和受傷剛歸隊的程文智，以及另三名員警說道：「你們五個跟我，另外三個和副隊長一起，帶齊所有裝備，穿戴好個人安全措施，一分鐘後出發。」

「收到。」大伙兒齊喊，迅速開始動作。

「文智，請電信公司查一下這隻手機號碼的位置，我們兩個先出發。」夏宇凡將自己的手機遞給程文智，然後走向自己的座車。

「怎麼不開警用車？」程文智邊打電話邊問。

「我的車比較合適開山路。」簡單回了句後，面色凝重的夏宇凡啟動車子，朝著汐碇路急馳而去。

「電信公司說，需要三到五分鐘才能查到位置。」一手拿著手機，一手抓住門上的車把手，程文智還是第一次，見夏宇凡這麼不要命的開車法。況且，這是私人車輛又不是警用車，按現在這種車速，會被開單罰到爆吧！

「一查到位置就發給副隊長，讓他們先過去找人。」在一個急轉彎後，夏宇凡再次踩下油門，「就算發現目標也要按兵不動，等我們過去會合。」

「知道了。」才一鬆手，就被甩到貼在門板上的程文智，努力調整眼睛的焦距滑手機，卻忍不住在心裡暗笑：「熱戀中的男人，果然是最瘋狂的。」

因為顧昱雲的手機一直呈現關機狀態，讓車子裡的白依涵，擔心夏宇凡會因此查不到他的位置，幸好，不到十分鐘，夏宇凡就趕來了。

「宇凡……」一見到愛人的白依涵，激動得眼淚又掉了下來。

「妳同事的位置找到了，就離妳這裡不遠。」夏宇凡擦掉白依涵的恐懼，信心十足的安慰道：「我現在過去，找到妳妹妹就先叩妳。」

「我也一起去。」白依涵拉住他。

「我們是在執行勤務，不能帶不相關的人。」

「可是，我是依雪的姐姐。」白依涵只是想早點確認，自己的妹妹平安無事。

「依涵，妳同事說的那個人有犯罪前科，是有危險的，我不能帶著妳去冒險。」

「那……那依雪……」白依涵嚇得捂住嘴，就怕自己控制不住哭出聲來。

「所以，妳要待在這裡，我才能放心去救人，好嗎？」拍了拍白依涵抖顫的肩膀，夏宇凡清楚時間已經迫在眉睫，「文智，你留下來和依涵一起。」

「我？為什麼？我才更應該要去。」上次被曲佑興打了一槍，差點兒連命都賠上，程文智等著將他親自上銬，等很久了。

「我們不確認人會不會離開那裡，我不放心讓依涵一個人待在這裡。」

「那也應該叫學弟陪，怎麼也輪不到我這個老鳥啊！」顧不得白依涵在場，程文智咬牙切齒的說：「沒聽過有仇不報非君子嗎？他賞我的那一槍，一定要討回個公道。」

「我現在不是在跟你商量，這是命令。」丟下這句話的夏宇凡冷下臉，程文智還想再說，可許瑞恩和另三名警員已經趕了過來。

沒時間爭辯的夏宇凡，帶著四人沿著旁邊的小路快步離開，程文智雖然生氣，但也很明白，夏宇凡是考量到他的肩傷剛好，不適合出這麼危險的任務。可是，他真的很想親手，把那個曲佑興給抓起來啊！

「馬的，姓曲的，有種你就別跑，等學長抓到你，一定叫法官判你十個死刑不可。」氣噗噗的程文智手插著腰，眼睜睜的看著夏宇凡和學弟們的背影，消失在小路盡頭，唯有白依涵流著淚，不斷祈禱白依雪不要出事，一定要平安回來。

員警連著幾個月大規模的搜山，提高不少當地居民的警惕，再加上，夏宇凡通告各個餐廳和休閒農場，要密切注意可疑分子的動向，使得被困在汐止山區的曲佑興，幾乎要斷糧。

能在山上躲躲藏藏這麼多年的他，當然不只有一個藏身處，可山上沒有加油站，他的機車無油可加，又不能冒險下山買油，自然就不方便移動住處。所以，為了避開警方的追緝，曲佑興才會選擇躲在這間廢棄的農舍，至少菜園裡的農作物，可以保他不會被餓死。

但也因為這間農舍地處偏僻又年久失修，路小又狹窄，平時根本不會有人來，要不是跟著導航迷路的顧昱雲，誤闖了曲佑興的這個藏身處，恐怕手無縛雞之力的白依雪，早已遭到毒手。

只是，白依雪為什麼會跑到這裡來呢？

為了維持通話品質，白依涵拿著手機離開後，正在車子裡悠閒聽著音樂的白依雪，沒多久就發現一團濃濃的白霧，朝她這邊撲了過來。

五年前車禍發生的那一幕，又重新出現在她眼前，白依雪想起姐姐撞車前，就是因為這樣的濃霧影響了視線，才會亂了手腳。

雖然，那時的白依涵被安全氣囊給彈暈，白依雪也撞得頭破血流，可她一直沒忘記，撞車後，有一個在窗外窺視她們的陌生人影。而此時的濃霧，勾起了白依雪對那個陌生人影的恐懼，所以，她才會不顧白依涵的交代，嚇得打開車門趕著去找姐姐。

濃霧讓整條路況變得極不清楚，沿著大馬路都找不到姐姐的白依雪又慌又急，毫無頭緒的她，剛好發現旁邊有一條小路，便急急的向前跑去，卻不想，遇到那個殺人不眨眼的通緝犯——曲佑興。

幸好，被夏宇凡用槍打中大腿的曲佑興，因為子彈卡得太深，沒有任何醫療設備的他無法自行取出，只好用藥勉強先讓傷口癒合。誰知，拼死掙扎的白依雪，竟一腳踢中他的舊傷，這才能即時逃出曲佑興的魔掌。

可惜，就在顧昱雲準備打開車門，讓兩人躲進車子裡避難的時候，熟悉路況的曲佑興早就埋伏在車子旁，一棍子將顧昱雲給打暈。

就這樣，孤立無援的白依雪，又被曲佑興給抓回了農舍。

「嗚……求求你，放了我。」農舍裡，傳來白依雪斷斷續續的哭泣聲，掙扎的手腕，已被粗糙的麻繩磨到紅腫出血。

「幹，妳踢了我這麼重一腳，看老子待會兒怎麼治妳，幹。」不斷咒罵的曲佑興，脫下自己染血的長褲，然後拿出一卷長長的繃帶，將大腿已經迸裂流血的傷口，重新包紮。

白依雪見曲佑興脫了褲子，便嚇得閉著眼睛不敢看，可一閉上眼睛，又想起那個受傷倒地的顧昱雲，從額頭上流下來的血。

車禍後的白依雪怕血，可顧昱雲是為了救她才被打昏，她不能不管。

「大哥哥，大哥哥……」低頭啜泣的白依雪，全身都被綁在椅子上，根本動彈不得，又能怎麼救人呢？

「不用叫了，妳的大哥哥就算沒被我打死，到了晚上，也會凍得剩下半條命。」一跛一跛走向白依雪的曲佑興，抓起她的一根辮子，對著那張哭得煞白的小臉蛋，低頭狡笑。

「老子肚子餓了，先去弄點東西吃，妳乖乖在這兒等著，等老子吃飽飯，養足了力氣，再來收拾妳。」曲佑興用那又黑又粗，還沾了血漬的食指，在白依雪細嫩的臉上刮了又刮，引起驚恐的她一陣尖叫。

「啊——」

帶著數名員警，已經將農舍團團圍住的夏宇凡，一聽是白依雪的聲音，不禁握緊了拳頭。

「學長，蘇學長說開車的那個人醒了，頭部有傷但出血不嚴重，應該只是被打暈過去。」拿著對講機的許瑞恩，來到夏宇凡身後，輕聲報告。

「嗯，安排他到醫院做個檢查，好確定沒有傷到其他地方。」即使救人心急，但夏宇凡還是等到副隊長蘇世成過來會合後，才開始動作。

確認了曲佑興在農舍裡，打算速戰速決的夏宇凡舉起手，向其他隊員比了個手勢，大伙兒見隊長出擊，紛紛迅速的向農舍移動。

伏低身體的夏宇凡，從窗外仔細觀察屋裡的狀況，除了綁在房子正中央的白依雪外，並沒有看到曲佑興的身影。夏宇凡朝蘇世成比了個動作，讓他先帶人解開白依雪身上的繩子，自己則繞到屋子的另一邊，找尋曲佑興的蹤跡。

農舍沒有廚房也沒瓦斯，曲佑興只能燒些附近撿來的竹子和樹枝煮東西，可汐止冬天溼氣重，為免溼木柴冒煙引起路人注意，曲佑興只得小火慢煮。

「他媽的，死條子，這一槍打得老子到現在還好不了，連個女人都抱不住。」拿起事先摘好的幾把青菜，曲佑興等不及水滾就丟下鍋，然後，用一雙黑筷子拼命的攪動，彷彿這樣就可以煮得更快。

那個曾經轟動一時，殺人如麻又死而復生的男人，就在眼前悠哉的煮著東西，緊盯目標的夏宇凡蹲下身，見身後的許瑞恩向他點點頭。

那表示，蘇世成已經將白依雪安全救出去了。

再無後顧之憂的夏宇凡一揮手，許瑞恩連同另三名員警和他一起舉槍，瞄準曲佑興的身後，對著眼前的殺人犯大喊：「不准動！」

毫無警覺的曲佑興，在聽到夏宇凡的聲音後，身體一僵，隨即咒罵：「他媽的，姓夏的，又是你。」

自從上回和鍾少楓毒品交易，被身後的夏宇凡打中一槍後，曲佑興就沒少關心汐平分局裡的員警配置。尤其在得知圍捕他的，竟是個新上任的偵查隊隊長，更是恨不得將夏宇凡給碎屍萬段。

「放下手裡的東西，慢慢轉過身來。」若不是白依雪的美色，削弱了曲佑興的防備心理，再加上腿傷不便，夏宇凡不可能這麼順利的抓到他。

「放你媽的屁。」可絲毫不懼數名警察手中的槍桿，怒吼一聲的曲佑興，徒手抓起正冒著煙的鐵鍋，將那鍋滾燙的熱水，往身後的數名員警一潑。

「小心！」

要不是必須遵守《警械使用條例》，警察須基於急迫、需要，方可合理使用槍械，夏宇凡早就對毫無防備的曲佑興開槍了，幹嘛還大喊提醒他。可曲佑興就是太了解警察的規定和顧忌，知道他們不會在第一時間開槍，這才敢用滾水反擊。

首當其衝的夏宇凡連忙側身避開，大家見鐵鍋裡的熱水撒了出來，一驚之下紛紛閃避，而曲佑興就趁著這個空檔，拔槍對著員警連續射擊，「砰砰砰！」

農舍沒有任何遮蔽物，員警們只好先分散隊形，好躲開曲佑興的瘋狂射擊。

雖然大家都有穿防彈衣，但有鑑於上一次的疏忽，導致程文智重傷和另一名員警的死亡，這次夏宇凡特別交代，務必以人質和自身的安全，為最重要的任務。

一陣激烈射擊後，咧嘴大笑的曲佑興，將一旁的竹子和樹枝都推撒在地上，然後轉身從另一個小門逃逸。

「別跑！」第一個冒出頭的許瑞恩，舉槍就要追去，卻差點被地上散亂的樹枝給絆倒。夏宇凡和蘇世成見狀，帶著幾個員警繞出農舍，迅速追了出去。

曲佑興雖有腿傷，但也清楚夏宇凡不是個輕易好對付的角色，於是豁出命的往芒草叢裡跑。

入秋就已開花的芒草，花穗已由紅轉為銀白，即將脫落的種子，因為突如其來的一陣騷亂，跟著氣流飄向空中。

人高腿長的夏宇凡，很快便追上受傷的曲佑興，舉槍的他，對著前方人影大喊：「再跑我開槍了。」

「開啊！你他媽的，有種再打一次老子試試。」

跑得又喘又氣的曲佑興，回頭對著夏宇凡準備開上一槍，但夏宇凡以更快的迅速，對準他的另一隻腳，「砰！」

一個踉蹌的曲佑興同時也回了一槍，卻因為重心不穩，將子彈射向了空中。

蘇世成見犯人一倒，便要撲了過去，可曲佑興手上還拿著槍，有了上一次的教訓，夏宇凡為免他再掏出什麼利器傷人，只好抽出警棍，朝曲佑興的右手腕上，用力一擊。

「啊！」慘叫一聲的曲佑興，右手瞬時沒了力氣，躺在地上的他罵道：「幹！有種就和老子一對一，以多欺少不是個男人。」

追得額上都是汗的蘇世成和另一名員警，一人一隻手，將還想反抗的曲佑興壓制在地。

「都什麼時代了還一對一？就你這樣的殺人犯，欺負一個弱小的女孩子，還要不要臉？」冷哼一聲的夏宇凡見曲佑興已經被制住，便收起警棍和手槍，許瑞恩則撿起曲佑興掉的那把槍，裝進證物袋。

「學長，這看起來像是把自製手槍，沒有任何標記。」一直對曲佑興很有興趣的許瑞恩，連他用的槍枝也開始研究起來。

「和他上次用的那把比對一下，看有什麼不一樣。」見許瑞恩用一種不太理解的眼神看著自己，夏宇凡解釋，「個人做的自製手槍多少會有構造上的差異，但若是製作精良，外型統一的槍枝，則極有可能是由地下兵工廠集體製造。」

聽夏宇凡這麼一說，瞪大眼睛的許瑞恩，不禁興奮的揚起了聲調，「所以，接下來很可能要偵辦地下兵工廠的案子嘍！耶，我們分局要發了。」

「閉嘴，你這隻菜鳥。」一抬起手，就朝許瑞恩後腦勺打下去的蘇世成，笑罵道。

老員警最忌諱的，就是這種口沒遮攔的菜鳥，什麼發啦、紅的。

近來光是鍾皓然和曲佑興這兩件案子，就已經把分局裡的人操死了大半年，現在還要繼續查兵工廠，還有完沒完？

尤其搞兵工廠的，都是些來歷很不一般的人，他們製造出來的武器，甚至比警察的配備還要精良，分局裡的這些警力，抓曲佑興這種殺人犯都已經這麼吃力了，更何況是兵工廠那種等級。

所以，對許瑞恩這種搞不清楚狀況的菜鳥，蘇世成只能感嘆：「就是初生之犢不畏虎。」

但唯有這些熱血的新進員警，才會對辦案、查案這麼有激情，像蘇世成這種火裡來，水裡去，出生入死的日子過久了，無不希望能平靜一天算一天。

員警給曲佑興戴上手銬，並簡單為他包紮好腿上的槍傷後，蘇世成便透過對講機，叫人送擔架過來。

在農舍周圍搜羅過一圈，表情依然嚴肅的夏宇凡，不像其他員警因為抓到這個重大的槍擊要犯，而顯得放鬆和興奮，他似乎，還在找什麼重要的東西。

可附近除了剛割下的雜草，和兩個已經生鏽的鐵桶，以及用來儲存雨水的塑膠桶外，並沒有任何燃燒過東西的痕跡。

「那些車禍，是你造成的，對吧？」既然找不到實證，夏宇凡只好用心理攻防。

因為腿傷已經痛到全身冒冷汗的曲佑興，故作冷靜的抬起頭，瞪了面前的年輕人一眼，冷冷笑道：「你有什麼證據？」

「駕駛人的信用卡及證件上，都驗出了你的指紋。」夏宇凡蹲下來，直視曲佑興，「否則，五年前的你早已經死了，我們又怎麼會懷疑上你呢？」

原來如此！

曲佑興一直以為，他只是和鍾少楓做毒品交易，應該不至於會暴露自己的真實身分，沒想到在更早之前，夏宇凡就識破了他詐死的偽裝。

見曲佑興閉眼不理，義憤填膺的夏宇凡揪住他的衣領，質問：「為什麼要製造白煙，去傷害那些無辜的駕駛人？」

原本一臉不屑的曲佑興，在聽到這句話後，表情突然變得扭曲。

「因為他們害死了我兒子，我唯一的兒子。」凸瞪著雙目的曲佑興，對著眼前的夏宇凡大吼。

「我兒子從小聰明，不但小學跳級了兩次，才高二就申請到美國一所著名的大學。我們曲家從沒有出過這麼有才華的孩子，所以我想盡辦法賺錢，就是要供他到美國唸書，變成一個比我更有出息的人。」那道長長的刀疤，在曲佑興這張布滿滄桑的臉孔下，顯得分外不協調。

「可是，就在他辦好護照，準備風光出國的時候，卻被一輛超速的重機給撞倒在地……」這個名震黑、白兩道，綽號『鬼見愁』的曲佑興，居然流下身為父親，不捨的眼淚。

「撞人的重機車主不但沒有叫救護車，還把我兒子丟在那裡不管，我兒子是失血過多死的，他是冤枉死的啊──」

即使被槍打中大腿，也沒吭一聲氣的大男人，一講到那個死去的兒子，竟像個小孩一樣捶胸頓足，坐在地上又哭又叫，「我的兒子是冤死的，他是冤死的啊……」

幾個員警見到這樣的狀況也被嚇愣了，就怕已經受傷的曲佑興情緒失控，發生什麼意外。

「可你當初收了鍾皓然的錢，撞死他的妻子林美秀的時候，有想過她也會這麼冤死嗎？」夏宇凡的這一句話，瞬間止住了曲佑興的啼哭。

「什麼是一報還一報？如果，你能早一點理解那些被害者父母、家人的心情，也許，就不會鑄下這麼多大錯了。」

曲佑興是槍擊重犯，為免波及其他路人，程文智早早就讓員警對那條小路拉起封鎖線，幾個開車經過的遊客，看到警察各個全副武裝，荷槍實彈的鎮守在路邊，紛紛走避。

可連續傳來的槍響，讓待在車子裡的白依涵，嚇得心臟都快跳出來。再也忍不住激動的她開門下車，逼問程文智，那個抓走她妹妹的，到底是什麼樣的人？

「他曾經是十大槍擊要犯之一，五年前被警方緝捕時失蹤，我們已經找他找很久了。」程文智見戰況激烈，越是隱瞞，恐怕會讓白依涵越擔心，只好說出實情。

好不容易才止住眼淚的白依涵，一聽到這些話，又幾乎要喘不過氣。

「幸好，妳同事和妹妹都沒事了，待會兒就有員警護送他們過來。」

「真的？」一直處於緊張狀態的白依涵，終於破涕為笑，急問：「那我妹妹有沒有受傷，要不要緊？」

「實際情況我也不是很清楚，他們把人救出來後，就趕著去和學長會合了。」

「那……那宇凡他，他會不會……」想起之前的那場行動，不但死了個警察，就連程文智都在醫院躺了個把月才出院，白依涵實在很害怕夏宇凡會有危險。

「放心啦！學長敢把我留在這裡，就表示他有把握能抓到人，更何況，還有副隊長帶著那麼多人一起去，絕對沒問題的。」可即使是安慰人，程文智也說得十分心虛。

哪個警察不希望每次出任務，都能平平安安的回來？但天有不測風雲，人有旦夕禍福，就像他，當了那麼多年警察，卻在面臨大敵的時候槍枝卡彈，這種萬分之一的倒楣事，也不是說防就防得了的。

再問下去恐怕只會更害怕，白依涵只好在路邊繼續等著，並安慰自己：「至少，依雪平安無事了。」

過了沒多久，果然有兩個員警，扶著受傷的顧昱雲和白依雪，從小路那頭走了上來。

「依雪！」急奔而去的白依涵抱住妹妹，而驚惶未定的白依雪也伸手回抱她，兩姐妹哭成一團。

「嗚……姐姐，我好害怕。」白依雪緊抓住姐姐的衣服，兩手不斷發抖。

「是姐姐不好，姐姐不應該丟下妳一個人，對不起，對不起！」

程文智讓守在一旁的醫護人員，趕緊幫顧昱雲處理頭上的傷，「有哪裡不適，儘管向醫護人員說。」

「謝謝！」顧昱雲低下頭，讓醫護人員檢查他的傷勢，並做消毒和包紮。

「哪裡，是你的見義勇為和機警反應，讓我們準備充分來逮捕人犯。」願意冒生命危險救人的英雄不多了，程文智為顧昱雲的細心與機智，感到由衷的佩服。

安撫完妹妹的白依涵，見顧昱雲額頭上流了好多血，連忙帶著白依雪過來致謝，「經理，謝謝你救了我妹妹，我真不知道……該怎麼報答你。」

兩姐妹，對著眼前的救命恩人深深一鞠躬，即便白依涵清楚，顧昱雲的恩情，自己一輩子都還不了了。

千言萬語，都比不上見到牽掛的人開心來得重要，忍著傷口消毒的疼痛，微微一笑的顧昱雲回道：「沒事就好。」

「大哥哥都是我不好，才害你受傷，你的頭一定很痛，對不對？」

雖然，醫護人員擦去了顧昱雲傷口上的血，但殘留在額頭上的暗紅色血漬，依然顯得觸目驚心，讓白依雪剛止住的淚，又掉了下來。

記得謝美葳曾說，白依涵的妹妹因為發生車禍，所以智商有點問題，顧昱雲回想起她和那個男人的對話，還有現在的舉止行為，似乎印證了謝美葳的說法。

這麼漂亮的一個女孩子，年紀輕輕就遭受這麼多磨難，老天也太不公平了。

心生憐惜的顧昱雲，不想再讓白依雪難過，於是勉強一笑，「傷口擦了藥，已經不痛了。」

「真的嗎？」

「嗯。」

白依雪鬆開姐姐的手，逕自走到顧昱雲身後，認真看著醫護人員怎麼清理他的傷口。

「依雪居然不害怕見血了！」暗暗吃驚的白依涵，心裡突然湧起一陣感動。

就在程文智安排好，讓顧昱雲和白依雪搭警車先到醫院受檢後，農舍又連續傳來兩聲槍響。心再次猛烈跳起來的白依涵，拉住程文智的外套，急道：「真的不用找人去幫宇凡嗎？」

這時的程文智也猶豫了，持續槍響表示人還沒搞定，但這次要是再讓曲佑興給跑了，恐怕以後要抓他就更難了。

「再等等，等等。」緊緊拿著對講機的程文智，也希望學長能儘快傳來好消息。

果然不到三分鐘，程文智就聽到對講機那頭，傳來許瑞恩的捷報，「人抓到了，抓到了。」

「學長真的抓到人了，抓到那個殺人犯了！」顧不得剛好的肩傷，高舉雙臂的程文智大聲歡呼，連陪同的員警和醫護人員，也跟著鬆了一口氣。

「白小姐，妳在這裡等等，我下去幫學長的忙。」程文智見危機解除，急著搶看曲佑興束手就擒的那一刻。

「我也一起去。」情緒激動的白依涵不放心，她得親眼看到愛人沒事。

「可學長有交代……」

「不是說犯人抓住了嗎？那應該沒有危險了，我只是去看看，不會影響你們辦案的。」

「話雖這麼說……」

白依涵見程文智猶豫不決，管不了三七二十一，先行一步朝農舍跑了過去。

第十章　生死一瞬

程文智和抬著擔架的醫護人員，小跑步來到農舍旁，而雙手被銬，垂坐在地上的曲佑興，則陰鬱著一張臉，不發一語。

心急如焚的白依涵，一見夏宇凡安然無恙的站在那裡指揮員警搜證，欣慰得幾乎想哭。

走到曲佑興身旁的程文智，見他兩條腿都中了槍，不禁有種復仇的快感，「哼，再跑啊！這兩顆子彈是學長替我送給你的，你就帶著它們一起坐牢吧！」

原本低著頭的曲佑興，在聽到程文智這麼一說後，慢慢的抬起頭，斜眼掃視面前的這個男人後，露出詭異的一抹笑。

「還笑？讓法官判你個終身，關到你想笑都笑不出來。」

近距離的刀疤，在那張殺人如麻的臉上顯得特別扭曲，曲佑興的這一笑，讓程文智看得心裡有點發毛，感到無趣的他跑去找夏宇凡，並示意白依涵在現場。

見女友站在不遠處看著自己，夏宇凡將手上的工作交代給蘇世成後，忙向她走去，「這裡很危險，妳不應該來。」

「我只是想確定一下，你沒事。」吸了吸鼻腔，白依涵努力抑止撲到他懷裡的衝動。

「我很好，妳還是到上面陪妳妹妹吧！」習慣性的戒備心，讓夏宇凡不斷地左右張望。

「員警陪她和我同事先去醫院了。」明明臉上、脖子上都是傷，還說很好，白依涵終於知道，為什麼第一次見面時，他對自己身上的割傷毫無所覺。

「我這邊還有許多事要做，妳先回家，我再給妳電話。」即使犯人已經上銬，但行事謹慎的夏宇凡，還是催著白依涵趕緊離開現場。

「那我去醫院陪依雪，再回家等你電話。」

「好。」

明明心裡走不開，可為免影響到夏宇凡的工作，白依涵還是乖乖的聽了話。

但當她要轉身時，竟看到那個被抬上擔架的曲佑興，趁機撞倒身邊兩個醫護人員，並搶走隨行員警配在身上的手槍，直接對著夏宇凡的背影大喊，「姓夏的，老子就算死，也要拉你當墊背。」

聽到身後的一陣慌亂，心中警鈴大作的夏宇凡，幾乎是反射性的展開雙臂，要將女朋友護進懷裡，可白依涵竟毫不遲疑的伸手，順勢將眼前的男人推開，而後是「砰」的一聲。

跌了兩步才站穩的夏宇凡轉過身，對著即將倒地的女友大喊：「依涵！」

正在農舍裡搜證的蘇世成和許瑞恩，一聽到槍響，連忙拔槍跑了過來，而以為夏宇凡必死無疑的曲佑興，見有人幫他擋了子彈，遺憾的仰頭大笑後，便將槍口對準自己的嘴巴，直接扣下板機。

「砰！」

巨大的響聲，在一片寧靜的山谷中，不斷迴盪。

所有人在看到曲佑興那顆血肉模糊的頭後，幾乎都嚇呆了。

「依涵。」馬上衝過去抱起女友的夏宇凡，急問道：「妳怎麼樣了？」

「痛……好痛。」抖顫著唇的白依涵，伸手指了指自己的右肩，夏宇凡這才發現，她中槍的位置居然和程文智一模一樣。

「別怕，我馬上送妳去醫院。」

醫護人員見這邊的人死了，那邊卻又傷了一個，趕緊將擔架挪了過來，夏宇凡抱起女友，火速將她送上救護車。

血流不止的白依涵，痛得渾身冒冷汗，臉色也變得越來越蒼白。醫護人員剪開她的衣服，彈孔造成的凹陷傷口清晰可見，不過幸好沒有打到鎖骨，否則，肯定會痛得昏死過去。

醫護人員忙著幫白依涵處理傷口，打點滴，量血壓，夏宇凡見她痛得脣都咬出血了，也不喊出聲，安慰道：「妳忍一忍，很快就到醫院了。」

「我……是不是，很勇敢。」想到剛才的夏宇凡，英姿颯爽的站在那裡指揮員警，白依涵就不禁在心裡，揚起滿滿的崇拜與仰慕。

那是她想做，卻一直做不到的事。

「妳這個傻瓜，我穿防彈背心，妳根本不用幫我擋子彈。」撫著白依涵漸漸發白的雙頰，努力將淚鎖在眼眶裡的夏宇凡，懊悔自己的粗心。

「你同事也穿防彈衣，可他……還是中彈了。」痛得有些喘的白依涵，直視著眼前的男人，「宇凡，你……你愛我嗎？」

「愛，我愛妳，很愛很愛妳。」嚥了嚥喉嚨裡湧起的酸液，夏宇凡對著這個捨命救他的傻瓜，深深一吻。

「我也……愛你。」車窗外的陽光太耀眼，照得白依涵的眼睛睜不開，「可是，我也怕失去你，所以……所以一直不敢……」表白。

抹去白依涵眼角滑落的淚，心疼不已的夏宇凡哽咽說道：「沒關係！等妳傷好了，我們馬上結婚，這樣妳就可以天天和我膩在一起了。」

「如……如果，我還活……」

「噓……不要說傻話，不可以。」落下一串的男兒淚，夏宇凡用食指抵住白依涵的脣，「妳是我的寶貝，我要妳永遠都陪著我，這輩子，下輩子，下下輩子。」

「……好，永遠，都……」陪著你。

實在撐不住的白依涵話都沒說完，身體一軟，昏了過去。

救護車趕到醫院的時候，事先接到電話通知的醫生和護士，都已經在手術室裡準備用品和工具。

急如星火的夏宇凡一路跟來，一見是上次救治程文智的那個醫生，連忙向前握住他的手，「醫生，這個是我女朋友，無論如何……都麻煩你一定要救她。」

怎麼上次是同事中槍，這次是女朋友，警察這行業，風險也太高了。

「當然，當然。」醫生看了擔架上的白依涵一眼，一副眉清目秀的樣子，兩個人還真有夫妻臉。

「醫生，麻醉師到了。」護士小姐提醒。

「哦，好，還有，血流太多，要馬上準備輸血。」醫生交代護士小姐。

「要抽血嗎？我有很多血，可以馬上抽。」一聽到又要輸血，立刻衝向前的夏宇凡直接捲起袖子。

「呃，這位小姐是O型血，我們醫院血庫的存量很足夠。」

哪有人說自己血很多的？

手術室裡的幾個護士聽了，原本肅穆的緊張氣氛，都被笑跑了。

「警官，這裡我們會處理，你還是到外面等吧！」醫生見夏宇凡情緒太激動，便示意他退到手術室外等著。

「好，那……麻煩你們了。」

手術室的門一關起來，程文智就趕過來報告，「學長，白小姐的父母聯絡到了，他們會搭高鐵上來，預計兩個多小時到南港車站。」

「可能要麻煩你，代我親自到南港車站接一下他們。」紅著眼眶的夏宇凡，面色凝重的盯著手術室的門，動也不動。

「好。」程文智心目中的夏宇凡，向來都是無堅不摧，勇敢果決的，沒想到，也有情緒激動的一面。

「對了，依雪和那位顧先生怎麼樣了？」白依雪是白依涵最牽掛的人，在她病危的這一刻，夏宇凡更應該要照顧好她妹妹。

「白小姐的妹妹除了手腕上的擦傷外，身上並沒有其他外傷，顧先生因為是頭部遭到重擊，局部有瘀血和腫脹的現象，醫生建議他留院觀察。」

「通知他家人了嗎？」

「顧先生的家人都在國外，他說不需要通知。」

「還是請他留一下家人資料，萬一有什麼狀況，我們才找得到人。」

「好。」

即使心裡記掛著手術室裡的人，夏宇凡仍不忘將公事處理得一絲不苟，程文智本還想再說些什麼，但見雙拳緊握的他十指關節都發白了，只好嘆了口氣，默默轉身離開。

什麼樣的痛才會讓人感到椎心蝕骨，唯有經歷過生離死別的人，才能體會。

白家兩老趕到醫院的時候，已經站了兩個多小時的夏宇凡，仍一臉煎熬的盯著手術室門口。

「小涵，嗚……我們家小涵怎麼了？」還沒走到手術室門前，白媽媽就急哭了。

聽到哭聲的夏宇凡連忙回神，深吸口氣的迎向前去，恭敬的喊道：「白爸爸、白媽媽。」

白媽媽一見到穿著警察制服的夏宇凡，微愣了下，白爸爸以為老妻哭累了，趕緊替她接著問：「我家大女兒，現在怎麼樣了？」

「醫生正在裡面動手術，還不清楚狀況。」夏宇凡也在等。

「嗚……怎麼會這樣？好端端的一個人，怎麼會中槍了呢？」白媽媽哭喊。

「不是說已經在動手術了嗎？妳，妳別急啊！」強作鎮定的白爸爸，扶著身體不穩的老妻在椅子上坐下。

雖然，兩個女兒向來不是很重視外表，可眼前這個警察長得實在太帥了，就連白爸爸看著都喜歡。於是，猶疑的他問道：「你就是，我大女兒的男朋友？」

「嗯。」難掩愧色的夏宇凡，點點頭。

仍想繼續問話的白爸爸還來不及開口，醫生就從手術室裡出來了。

「醫生，她還好嗎？」衝上前的三個人同時問道。

「沒事，幸好子彈是從患者的肩膀穿過，雖然傷到肌肉，但沒傷到骨頭，也沒打到動脈，算是不幸中的大幸。」

僵直的身體終於一鬆，夏宇凡拉住醫生的手，感激涕零：「謝謝！謝謝你，醫生，那我們可以進去看她了嗎？」

「病人打了麻醉還需要觀察，待會兒護士將病人移到病房後，你們再去看吧！」醫生向夏宇凡及兩老點頭致意後，便急著趕下一臺手術。

白爸爸和白媽媽一聽說大女兒沒事，幾乎是喜極而泣。

「既然現在還不能看依涵，那我先帶你們看依雪吧！」帶路的夏宇凡，指向急診室的位置。雖然，程文智去接他們的時候已經說過，白依雪被一個見義勇為的先生給救了，所以沒受到什麼傷，但礙於之前車禍造成的影響，白爸爸和白媽媽還是很擔心小女兒，會因此舊疾復發。

三人一來到急診室，幾個作完筆錄的員警才剛離開，站在顧昰雲旁邊的白依雪一見到爸媽，激動得跑了過來。

「小雪，我可憐的女兒，妳真的沒事嗎？」白媽媽拉著小女兒的手，不斷上下檢查。

「媽，顧大哥救了我，我沒事。」白依雪指向那個坐在病床上的顧昰雲。

聽程文智說，這位先生是為了救自己的小女兒，才被殺人犯打成這樣，感激非常的白爸爸走向前，握住顧昰雲的手，九十度鞠躬的向他致謝。

「白叔叔，千萬別這樣，我受不起。」顧昰雲一見是白依涵的爸爸，緊張得跳下床。

「受得起，受得起。」白爸爸將顧昰雲扶回床上，感動的老淚都流了下來，「我這個小女兒吃了太多的苦，哪怕是一點點傷害，她都經不起了。」

顧昰雲見白家兩老，為了小女兒擔驚受怕成這樣，可見她真的很脆弱。

白依雪見夏宇凡和爸媽一起過來，唯獨沒有看到姐姐，不禁問道：「夏大哥，姐姐呢？」

「妳姐姐有點暈車，正在別的地方休息。」為了避免白依雪過度擔心，夏宇凡選擇把白依涵的情況輕鬆帶過，然而，這卻讓一旁還不清楚實際狀況的顧昱雲，好奇的看向他。

白依涵自己就會開車，怎麼可能暈車？

還有，這個人，就是白依涵口中的警察朋友？

他似乎，和白依涵的妹妹也很熟。

他和白依涵的朋友關係，到底到什麼程度了？

顧昱雲的犀利目光，引起了夏宇凡反射性的注意，正打算問些事的夏宇凡向顧昱雲走去，可程文智已迎面走了過來。

程文智見夏宇凡離開手術室，便猜到白依涵應該沒事了，於是，主動將做好的筆錄呈給他看。

「辛苦了，謝謝！」夏宇凡的第一句是指公事，第二句則是指私事。

「沒事就好。」而程文智的這一句，卻直接安慰了夏宇凡的心。

很有默契的兩人，相視而笑。

「顧先生說他沒有覺得不適，不想要留院觀察。」低下頭的程文智，小聲說道。

「是嗎？」夏宇凡見筆錄記載詳實，顧昱雲交代遇到曲佑興的過程也很清楚，確實感覺不出思緒有什麼問題。

但是，他還是有義務提醒顧昱雲，該注意的事項，「腦部如果因為重擊而受到傷害，有時是不會立即出現症狀的，我們希望你留院，是擔心你萬一發生頭暈、嘔吐的時候，可以馬上接受治療。」

「我知道，可目前為止我並沒有感到不舒服，如果有症狀出現，再回醫院檢查也是一樣的。」顧昱雲向來注重養生，在沒有任何病痛的情況下住院，簡直是浪費醫療資源。

「好吧！既然你堅持，我們也不勉強。但請問你，目前是獨居還是有其他人同住？我們必須確認你回家後，沒有安全上的疑慮。」凡事小心的夏宇凡，不忘追問。

只是，被問到這麼隱私的問題，讓顧昱雲心裡感到有些不快。眼前的這個男人自以為長得不錯，又是白依涵的朋友，便藉故想要窺探他的隱私嗎？

等了許久都沒得到答案的夏宇凡，忍不住多看了顧昱雲一眼，可兩人狀似冒出火花的對視，卻引起旁觀者的諸多揣測。

這兩個人，好像有仇啊！

「這樣吧！警察先生，這幾天，就由我們兩個老的輪流照顧這位先生，他是因為小雪才受的傷，我們理當盡這個責任。」白爸爸首先跳出來緩頰。

「不，不用了……」身為晚輩的顧昱雲怎麼好意思。

「沒關係的顧大哥，我也可以去家裡照顧你。」可白依雪這話一說出口，不僅白爸爸、白媽媽驚呆了，就連顧昱雲的臉，也瞬時變得紅通通。

「真的不用，我一個人住，沒問題。」一個十幾歲的女孩子，怎麼照顧他一個三十幾歲的大男人？這也太難為情了。

可唯有夏宇凡，一臉稱許的對著白依雪，比出讚的手勢。

受到夏宇凡稱讚的白依雪更開心了，她拿起顧昱雲的外套，迫不及待的說：「走吧！你先告訴我們你家在哪裡，我和爸爸會準時把三餐帶去給你吃的。」

沒想到，白依雪對這位救命恩人的事，會這麼主動積極。但是，顧昱雲也不可能讓一個初見面的女孩子，到家裡照顧他，尤其，她還是白依涵的妹妹。

實在拗不過眾人的顧昱雲只好投降，一臉無奈的躺回病床上，「你們不用那麼麻煩，我住院就是了。」

白依涵移到病房已經好幾個小時，卻始終沒有甦醒的跡象，一直守在病房裡的白媽媽，難過得哭了又哭，眼淚掉了又掉。

夏宇凡將案子處理的狀況，在電話中大致告知分局長後，便將後續的所有事情，都交給副隊長蘇世成代為處理。他向分局長請了假，待在醫院裡陪女友。

白爸爸知道夏宇凡自動留下來陪大女兒後，一方面，擔心老妻的身體受不了，另一方面，也要打理住院的東西，便帶著老妻先回汐止的住處，而白依雪，則留下來陪伴顧昱雲。

撫著那稍微恢復了點血色的臉頰，夏宇凡甚至不敢回想，當他看到白依涵中彈倒下的時候，心臟嚇得差點兒沒停掉。

程文智中彈瀕死的景象歷歷在目，而自己的愛人，居然又發生一模一樣的事。

這讓夏宇凡終於理解了，白依涵為什麼擔心會失去他，因為，那是一次次對生命的考驗，更是一次次生離死別的恐懼。

「依涵，我錯了嗎？我是不是對理想太自以為是，對自己太過於自信，所以，老天爺才會給我這樣的警告？」

自從當上警察，就沒懷疑過自己選擇的夏宇凡，第一次為這份工作感到疑惑，甚至是後悔，他握著白依涵那雙微涼的小手，親吻著，卻無法抑止內心的矛盾與煎熬。

「宇凡……」剛恢復意識的白依涵聽到夏宇凡在哭，不捨的摸了摸他的臉。

「依涵，寶貝。」見愛人終於醒來的夏宇凡，轉悲為喜。

「我沒事了。」即便氣若游絲，白依涵還是努力安慰著，這個為她流下男兒淚的人。

「嗯，好，沒事就好。」墊高身體的夏宇凡吻了吻女友的唇，並將自己的臉埋進她的頸子裡。

「妳爸、媽都來過了，我讓他們先回家，免得妳媽媽看著妳傷心。」

「嗯，謝謝！」白依涵伸出一隻手，輕撫著夏宇凡的頭髮。

「妳妹妹也沒事，正在醫院照顧妳那位同事。」

「依雪，在照顧別人？」

「是啊！我懷疑曲佑興那一嚇，把妳妹妹嚇正常了，居然說要照顧一個比她大好幾歲的陌生人。」話雖這麼說，但夏宇凡對白依雪的進步，還是感到開心的。

誰知夏宇凡這一講，直接把白依涵給逗笑了。

「噗哧！」差點笑出聲的白依涵，還沒來得及止住，就被肩上剛縫好的傷口給扯痛了，「啊！」

「怎麼了？」以為壓到她的夏宇凡，趕緊抬起頭。

「沒。」白依涵深吸了口氣，才緩緩說道：「我替依雪開心。」

見女友終於有點精神，夏宇凡不忘提醒，「寶貝。」

「嗯？」什麼時候夏宇凡改了稱呼，叫起這種肉麻兮兮的暱稱。

「妳好好的。」

「嗯，我好好的。」這閃閃發光的眼神，是怎麼回事？

「妳說會永遠陪著我。」

「……」有嗎？白依涵忘記了。

「等妳爸媽過來，我就告訴他們結婚的事。」

「呃……」

「妳幫我擋子彈的時候，一定也想到我會以身相許了，對吧！」對著白依涵重重落下一個吻的夏宇凡，勾起一抹令人窒息的微笑，「寶貝，這輩子我賴定妳了。」

在電話中一聽到大女兒醒了，準備好三份晚餐的白爸爸和白媽媽，立刻搭了計程車趕到醫院。白爸爸帶著兩份餐送到顧昱雲那裡，白媽媽則拿一份煮得較為軟爛的，來看大女兒。

「白媽媽，醫生說麻醉藥還沒有退，暫時不能吃東西。」夏宇凡連忙阻止。

「哦。」自己的女兒住院，留在醫院照顧應該是她這個做媽的責任，可這個警察形影不離的待在這裡，反而讓白媽媽覺得不自在。

可人人都說：關心則亂。就算夏宇凡平時再怎麼細心體貼，已經把白依涵當老婆一樣看待的他，留下來親自照顧，也是覺得理所當然。

幸好，眼尖的白依涵看出媽媽的神色不對，這才找了個理由，打發夏宇凡離開。

「我說小涵啊！妳又不是警察，怎麼好端端就中槍了呢？」白媽媽關心問道。

「現場人太多，是我不小心，才會被流彈打中。」白媽媽對警察反感，白依涵自然不敢說出實情。

「還說那個警察是妳朋友，他怎麼不多找幾個人保護妳一下？幸好子彈沒傷到要害，不然妳叫媽……叫媽怎麼活？」說著說著，白媽媽又哭了起來。

「媽，抓犯人才是警察的工作，這次是我自己不小心，不能怪別人。」抽了張面紙，擦去媽媽臉上的擔心，白依涵連忙轉移話題，「對了，依雪怎麼樣了？」

「妳爸爸剛送飯過去，妳待會再問他吧！」

女兒的心思，做媽的怎會不懂？見大女兒不想再談受傷的事，白媽媽也不逼問了，既然白依涵還不能吃東西，她就先去看看依雪那邊怎麼樣。

剛走出病房，就聽到夏宇凡和老伴的對話，白媽媽放緩了腳步，躲在牆角偷聽。

「都是我不好，要不是依涵替我擋了子彈，也不會受這麼重的傷。」見沉默不語的白爸爸一臉凝重，夏宇凡緊緊握住老人家的手，單腳跪下，「我和依涵是真心相愛的，您就答應讓依涵嫁給我吧！我發誓，會照顧她一輩子的。」

「夏警官，你快起來，別這樣。」白爸爸急忙將夏宇凡拉起。

「您如果不答應，我就不起來。」夏宇凡堅決。

「這……」

「小涵不會嫁給你的。」躲在一旁的白媽媽，氣沖沖的跑出來，「這幾年，小涵已經過得夠辛苦了，我們不能讓她再跟著你，提心吊膽的過日子。」

「白媽媽！」

「老婆……」

「難道，連你也要推孩子入火坑嗎？」白媽媽見老伴想替夏宇凡說話，氣得臉都青了。拉住老伴的手，白媽媽扯著白爸爸離開，臨走前還不忘狠心的丟下一句，「以後，不要再來找我們家小涵了，如果你真的喜歡她，就應該讓她安安穩穩、平平靜靜的過日子。」

望著兩老漸遠的背影，夏宇凡第一次，感到無比強烈的挫折。

好好的一個部門尾牙，身為主管的顧昱雲和白依涵姐妹，竟然莫名捲入緝捕要犯的槍戰中。

在餐廳苦等許久的謝美葳，打了好幾通電話給顧昱雲都沒接，而白依涵只是支吾其詞，既說不清楚也講不明白到底發生了什麼事，以至於遲遲到不了。結果，公司裡的同事，還是在看到新聞報導後，才知道他們遇到了槍擊要犯。

當下心亂如麻的謝美葳，開始狂叩顧昱雲的電話，但他的手機早就被曲佑興摔壞，雖然還有另一隻備用手機，卻是給美國家人用的，謝美葳並不知道號碼。於是，她只好改叩白依涵，但那時的白依涵正在手術，直到晚上清醒了，白依涵才回了她訊息。

隔天一早，帶著許多營養品的謝美葳，搭了計程車就趕到醫院探視顧昱雲，十萬火急的她剛走到病房外，就聽到裡面傳來一陣清亮、甜美的女聲。

「我媽媽的手藝不錯吧？要全部吃完哦！」

記得顧昱雲的家人都不在臺灣，那這個女的是誰？

謝美葳抬頭掃了眼門板上的房號，沒有錯，放慢腳步的她敲了敲已開著的房門，很快便有一個女孩子從布簾後，探出頭來。

「找誰？」

這麼漂亮又特別的女孩子，只要看過一眼，任誰都很難忘記。所以謝美葳當然認得出來，她就是在 LINE 群組引發眾人瘋傳的，白依涵的妹妹。

「我找顧經理。」原本激動的情緒，在見到白依雪後急速冷卻了下來，勉強勾起脣角的謝美葳，直接走進病房。

「顧大哥，有人找你。」白依雪才剛回頭，聽到謝美葳聲音的顧昱雲，已經從簾子後走了出來。

「妳怎麼來了？」顧昱雲昨晚去看過白依涵，她也提到謝美葳知道他們住院一事，但沒想到，謝美葳居然一大早就跑來了。

「我擔心你沒人照顧，所以，特別帶了早餐來。」一大早，謝美葳就跑到知名早餐店排隊，買了現做的三明治和熱咖啡。誰知，當她把東西從紙袋裡拿出來後才看到，桌上保溫鍋裡剩下的幾根炒麵，和一小口豬血湯。

「我剛吃飽。」顧昱雲示意的看向桌上那些殘羹剩飯，並笑道：「有人說沒吃完，就要去跟姐姐告狀。」

炒麵？豬血湯？這是什麼時代的早餐組合？更令謝美葳意外的是，被通緝犯打傷住院的顧昱雲，心情看起來很不錯。

「誰叫你昨天吃那麼少，我爸說你要多吃點營養的東西，傷口才會好的快。」白依雪嘟囔著，順便收起桌上的碗筷，好讓謝美葳把手上的東西放下。

「我晚餐向來吃得少。」示意謝美葳一旁坐的顧昱雲，沒了在公司裡的嚴肅，說起話來額外輕鬆，「記得待會兒提醒阿姨少煮一點，我平常真沒吃那麼多。」

「你自己跟我媽講。」嘟起小嘴的白依雪不予理會，收拾好東西的她，直接坐在顧昱雲旁邊的位置上，反而讓謝美葳這個共事多年的同僚，顯得分外生疏。

「這是依涵的妹妹吧！怎麼會在這兒呢？」電話裡，白依涵並沒有提到妹妹的事，謝美葳自然不清楚前因後果。

「妳怎麼認識我的？」雖然謝美葳的話是對著顧昱雲說的，但白依雪卻搶當發言人，「因為顧大哥救了我，所以，我留在這裡照顧他。」

「救了妳？」

「依雪，可以麻煩妳幫我倒杯冷開水嗎？一會兒我要吃藥。」顧昱雲不想讓謝美葳知道太多，於是讓白依雪先離開。

「哦，好。」拿起保溫杯，不疑有他的白依雪飛快的去跑腿。

「你們好像很熟？」顧昱雲和白依雪的對話，實在太隨意，太家常了，讓謝美葳不得不好奇。

「我們昨天才第一次見面。」顧昱雲知道她想問什麼，便轉移話題，「我沒什麼事，是警方擔心會有腦震盪的狀況，才讓我留院觀察。」

「傷得嚴重嗎？」謝美葳站了起來，想看一下他的傷勢。

但顧昱雲隨即也跟著站了起來，說道：「明天就可以出院了，害妳白跑一趟。」

這麼直白的拒絕，和剛才對白依雪順從的態度，完全兩極。

擔心了一整晚的謝美葳沉下臉來，她不懂，為什麼顧昱雲對白依涵，甚至是她妹妹都可以溫柔以對，唯獨對自己，連一點點的和顏悅色，都吝於給予。可謝美葳怎麼會了解，正因為顧昱雲明白她對自己的心意，才更不能給她任何希望。

去倒水的白依雪很快就回來了，顧昱雲吃了藥後，便藉口帶謝美葳去看白依涵，離開了病房。但因為傷口疼痛而整晚未眠的白依涵正好入睡，沒理由多逗留的謝美葳，只好直接回家了。

回病房的路上，白依雪見離去的謝美葳心情很不好，便問顧昱雲：「那個姐姐很擔心你嗎？」

「為什麼這麼問？」

「因為，她的表情和我媽媽很像。」白依雪低下頭。沒有人敢告訴她姐姐中槍的事，但從病房裡的點滴、消炎藥，和消毒傷口的藥水可以看得出來，姐姐肯定是受傷了，而且是很嚴重的傷。

「妳姐姐已經沒事了，只是還需要住院一段時間。」顧昱雲並不那麼了解白依雪的狀況，因此對能說的話，也儘量保留。

「你明天出院以後，我還能去照顧你嗎？」

「……既然出院，就表示我已經好了，不需要人照顧了。」顧昱雲猶豫了下，才委婉回道。

「可是，你沒辦法自己換藥啊！」

好像是。

傷口的位置，即使照鏡子也不容易擦到藥，白依雪的提醒，讓顧昱雲一下子回不出話來。

「我找診所或藥房處理就好了。」許久，顧昱雲才想到。

「你不喜歡讓我幫你嗎？」閃著一對無辜大眼睛的白依雪追問。

「不，不是。」這萌萌的表情，讓正經回答的顧昱雲笑了。

該怎麼說呢？

醫院的護士雖然也都是女的，但她們是專業人士，顧昱雲自然不會聯想到其他，但白依雪不一樣，再說男女有別，他們的關係，還沒有好到可以這麼親密啊！

「那就是喜歡嘍！」白依雪拉住顧昱雲的袖子，衝著他一臉的甜笑。

「不，不是那種喜歡。」擔心被誤會的顧昱雲，急忙解釋。

「那是哪一種喜歡？」

「就……嗯，不是真的那種喜歡。」

「難道還有假的喜歡？」

向來一本正經的顧昱雲，被直白的白依雪，逗得笑彎了腰。

原本冷冷清清的病房走道，因為這一對逗趣的身影，而顯得溫馨了起來。

第十一章　無畏無懼

連著幾天，白媽媽都守在病房看著大女兒，就連夏宇凡去探望，也不肯離開。

雖然兩人手機通訊不受影響，但夏宇凡並沒有告訴白依涵，白媽媽反對他們結婚的事，只是說要結案，比較忙，沒辦法一直在醫院裡陪她。

的確，曲佑興販毒，製造車禍的案子雖然破了，但分局並沒有因此獲得平靜。因為員警的疏忽，不但讓戴了手銬的犯人搶走配槍，還打傷了無辜的路人，再者，警方明明拉起了封鎖線，卻讓非警務人員的白依涵跑進第一現場，被犯人打成重傷，嚴重違反了警察圍捕任務規範。

雖然犯人奪槍和白依涵中彈都屬意外，但負責帶隊的夏宇凡，還是必須一肩承擔起責任，所以光是要呈上這些報告，就讓絞盡腦汁的他，寫到手軟。

即使忙到昏天暗地，但夏宇凡每天早晚，還是會抽空去醫院看一下女友，但礙於白媽媽的冷眼，面對面的兩人也說不上什麼話。

這晚夜半，當夏宇凡拖著疲憊的身體來到醫院時，白依涵正在病房門口等著他。

「這麼晚了，怎麼站在這裡？」夏宇凡見女友穿著單薄，連忙脫下外套披在她身上。

白依涵用手指在脣上比了比，趁著媽媽熟睡，拉著夏宇凡來到病房的家屬休息室，「你是不是跟我爸媽提結婚的事了？」

這幾天的氣氛很不對，白媽媽拉著白爸爸一直在大女兒面前，一搭一唱的稱讚顧昱雲多勇敢、多紳士、多有智慧，反而處處給夏宇凡白眼、坐冷板凳，讓白依涵忍不住要問個清楚。

「嗯。」夏宇凡點點頭。

「我媽反對？」即使他刻意隱瞞，白依涵也猜得出來。

「妳媽說的沒錯，我應該給妳一個安穩、平靜的生活，而不是讓妳每天提心吊膽的過日子。」其實，夏宇凡沒有跟女友提，是因為他還沒有做好心理準備。

「我想過了，派出所的工作雖然免不了也有風險，但至少比偵查隊好一點。」深吸口氣的他轉頭對白依涵勉力一笑，「真不行的話，我也可以考慮換工作。」

「宇凡！」白依涵嚇到了，這個向來努力伸張正義的男人，居然……

將愛人攬進懷裡，夏宇凡不想還受著傷的她，煩惱這種事，「放心好了，以我的能力，無論做什麼工作都沒問題的。」

「可是，你怎麼能為了我，放棄你從小到大堅持的理想？」

「因為我已經失去過一段感情了，我不想再失去妳。」低頭吻了吻白依涵額上的髮，這是夏宇凡的真心話。

眼眶泛紅的白依涵深吸一口氣，伸手環抱住這個令她景仰的男人，「知道我為什麼幫你擋子彈嗎？」

他身上的體溫，還是那樣的灼熱，心跳還是那樣的有力，白依涵就是因為他的熱血和正義感，才能再次體會到人性的溫暖，所以，她又怎麼捨得讓這個男人，為了自己而變冷呢？

「我就是為了證明，自己不再是那個躲在象牙塔裡的弱者，不要因為恐懼而恐懼，要和你一樣，學著勇敢的面對每一次出擊。」

「依涵……」夏宇凡從不知道，那個有著創傷後壓力症候群的冷漠女子，早已經脫胎換骨，成為這麼堅強的一個人。

「我了解我媽的擔心，但我更清楚，如果因為我而放棄你的專長和理想，這個社會一定會產生更多的受害者，而你會因為自己的無能為力，天天活在自責與愧疚當中。」

白依涵抬起頭，略為發涼的五指，撫過夏宇凡那張還帶著傷痕以及疲憊的臉，「若不是你奮不顧身的抓到曲佑興，那一件件的車禍，一條條的人命還會再繼續流失，將心比心，我媽也不願意看到更多家庭，因此而受害，對不對？」

「依涵，謝謝！謝謝妳。」哽咽的夏宇凡，緊緊抱住眼前的這個女人，不讓她看到自己，因為感激而流下的淚。

終於，夏宇凡終於找到一個認同他，也願意陪他一起冒險犯難的女人了。

「所以，不要退縮，勇敢去做你覺得應該做，值得做的事，好嗎？」

「嗯。」夏宇凡很用力的點頭，「可是，妳爸媽那邊……」

「其實我爸心裡是認同你的，只是我媽還需要一點時間。」白依涵對著眼前這個無畏無懼，卻為了她眼眶泛紅的大男人，微微一笑，「況且，你也還沒問過你爸媽，不是嗎？」

「我爸向來不管事，我媽只希望我趕緊娶個老婆，給她抱孫子。」恢復輕鬆的夏宇凡握住愛人的手，「不過既然妳提了，我明天就跟爸媽講我們的事，等妳傷好了，再帶妳回臺南看他們。」

「他們……喜歡什麼樣的女生？」一想到要見夏宇凡的父母，發現自己口快的白依涵，這才緊張了起來。

「我喜歡的他們都喜歡。」開心一笑的夏宇凡，輕輕吻了下愛人的手，「妳只要像妳自己就好了。」

有了愛人的支持和鼓勵，夏宇凡終於又重新打起精神，投入各種棘手的案件，可沒想到，好不容易恢復平靜的汐碇公路，又傳來重大的死亡車禍。

「你不是說，那些車禍都是曲佑興人為製造的嗎？可是他人都死了，車禍還是繼續發生，這到底是怎麼回事？」剛處理完車禍現場的夏宇凡，一回到分局，就被分局長叫進去質問。

「詳細情形還得等林組長和小周勘察完，並調閱路口監視器看過後，才能跟您報告。」

「報告報告，你寫了那麼多報告，到底有沒有搞對方向，對案子有沒有幫助？」說得臉紅脖子粗的分局長，忍不住激憤站了起來。

「小夏，不是我愛說你，揣測推敲、追根究底的精神固然很好，但也要適可而止。之前你說汐碇公路的車禍都是曲佑興幹的，所以我才會跟上頭請調，動員那麼多警力幫你，結果好不容易抓到人了，卻是死無對證。你知道上頭怎麼說我的嗎？說我無事生非，白白浪費了那麼多的加班費。」

似乎有著一肚子怨氣的分局長，沒等夏宇凡回答，又接著說：「還有小許，也不曉得被你灌了什麼迷湯，報告裡居然說，曲佑興的那把槍，疑似來自兵工廠製造。你說，疑似就表示證據不足，既然證據不足就不能寫進報告裡，他連這麼簡單的道理都不懂嗎？」

「這件事是我疏忽了，我待會兒再跟小許好好解釋。」夏宇凡知道最近發生這麼多的重大案件，給分局長帶來不少壓力。畢竟，當初是他信誓旦旦的指出，車禍是因為曲佑興的關係，可人這次是真的死了，問題卻沒有解決。

「是該好好解釋。你讓小許別再研究那把槍了，還有，車禍這些事就給交通組的林組長和小周去處理就好，你去年的假那麼多，找時間休一休吧！」

「分局長！」這是要他什麼都別管的意思嗎？

「單純的車禍事件，就是要用單純的方式去處理，你只要好好帶著底下的人，專心負責你的刑事案件就好，其他的都別管了。」說完話的分局長揮揮手，示意夏宇凡出去。

既然這樣……

面色凝重的夏宇凡一轉身，頭也不回的走了。

這次的車禍事件又是因為濃煙引起，不僅如此，行車記錄器還錄到有人影在車前晃動，彷彿在查看車子損壞的狀況，或車主的傷嚴不嚴重。路口的監視器，雖然拍到了濃煙是瞬間瀰漫到馬路上，卻拍不到源頭出自於哪裡。

交通組組長林長春帶著隊員周銘正，在附近搜羅了許久，都沒有發現燃燒雜物過的痕跡，究竟這濃煙從哪裡來，又是怎麼產生的，分局裡又開始眾說紛紜。

「搞了老半天，真的是魔神仔在搞鬼啊！」

「那隊長這次還抓嗎？」

「抓個屁啦！要是人抓得到，就不叫魔神仔了。」

幾個菜鳥湊在一起咬耳朵，剛好經過的程文智聽到後，搖了搖頭，從資料夾中拿出一疊照片，拿給不斷重複看著影像畫面的夏宇凡，「女朋友不是剛出院嗎？你應該多陪陪她。」

可夏宇凡像是沒聽到他說的話，直接回道：「行車記錄器的解析度有限，你知道有什麼辦法，可以讓人影看得更清楚嗎？」

嘆了口氣的程文智微傾著上身，將眼睛直視螢幕，「他就是料準了行車記錄器的解析度拍不清楚，才敢這麼明目張膽的回到現場查看，這種人，簡直變態。」

聽程文智講得憤憤不平，表情漠然的夏宇凡抬起頭，問道：「因為是魔神仔，所以才敢這麼惡作劇，大家不都這麼認為嗎？」

「這麼大張旗鼓的製造車禍，怎麼可能是魔、神所為？那些人類也太小看祂們了。」對著外頭那些員警噘了噘嘴的程文智，居然咬文嚼字起來。

「他們是人類，你不是？」被逗笑的夏宇凡，睨了身邊這個「非人類」一眼。

「我是，只是和你一樣，是屬於比較聰明的『另類』。」見夏宇凡輕鬆了心情，程文智再從資料夾中拿出一張大紅喜帖，神祕兮兮的遞給他，「只給你一個，記得帶女朋友一起來。」

收到帖子的夏宇凡，高興的站了起來，並拍拍下程文智的肩膀，「好啊！居然藏的這麼緊，一點口風都不露。」

「噓……」程文智急忙將夏宇凡按下，咬耳說：「因為鍾皓然的關係，我老婆不想讓分局裡的人知道我們結婚的事，所以，我只告訴你一個。」

「嗯，難為她了。」

再怎麼說，鍾皓然都是鍾玉嵐的親生父親，自己的爸爸為了詐領保險費，雇殺手害死自己的媽媽，任誰都很難接受這樣的事實。

「那個鍾少楓……」按理，鍾皓然夫妻都已經依法受刑，那現在鍾少楓能依靠的親人，就唯有同父異母的姐姐——鍾玉嵐了。

「不清楚。聽說從勒戒所出來後，就沒聯絡過了。」即使不喜歡，但畢竟和鍾玉嵐有血緣關係，程文智也不希望未成年的他流落街頭。

「都沒回家嗎？」皺眉的夏宇凡問道。

「我陪老婆回家過幾次，沒發現有人回去的跡象。」程文智頓了頓，接著譏諷道：「搞不好找他那些弟兄去了，他爸爸的公司雖然轉賣了，但鍾少楓手上應該有一些股票，沒錢花就賣一張，餓不死。再不然，他爸那間房子至少也值個幾千萬，我們替他操什麼心。」

瞧這話說的，明明就是氣話。

自從新聞媒體將鍾皓然殺妻、詐領保險費的事件報出來後，公司股價就已經掉到谷底了，再經轉手賤賣，減資重整，鍾少楓就算手上有股票，也值不了幾個錢。再說了，那間房子是登記在鍾皓然的名下，鍾少楓就算想賣，也賣不了。

「也對。總之，恭喜你們終成眷屬，我會帶著依涵一起去吃喜宴的。」

「謝謝！順便一提，我們已經買了間房子，不過還得花時間裝潢，所以婚後有一段時間，我老婆會過來一起住。」

「那有什麼問題，只要你們不覺得我這顆燈泡太刺眼就好。」夏宇凡自嘲。

「是太刺眼，所以你也趕快結一結，人生苦短，為歡幾何啊！」

是啊！人生苦短，為歡幾何？

但不知道白依涵的媽媽，什麼時候才能體諒，並接納警察這種為維護治安，而犧牲個人幸福的職業。

☆　☆

在醫院足足躺了十天才出院的白依涵，因失血過多的身體還很虛弱，顧昱雲就幫白依涵請了一個月的長假，讓她待家裡好好休養，而在此之前，先行出院的顧昱雲，也沒少時間往白家跑。

因為白依雪執意要幫顧昱雲的傷口換藥，白爸爸又擔心回家後的他沒人照顧，所以，顧昱雲只好勉為其難的答應，下班後先去白家吃晚飯，順便換藥後再回自己家。

雖然幾乎外食的顧昱雲，吃慣了西式料理，但白媽媽的手藝好，煮的飯菜又很合顧昱雲的味口，因此短短幾天，便讓他愛上臺菜的好滋味。

舉凡各式的炒麵、海鮮湯、香煎虱目魚肚、虱目魚粥，甚至連小時候才吃過，長大卻避之唯恐不及的滷豬腳燉花生，都啃得津津有味。

沒想到近二十年的飲食習慣，居然在短短十幾天發生了天翻地覆的改變，不但顧昱雲自己始料未及，也讓剛出院的白依涵，嚇了好大一跳。

以前難得能和白依涵一起吃飯的顧昱雲，如今，終於得償所願。只是，這幾天和白依雪、白爸爸、白媽媽相處還算自然的他，在白依涵回到家後，反而變得生疏又不習慣。

因為大女兒出院，白媽媽又多準備了一鍋補元氣的人蔘雞，順便在農曆年前幫大家補一補，可沒習慣吃補的顧昱雲只喝了口雞湯，便放下碗筷。

「昱雲啊！今天怎麼吃這麼少，來，多吃點。」白媽媽見顧昱雲吃的比平日少，便主動又幫他添了一碗雞湯。

「不用了，我真的吃飽了。」

為了避免頭上的傷口一直碰水，原本有運動習慣的顧昱雲，打從出院後就不敢再做，就是怕流汗造成傷口感染，可白媽媽煮的菜實在太好吃，讓他擔心再不節制飲食，恐怕真的會變胖。

「客氣什麼。雖然你這傷口看起來快好了，但傷的可是頭，不能大意，你阿姨這雞湯就是為你和小涵燉的，兩個都要多吃點。」說著說著，白爸爸又多夾了塊雞腿，放進顧昱雲的碗裡。

顧昱雲剛要阻止，白依雪便撒嬌似的嘟噥起來，「爸媽都偏心，雞湯是給姐姐和顧大哥燉的，那我喝什麼？」

見小女兒不平衡了，開心一笑的白媽媽，連忙也幫她盛了一碗，「都可以喝，立冬的時候沒能給你們補一補，大家都趁這個機會多吃點。」

喝下一口熱呼呼的雞湯，雙頰緋紅的白依雪笑得明媚又燦爛，讓坐在她旁邊的顧昱雲，看得有些痴了。而坐在白爸爸身邊的白依涵，除了低頭安靜吃菜，也不時偷偷瞄一眼對面的「這位主管」。

那個她曾經以為嚴謹又呆板，默默追了她好幾年，卻被白依涵狠心拒絕的男人，在救了自己的妹妹後，儼然成了她們家的一份子，可白依涵這個大女兒反而在一夕之間，成了這個家的「客人」。

難道，在她住院的這十天，顧昱雲和她的家人，發生了什麼她不知道的事嗎？

為了照顧病中的大女兒，白家兩老都留在汐止，轉眼農曆年就要到了，白媽媽直催著兩個女兒跟他們一起回臺中。

「我不要，顧大哥的傷還沒有好，我不能回去。」白依雪一邊打著圍巾，一邊對著爸媽猛搖頭。

「昱雲的傷口早就結痂，應該算好了。」過年老家還有很多事要忙，白媽媽一定得回去，可她又不放心把兩姐妹留在北部。

「她不回去就算了，何必勉強。」老妻叨唸了這麼多天，兩個女兒卻連跟他們回去的一點意思也沒有，不是多費脣舌嗎？白爸爸聽得煩，只得出聲勸阻。

「依涵啊！那個夏……就是夏隊長，現在抓到了槍擊要犯，連新聞都在報導，應該不久就會升官了吧！」比起顧昱雲，大女兒和夏宇凡的感情更令白爸爸好奇，所以，他總是有意無意的與大女兒，聊起這個夏隊長。

白依涵當然明白老爸想問什麼，可是，她就是一直不肯鬆口。

「爸，抓犯人是警察的工作，但沒規定抓到逃犯，就一定要升官吧！」拿著瓶裝水，正在做肌肉訓練的白依涵，依然避重就輕的回答。

「他是隊長，那種抓逃犯的事，以後是不是交給底下的員警就好了？」

被老爸這麼一問的白依涵，笑答道：「爸，就是隊長才更應該要身先士卒、以身作則，怎麼你反而認為要把危險的工作，丟給底下的幹部去做呢？」

「隊長已經是隊長了，應該把機會讓給年輕的員警去做，這樣他們才可以累積更多經驗，不是嗎？」

說得也是。

「警察自然有他們一套訓練新生的方法，您就不用替他操這個心了。」雖然被子彈擊中的傷口已經癒合，但過度使用肌肉還是會有些脹痛，放下瓶裝水的白依涵，打算休息一下。

即便白爸爸還有很多問題，但見女兒似乎不是很想跟他聊夏宇凡的事，便以為他們的感情或許還不到時候，反而放寬了點心。

少了白依涵這個得力助手，一回到公司上班的顧昱雲，變得有些忙碌，幸好歐美的購物旺季效應剛過，所以，他還能繼續維持準時下班，到白家吃晚飯的閒情逸致。

其實一如白媽媽說的，顧昱雲的傷口早已結痂，就算不上藥也沒什麼關係了，但白天趕著完成工作的他，真的只是圖一頓免費的晚餐，才巴巴的跑去白家的嗎？

當然不是。

除了白媽媽的好手藝和白家人的溫情暖意，滿足了顧昱雲從小離家的孤單外，白依雪儼然成為他渴望到白家的重要原因。

家教甚嚴的顧昱雲，打從國中到美國唸書起，就一直獨立生活，但因為性格太過拘謹，始終沒有找到合適的對象，直到回臺灣後遇見白依涵，才又重新燃起他的情感。

然而，就在顧昱雲遭到白依涵的拒絕，幾乎要斷了對感情的所有期望後，卻在一次迷途的意外中，救了白依雪。

和白依雪在一起的這段時間，讓顧昱雲感覺到分外的輕鬆與自在。因為在白依雪面前，他不用思考談話的邏輯，不用在意話裡隱藏的玄機，吃飯不再面對冰冷的空氣，就連他不經意的嘆口氣，都有人馬上說笑逗趣。

漸漸的，顧昱雲在白家待的時間越來越長，甚至吃完晚飯的他，還會特別和白依雪到樓下逛逛、買個東西，才依依不捨的回自己家。

即使，顧昱雲臺北的房子比白家大上幾倍，卻沒有一絲人氣和溫暖，他每晚面對孤單一人的豪華住所，徒剩自己和自己的對白。那總是蒙著一層陰鬱雲層的天空，連呼吸都覺得沉重……

身心都覺得疲累的顧昱雲需要解放，澈底、完整的解放。

所以，在經歷過白家這種互相關愛、彼此照顧的生活形態後，他怎麼還能回去過一個人空洞又寂寥的日子？

除夕前一天，因為白依涵帶著妹妹回臺中過年，所以顧昱雲在處理完公司的事後，便直接回家，誰知，白依雪竟傳 LINE，邀請他到臺中過年。

「臺中的櫻花很漂亮，我們還可以一起去採香菇。」

一看到「採香菇」三個字，原本還在猶豫的顧昱雲，便笑了。

這年頭，臉書、IG 打卡的地點不是看花、賞楓，要不就是各大餐廳的美食饗宴，樣式繁不勝數，但還是第一次有人找去「採香菇」的。

果然很奇特。

但是，大過年的跑去人家家裡，還真不是顧昱雲這種孤僻人的風格。

即使，他並不排斥。

「謝謝！可我在臺北還有事，就不去打擾了。」放下手機，準備換件輕便外套的他，正在腦袋裡想著晚餐要去吃什麼。

「那你初一來吧！我在家等你。」

「不然，初二也可以。」

「真不行，就初三吧！」

「姐姐初六就要回汐止了。」

在連續叮咚了幾聲後，手機終於安靜了。

準備出門的顧昱雲拿起手機，掙扎了會兒，還是打開LINE看了下。

一個淚光閃閃的大頭貼，正對著他做無聲的祈求。

顧昱雲的手機對話向來都是公事，也唯有白依雪，會傳這種可愛又賣萌的大頭貼給他。

嘆了口氣的他笑著搖搖頭，然後回了一句：「先祝妳和妳爸媽新年快樂！我初二再去。」

這麼多年了，顧昱雲的農曆年大都自己一個人過，雖然，爸媽偶爾也會回臺，跟他一起去為數不多的親戚家拜個年，但也僅止於此。

為免不依不饒的白依雪再來說服他什麼，顧昱雲索性關掉提示音，這才穿鞋出門。只是，一心想著白依雪會變什麼花樣，來影響自己意志的顧昱雲，似乎忘了方才的祝福，在不知不覺中，少了他曾經心心念念的一個人——白依涵。

大年初二，顧昱雲依約來到白家，白爸爸和白媽媽自然是高興又歡迎這位貴客，於是煮了滿滿一桌子招待。

即使大家嘴上都不說，但明眼人都看得出來，顧昱雲已經從白家小女兒的救命恩人，晉升為他們家的一份子。

原本，白家兩老還希望把大女兒，和身為主管的顧昱雲湊成一對，不過在經過近一個月的相處後，他們發現，顧昱雲對小女兒的偏愛，明顯比大女兒多得多。

舉凡白依涵在的場合，顧昱雲不但話少，就連聊天的表情也僵硬許多，可若只有白依雪在，顧昱雲不僅很容易被逗笑，有時，甚至也跟著白依雪開起一些言不及義的玩笑話。

雖然白家兩老也樂見這樣的發展，可卻讓看慣了顧昱雲在公司嚴謹那一面的白依涵，感到匪夷所思。不過轉了個念想，每個人面對的對象不同，扮演的角色自然有所不同。

在白依涵面前，顧昱雲就是部門主管，她看到的，是必須執行公司使命的經理人；而在白家和白依雪的面前，顧昱雲不但是個勇敢的英雄，也是親切的大哥哥，他當然不用冷著一張臉，故作矜持。

既然如此，為了不破壞大家出遊的好興致，白依涵便藉口肩傷不舒服，要留在家裡休息，而白家兩老也很識趣，爭相說了要去親戚家拜年，搞到最後，顧昱雲只好和白依雪兩個人，一起去採香菇。

臺中新社除了每年定期舉辦的花海節外，還有一條著名的香菇街，不僅可以買香菇、吃香菇，還可以體驗親自動手採香菇的樂趣。

顧昱雲在國外當留學生時，曾在果園和農場打過工，因此，採香菇對他而言像是一種工作而不是娛樂，並沒有太大的吸引力。

但白依雪不同。

獨自撐起家庭經濟的白爸爸工作忙，只有星期假日才有空陪孩子出遊，新社離家近，所以，白依雪打小便經常和爸媽到這裡採香菇。

因為受過汽車導航的錯誤引導，再加上對臺中的路況不熟稔，顧昱雲特別加開了手機上的導航。可相較於他的小心謹慎，走過幾百趟的白依雪，卻對他這個開車司機指指點點起來。

「聽說，妳之前車禍受過傷？」感覺得出來，白家父母和白依涵，對這個小女兒無不小心翼翼的保護著，可經過這一個月的相處，顧昱雲又覺得他們看照得太過。

難道，白依雪還有什麼他不知道的病況嗎？

「嗯，好幾年了，那時候的我撞到了頭，腦內的瘀血讓我無法集中注意力，以至於連大學都沒辦法唸。」

「沒辦法手術嗎？」

「風險太大，我爸媽不敢讓我動這個手術。」低下頭，這麼多年了，白依雪還是第一次和別人談起車禍後的自己。

「現在醫療這麼發達，或許還有機會可以治好。」雖然顧昱雲不是學醫的，但因受傷而導致大學課業都得放棄，就太可惜了。

「姐姐每三個月都會帶我回醫院看診，如果可以治，醫生應該會說。」即便白依雪過得不食人間煙火，但現在想想，這幾年光是到各大醫院的檢查、復健，肯定也花了家裡不少錢，她怎麼還能去做需要更多錢，卻沒把握治好的手術呢？

的確，以白依涵認真且負責的個性，只要手術有成功的機會，她一定會讓妹妹去做，怎麼可能眼睜睜的看著白依雪，因腦部受傷而斷了自己的人生？

「沒關係！妳現在才十幾歲，等以後的醫學更進步後，會有機會治好的。」顧昱雲安慰道。

「十幾歲！誰告訴你我十幾歲的？」心花怒放的白依雪噗笑。

「我……我猜的。」雖然白依涵都三十一歲了，但隔個十幾年再生第二胎的大有人在，顧昱雲並不懷疑自己猜錯。

「你真會猜。」眉眼都笑開的白依雪，故意賣關子。

「不然，妳幾歲？」

「你再猜。」抬起下巴的白依雪再問。

「十……不猜了。」肅起臉的顧昱雲打著方向盤，轉了個彎。

「其實，我今年二十五了。」雙頰都被太陽晒得紅撲撲的白依雪，嬌氣回道。

「蛤！」一個急煞，顧昱雲差點沒把整個上身撞向方向盤。

「啊！你小心一點。」嚇得趕緊拉住安全帶的白依雪大喊。

「妳……妳二十五歲了？」

「對啊！有這麼誇張嗎？」依舊笑得甜蜜的白依雪，嘟囔著。

過了好一會兒，一臉尷尬的顧昱雲才踩下油門，默不作聲的將車再次開回車道上。

兩人來到一家觀光香菇園，老闆娘一見白依雪便親切迎向前，還直呼好多年都不見她和家人來。

適逢農曆年假，觀光客多，白依雪雖然已經能在汐止活動自如，但面對人數眾多又形形色色的陌生群體，不免還是有些小害怕。怯怯的她走向顧昱雲，並拉拉他的袖子，示意他去買門票後，才一起進到園裡採菇。

在國外時，顧昱雲也常自己開伙，對香菇的印象就是燉雞湯，回臺灣後因為外食方便，吃的又多是西餐，接觸到的菇類並不多。所以，來到菇園的他才發現，原來香菇的種類居然有這麼多。

在門口拿起一個小塑膠籃子，穿著一襲淡雅粉色洋裝的白依雪，雀躍的像隻小鳥，一蹦一跳的衝進菇園裡。

「顧大哥，快來啊！」見顧昱雲還站在入口處發呆，白依雪不忘朝他猛揮手。

不知道從什麼時候開始，顧昱雲便經常看著白依雪，不知不覺就發起呆，有時是吃飯，有時是聊天，有時光看著她走路，眼神就被吸走了。奇怪的是，顧昱雲對自己這種異於平時的失常行為，不僅毫無所覺，還不引以為意。

甚至，因為白依雪過度的信任和依賴，讓正處於感情空窗期的他，完全沒了失戀帶來的寂寞和挫敗感。

話說，雖然夏宇凡被分局長強迫休假，但過年仍舊和同僚排了班，直到初一才回臺南老家。只是吃了兩頓媽媽煮的飯菜，一心掛念著白依涵的他，又急匆匆的開車北上，找女朋友去了。

夏宇凡本想趁著過年，順道拜訪白依涵的爸爸、媽媽，誰知他們竟都外出了。拎著大包小包臺南名產的他，雖然有點小失望，但至少不用擔心有人阻止他和女朋友約會。

臺中的年節氣氛比起繁華的臺北，顯得更有人情味兒。

今年暖冬加上雨水少，沿途盛開的櫻花，增添不少過年的喜慶，可就因為天氣好，無論是長輩還是小小孩，都跟著年輕人出門踏青、賞花，導致下午才出門的夏宇凡和白依涵，塞在路上動彈不得。

幸好夏宇凡的方向感好，瞄了幾眼手機地圖的他，很快便找到合適的小路繞開塞車路段。

「你真厲害，這條路，連我這個當地人都不知道。」白依涵雖然會開車，但方向感不是很好，所以只敢挑大馬路開，再加上之前顧昱雲跟著導航走錯路的前車之鑑，她就更不敢自作主張的亂闖了。

「那是當然。幹我們這行的經常得摸黑，抄小路去抓嫌犯，如果沒有點方向感和辨識能力，自己先迷了路，那還抓什麼？」抬抬下巴的夏宇凡，頗引以為傲。

抄個捷徑就能得意成這樣？

有人天生就特別的自信、自戀，這點白依涵打從認識夏宇凡那天就知道了，可沒想到現在稱讚個幾句，他連謙虛都省了。

「好不容易過年回家，怎麼沒在臺南多待幾天，陪你爸媽？」

「在汐止不是妳忙，就是我忙，我們甚至連單獨在一起的時間都沒有，不趁這個空檔來找妳，都不曉得要等到何年何月才能見上妳一面。」

自從白媽媽警告夏宇凡不准再接近白依涵後，他們唯一見過面的一次，就是夜深人靜，白依涵偷溜出病房的那一晚，之後就僅能用 LINE 偷偷視訊或打電話。

心愛的人明明近在眼前，卻看不到也摸不著，那種想見卻不得見的煎熬，真不是熱戀中的男女承受得了的。

「不就半個月沒見嗎？哪有那麼誇張。」白依涵自知是家裡的問題，只好出言緩頰。

「一日不見，如隔三秋沒聽過嗎？」原本還嘻笑著臉的夏宇凡，突然沉了下來，接著淡淡的說了句：「我真的很想妳……」

一時間，這低沉感性的嗓音竄入心肺，瞬時讓白依涵眼前的景物，模糊成一片。眼眶發熱的她連忙將頭轉向車外，並清了清滿是酸液的喉嚨，想著應該說些什麼來緩和氣氛，可卻連一個字都說不上。

自從和夏宇凡認識之後，白依涵才體會到思念一個人的辛苦，尤其，每次只要聽到夏宇凡要出任務，她便會一整天的心神不寧。就像現在，雖然白依涵已經極力壓抑自己快氾濫的情感，但仍會禁不住夏宇凡的溫柔話語，而決堤。

夏宇凡又何嘗不是呢？

可偏偏他的職業這麼令人膽怯，即使白依涵認同他的工作，但到底，要怎麼說服她的父母，願意把女兒嫁給一個警察呢？

「咳！妳妹妹和那個顧先生打得很火熱啊！呵呵……真沒想到。」原本，夏宇凡只是想感動一下女朋友，不料，卻瞥見她的鼻頭紅紅的。大過年的，兩個人又好不容易有機會出遊，他實在不想惹女朋友哭，只好趕緊轉移話題。

「怎麼，她現在還是每天跟你報告行程嗎？」吃起乾醋的白依涵，快速的抹抹眼角。

「哪有每天。」聽起來語氣不善啊！

「她是跟我拜年，順便說了今天顧先生要去妳家，就這樣。」即使是親妹妹，夏宇凡也不希望引起女朋友的誤會。

「是啊！我也很訝異。」知道夏宇凡急忙撇清關係，白依涵就不逗他了。

「那個顧先生不是妳主管嗎？怎麼聽起來，妳不是很在意？」

第一次見顧昱雲時，夏宇凡的第六感就告訴自己，這個人對他有明顯的敵意，可那時顧昱雲才剛認識白依雪，那敵意不可能是因為白依雪的關係，唯一的解釋，自然就是因為白依涵。

「公歸公，私歸私，況且他救了依雪，依雪對他好有什麼不對？」理理頭髮，白依涵說得一臉雲淡風輕。

白依涵在緊張或不知所措的時候，會習慣性的撥弄自己的頭髮，雖然不是她特別的意識行為，可這種顯示心理狀態下的小動作，卻讓觀察入微的夏宇凡直看進眼底。

「我就是擔心妳在意什麼，才特別問的嘛！」就在紅燈停下的同時，夏宇凡突然伸手將白依涵給攬了過來，用力親了她的臉頰一口。

「你……你幹嘛！」白依涵反射性的推開身邊這個大男人，羞得臉紅到耳根，「沒看到滿街都是人嗎？」

「這叫宣示主權。」壞壞的夏宇凡勾起脣角，「還是，妳想在外面親？」

瞪了他一眼的白依涵無言，一個三十幾歲的大男人，還老是搞小男生、小女生親親我我的那一套，害不害臊啊！

可她怎麼知道，就是因為這個大男人發現了危機，才會有這麼幼稚的舉動。

兩人來到一處風景區，剛停好車的夏宇凡，手機便連續叮咚了好幾聲，好奇的他打開一看，居然是白依雪和顧昱雲開心的採菇照。

「公事嗎？」白依涵知道警察就算放假也得隨時待命，於是關心問道。

「不，拜年的。」

雖然，夏宇凡很開心女朋友會為他吃點小醋，但白依雪長得實在太漂亮，漂亮到容易對任何一個女人造成心理上的威脅。再加上，白依雪確實經常傳 LINE 給他，讓夏宇凡不得不對女朋友撒點小謊。

可是很快的，白依涵的手機也響了好幾聲。

擔心妹妹出狀況的白依涵，連忙打開手機一看，不禁皺起眉頭。

「怎麼了？有事？」在心裡頻頻祈禱的夏宇凡，只希望女朋友不要這麼快被家人給叩回去。嘆了口氣的白依涵，把手機遞給夏宇凡。

「呵呵，玩得很開心嘛！」幸好白依雪也傳給姐姐了，假裝第一次看到的夏宇凡，鬆了口氣。

「……」

「妳不希望他們在一起？」見白依涵面有難色，夏宇凡困惑了。

「你不懂。」收起手機的白依涵，提起沉重的腳步，向前走去。

「說來聽聽。」牽起女朋友的手，不明所以的夏宇凡，心情也跟著凝結起來。

「依雪自從車禍後，就沒有跟異性相處過，雖然經過你的開導，讓她不那麼害怕與陌生人接觸，但並不表示，她可以像正常人一樣和異性交往。」

「既然她都勇敢跨出這一步了，我們應該鼓勵她才對。」

「你不懂。」白依涵再次強調，「經理是留美回臺的，他的家世背景肯定不簡單，我擔心依雪搞不清楚狀況，萬一，萬一對他……」低下頭的她，心裡一團亂。

白依涵怪自己自私，當初若不是想讓妹妹轉移對夏宇凡的注意力，就不會帶她去參加部門聚餐，那麼之後的種種就不會發生，她也不會和顧昱雲走得那麼近。

「可我看那個顧先生，也沒有排斥和妳妹妹在一起啊！」

「那是因為他還沒有看到依雪發病的樣子。」一想到妹妹動不動就像個孩子，躲在自己身後又哭又怕，白依涵就不禁紅了眼眶。

「有幾個男人可以接受自己的女朋友，甚至妻子是個智能不足的？經理現在看到的依雪，是個無憂無慮，長相可愛又甜美的小女生，當然很樂意和她相處。」自認對顧昱雲熟到不能再熟的白依涵，一想到妹妹即將面臨到的殘忍，頓時感到心痛難當。

「可依雪對外來的事物沒有應變能力，也不能受到刺激，我擔心有一天，經理知道實情後……」

「那就不要等到那一天。」夏宇凡緊握女朋友抖顫的雙手，企圖穩住她的情緒，「依雪是妳妹妹，顧先生又是妳的主管，妳大可以找個時間，坦白告訴他實情。況且，我並不認為依雪的智能不足，她只是腦部受傷，不表示不會痊癒。」

「可是醫生說……」

「有很多醫學奇蹟，是無法用醫療設備檢驗出來的，否則，妳為什麼這五年來，都堅持到廟裡拜拜呢？」

哽咽的白依涵明白，她是聽了當地人的講法，說拜土地公可以讓妹妹健康平安，所以才帶著白依雪去拜拜，但更多的理由，是為了求自己心安。

即便這麼多年了，白依雪的症狀只是緩解，並沒有好全，但拜拜已經成了白依涵心靈上的寄託，她僅有的指望。

「既然顧先生能做到公司的高級主管，我相信他是有判斷能力的人，要不要和依雪交往應該由他自己來取決，妳的責任是告訴他真相，而且，要越快越好。」

第十二章　昭告天下

難得和家人以外的朋友出遊，樂開懷的白依雪迫不及待的昭告天下，在臉書分享多張她與顧昱雲的自拍照。

和她同年紀的高中死黨，經常偕男友在臉書上放閃，因此，白依雪也想讓同學們認識一下顧昱雲，即使，現在的她還不很清楚，公開自己和顧昱雲的合照，將帶給她什麼樣的衝擊。

身為高科技主管的顧昱雲，平時大多時間都埋首工作，及與公事有關的事物上，所以並不常接觸這些社群媒體。加上白依雪滑手機時，他看到的是用 LINE 傳給白依涵和夏宇凡，因此，並不清楚還上傳到臉書。

而對夏宇凡這個帥到令人印象深刻的男人，顧昱雲也不忘透過白依雪，更進一步了解他與白依涵的關係。

之前，白媽媽曾問過白依雪想不想嫁給夏宇凡，那時的她還不太理解，結婚代表的意義是什麼，所以坦然說不。後來，在和顧昱雲的朝夕相處中得知，一旦心裡有了喜歡的人，就會希望和他天天在一起，白依雪這才真正的明白，為什麼媽媽說，嫁人就要搬出去住的原因了。

既然情人的眼裡，連顆微小的砂子都不能容忍，又怎能接受第三者的存在呢？因此，白依雪很自然的把姐姐和夏宇凡的關係，毫無保留的告訴了顧昱雲，並藉以表示，她和口中的夏大哥，只是很單純的朋友關係。

白依雪的直言不諱，讓顧昱雲有如大夢初醒，原來，他們早已經是情侶了，難怪，白依涵會斷然拒絕自己的感情。

可惜，默默心傷的顧昱雲，並沒有聽出白依雪的弦外之音。

「不過，我媽不喜歡夏大哥，經常說他壞話。」

白依雪這話一出，讓顧昱雲原本沉到谷底的心，又再次浮動了起來，於是他急問：「為什麼？」

「不知道。」略顯莫名的白依雪聳了聳肩，因為不清楚前因後果，自然就無從說分明，「我媽說夏大哥整天不見人影，要不就是抓強盜和殺人犯，嫁給這種人跟守活寡沒什麼兩樣。」

白媽媽居然把話說得這麼嚴重！

可見，白家父母不可能讓他們兩個人在一起。

那麼，顧昱雲他……還有機會嗎？

初二是回娘家的大日子，高速公路車塞得厲害，為免顧昱雲夜半困在路上，白爸爸和白媽媽苦口婆心，用盡各種理由將他留在家中。

除非出公差，否則顧昱雲很少在外面留宿，更別說住在別人家裡，但白依涵還沒有回來，顧昱雲很想跟她見個面，於是破例待在臺中。

白家兩老知道年輕人睡得晚，為免顧昱雲無聊，便讓小女兒陪他到附近逛逛。

正月天的夜半，空氣中仍帶了點些微的寒意，顧昱雲穿著一件長衫和薄外套，沒有刻意梳理的頭髮散在前額，零亂中帶著點兒感性。

雖然，夏宇凡也算是人見人愛的大帥哥，可是他給白依雪的第一印象，是個親切的大哥哥，但顧昱雲不同。也許是處於危難時刻，恐懼和脆弱加深了白依雪的依賴感，所以，顧昱雲的出現對她而言就像是一道光，一道果敢，既閃耀又亮眼的神光。

因此白依雪在心理上，對顧昱雲有著夏宇凡無法比擬的仰慕和崇拜，他是她的英雄，她的偶像，有著任何人都無法取代的地位。

一心只想著白依涵何時才會回家的顧昱雲，突然感覺到身邊凝眸的注視，於是轉頭看向那個仰望他的女孩兒。

「怎麼這麼看著我？」回神的顧昱雲笑問。

「好看，所以這麼看著你。」

這麼直白的讚譽讓顧昱雲瞬時呆了下，而後輕笑出聲，「妳那個夏大哥不是更好看？」

「他長得太帥了，每個女生都喜歡看他。」不假思索的白依雪，誠實回答。

「妳也是女生啊！難道，妳不喜歡他？」此時的顧昱雲心想：如果妹妹也喜歡上夏宇凡，白依涵會讓給她嗎？

「喜歡，但是我更喜歡你。」勾起顧昱雲的手臂，欣悅的白依雪對著眼前的男人嫣然一笑。

身為男人的顧昱雲，若還聽不出白依雪話裡的意思，那他腦袋就進水了。

可如果，不是現在夜色已深；如果，不是心裡還想著那個沒回家的女人，此刻因為滿懷著愛戀，而閃耀著盈盈目光的這一笑，肯定把顧昱雲迷得神魂顛倒。

但他畢竟不是十幾二十歲的年輕小伙子了，美色雖然誘人，可顧昱雲還不至於對一個認識不到一個月的女孩子，意亂情迷。

緩緩撥開白依雪的手，有些冰涼，有些軟，然而顧昱雲明白，感情是不容許有丁點的誤會和模糊的，「依雪，謝謝妳這麼坦白，但是我希望，妳像喜歡大哥哥那樣喜歡我。」

「為……為什麼？」溫度漸冷的白依雪怔住。

「我和妳姐姐共事多年，當初是因為看到妳被歹徒綁架，才會出手救了妳。雖然，我是因為妳才受的傷，但這段時間妳和叔叔、阿姨，對我的照顧已經夠多了，所以……」顧昱雲才說到這裡，面前的白依雪便已經淚光閃閃了。

顧昱雲怪自己遲鈍，他早該看出來白依雪是個心思單純的女孩子，可是自己不但沒有避嫌，居然還在大過年的跑來找她，難怪她會胡思亂想。

「依雪，我們……我就當妳的大哥哥，好不好？」顧昱雲從口袋裡拿出面紙，遞給她。

可搖搖頭的白依雪退了兩步，沒有接受顧昱雲的安撫，「是不是因為我看起來很小，所以，你……你才不喜歡？」

「不是。我們才剛認識不久，我實在……實在沒考慮到感情的事。」

「那要認識多久才算久呢？」抹抹淚，白依雪又揚起一絲希望。

「依雪，我……我們不可能。」呼口氣的顧昱雲，果斷回道。

「是嗎？」又滾下一串淚的白依雪，低頭轉過身，「我知道了，那你……你就當我剛剛什麼都沒說吧！」而後，掩面向家裡跑去。

尷尬的顧昱雲為免加深誤會，不但沒有向白家二老告別，也沒等白依涵回來，就逕自開車連夜趕回臺北。

白依涵夜半回到家時，爸媽都已經入睡，唯獨妹妹房裡的燈還亮著，「晚上不要一直滑手機，很傷眼睛的。」

不忘提醒的白依涵走進妹妹房裡，順便將窗戶關上，臺中雖沒有汐止那麼溼冷，到了夜晚也是寒氣逼人。許久見妹妹沒有回應，白依涵一回頭才發現，拿著手機的白依雪，竟然哭得臉色發白，全身抖顫個不停。

「依雪！」連忙向前抱住她的白依涵喊道：「妳怎麼了？發生了什麼事？」

「姐……嗚，姐姐。」淚流滿面的白依雪雙眼紅腫，哭得連氣都喘不上，「我，我是不是……錯了。」

「依雪，乖，妳慢慢說，慢慢跟姐說清楚。」白依涵拍著妹妹的背，極力安撫。

握得指節都泛白的白依雪拿出手機，看著上面利如刀刃的字字句句，豆大的淚珠滴在胸前，答答作響，「她……她說，我腦袋……為什麼還要去……去……顧大哥？」

什麼跟什麼？

完全聽不出意思的白依涵，將妹妹的手機拿過來一看，居然有個叫 Susan 的女人，在她和顧昱雲合照的臉書上留言辱罵。

「智障，不要臉。」

「仗著自己漂亮，就去勾引男人。」

「光有臉蛋卻沒腦袋的可憐女人。」

「代替品。」

誰？到底是誰，怎麼可以說出這麼傷人的話來？

白依涵迅速打開留言者的個人專頁，這個人取了個外國名字，除了看得出性別是女的外，完全沒有任何資料和貼文，擺明了不想讓人知道她的身分。

可白依雪的臉友都是熟人，她也很少和不認識的臉友打交道，怎麼會有人對她做這麼過分的事？

「姐，是不是因為我的頭受過傷，所以……所以顧大哥，才不喜歡我？」幾近失控的白依雪抓著自己的頭，扯著自己的長髮。

「依雪，別這樣。」白依涵見狀，連忙抓住妹妹這種傷害自己的舉動。

淚眼婆娑的白依雪，對著姐姐哭喊：「姐，我答應妳，以後都會乖乖吃藥，打針也沒關係，姐，我會聽話，以後都乖乖聽妳和醫生的話。」

「不，妳別多想，顧大哥沒有不喜歡妳，妳別聽人家亂說。」白依涵丟開手機，趕緊打開抽屜拿藥。

該死的，白依雪的藥都留在汐止，她居然忘記備一份回臺中。

「姐，顧……顧大哥也說……說他……」可是，情緒太過激動的白依雪一口氣沒喘上，話沒說完就昏了過去。

「依雪？依雪──」

白依涵擔心的事，不但來得措手不及，還添了她意想不到的問題。

夏宇凡說，雖然刑警局和臉書簽有協定，但警方只有在緊急案件處理時，才能向臉書中請調閱使用者的IP位置。而且，在白依雪臉書留言辱罵的那個Susan，IP位置很可能在國外，就算查到了也拿她沒辦法。

仔細想想，白依雪頭部受傷的事，除了和白家要好的親朋好友外，就只有夏宇凡一個，白依雪臉書上的同學雖然也知道，但不太可能做這種缺德事。這個Susan到底是誰，居然處心積慮的用這種查不到位址的外國帳號，來傷害白依雪一個默默無聞的女孩子。

「妳妹妹現在怎麼樣了？」手機傳來夏宇凡的訊息，白依涵這才回神。

「打了針，還在睡。」

白依雪腦部無法清除的瘀血，讓她的情緒極容易受波動，而過於激動的她，也常因換氣不足或過度而暈倒，這就是白依涵說的，她無法像正常人一樣生活的主要原因。

摸摸那張看似完美，卻蒼白得沒有血色的臉，白依涵愧疚的落下淚，原來，幸運之神從來沒有眷顧過她們，從來都沒有。

「晚上冷，記得多喝點熱開水，暖暖身體。」

白依雪突如其來的暈倒，嚇得白家兩老跟著大女兒一起急奔醫院，只是急診室的座位和空間有限，為免老人家睡不好導致血壓升高，白依涵只得請夏宇凡代勞，載爸媽先回家。

「我爸媽到家了嗎？」

「嗯，安全送達，妳爸爸還留我在這裡住一晚呢。」

手機傳來一張感動得痛哭流涕的貼圖，讓凝著淚的白依涵，也不禁笑了開。

「可是，我還是比較想去醫院陪妳。」

「你明天還要開車回臺北上班，得好好睡一覺。」白依涵看了眼時間，都已經凌晨了。

「平時抓逃犯，幾天不睡覺也是常有的，妳不用擔心。」夏宇凡嘟著嘴。

「拒絕疲勞駕駛，沒看過交通部的宣導影片嗎？不聊了，趕緊睡覺去。」

「那妳也要瞇一下，別太累了。」

白依涵傳了張OK的貼圖後，立即把手機的 LINE 給關掉，否則，以夏宇凡那愛嘮叨的個性，大概要聊到天亮才肯罷休。

再次回到白依雪的臉書，白依涵恨不得，把藏在空白大頭照後面的那個女人給揪出來。那一字一句，針對白依雪弱點的犀利言詞，不斷重覆的貼到她和顧昱雲的每一張合照下，彷彿是新聞報導中，追星鐵粉經常幹的那種事。

追星鐵粉？

難道，這個人是顧昱雲的愛慕者？

白依涵立刻搜尋顧昱雲的名字，但臉書上同名同姓的都不是他，咬咬唇的白依涵用指節敲著手機，想著還有哪裡能找到顧昱雲的任何蛛絲馬跡。

「聽說，經理以前在美國的知名大學就讀。」這句江維琪在閒聊時說的話，讓想破頭的白依涵猛然一震。

對了，顧昱雲的英文名字叫 William，搞不好……

果然，顧昱雲是用 William 這個名字申請臉書！

進到顧昱雲留學美國時期的臉書專頁，上面分享著他大學和研究所的各種創意設計，可留言的臉友大都是外國人。

急得手心都冒汗的白依涵翻了一頁又一頁，還把在顧昱雲臉書上按讚的名字都羅列了出來，就是看不到那個名叫 Susan 的女人。

就在白依涵打算放棄的同時，特別明顯又斗大的三個中文字，居然出現在一串密密麻麻的英文名字裡。

那個人，居然是——

驅車趕回臺北的顧昱雲，直到快天亮才回到家。

身心俱疲的他連澡都沒洗，就直接撲倒在床上，可無論他怎麼輾轉反側，就是無法順利入眠。

迫不得已的顧昱雲只好給自己倒了杯紅酒，希望透過酒精的催化，將那些煩心事給忘掉。可都說「酒入愁腸愁更愁」，那半瓶紅酒不但沒有灌醉顧昱雲，反而讓他的腦筋更清醒。

他不應該丟下白依雪，讓她獨自回家的。

記得，白依涵曾說過她有恐慌症，容易緊張和害怕，身為一個男人，他怎麼能讓一個哭泣的女孩子，半夜三更的遊走在馬路上，萬一，又遇上壞人怎麼辦？

打開手機看了又看，裡面除了同事和親人傳來的年節祝福外，並沒有白家姐妹的訊息，心存僥倖的顧昱雲該認為，這表示白依雪已經平安到家了嗎？

不，以白依涵的個性，就算白依雪有事，她也只會通知那個姓夏的男朋友，而不會主動通知他的。

要問問嗎？

不，顧昱雲不能再對白依雪這麼噓寒問暖下去了，那只會加深她對自己的誤會，顧昱雲會對她那樣關懷備至，完全是因為她是白依涵的妹妹。

真的！

是真的。

是真的嗎？

懊惱不已的顧昱雲，將十指深入那頭微捲的髮叢中。

他自認自己對感情向來執著，即便白依涵已經明白的拒絕了他，可顧昱雲知道，自己至今仍沒有放下。所以，當白依雪說她媽媽很討厭夏宇凡的時候，顧昱雲居然毫無廉恥的希望，白依涵和夏宇凡的感情能因此破滅。

再者，白依雪對三十六歲的顧昱雲而言，就是個少女，十一歲的落差不僅止於年紀，更多是思想上的距離，顧昱雲絕不可能喜歡上，一個思維如此不成熟的女孩子。

但是，昨晚的白依雪是哭得那樣傷心，那樣斷人心腸，如果可以，顧昱雲也不想傷她至此，至少她待他，一直都是真心實意的好，沒有絲毫偽裝。

在醫院待了一天一夜的白依雪終於可以回家，雖然她的雙眼依然紅腫，臉色仍舊蒼白。白依涵沒有和爸媽解釋妹妹發病的原因，所以，白家兩老以為小女兒就是舊疾復發，也不敢多追究。

吃了藥的白依雪昏昏欲睡，可緊持手機的她，卻怎麼都不肯閉上眼睛休息。

「姐姐陪妳睡一會兒，好嗎？」不說話的白依雪讓白依涵很擔心，她怕妹妹會想不開，做出什麼嚇人的事來。

白依雪搖搖頭，抿脣不語。

「夏大哥說了，等過完年回汐止，就請我們去吃法國菜，妳說好不好？」摸摸妹妹的長髮，白依涵儘量說得開心。

可白依雪睜得大大的眼睛，卻瞬時凝滿了淚，就連聲音，都像是浸在水裡的一樣，「姐，我不想回汐止了。」

「好，不回去，姐姐也留下來陪妳。」哽咽的白依涵摟住妹妹，將她緊緊的擁進了懷裡，「如果想哭，姐姐陪妳一起哭，但是，姐姐希望妳哭過就把他忘了，好不好？」

「不，姐姐，顧大哥是我喜歡的第一個男生，我這一輩子都不會忘了他。」依偎在姐姐懷裡，白依雪希望這是自己最後一次，這麼依賴別人，「我想，再回學校唸書。」

「什麼？」不可思議的白依涵喊道。

抹掉淚的白依雪抬起頭，慎重其事的說道：「其實，我在幾個月前就開始用網路線上學習，只要不看課本，語音或影片教學對我而言，都不會造成頭痛的困擾。」

「那妳，妳怎麼都沒有跟我提過這些？」原來，妹妹已經找到屬於自己的學習管道，而她這個姐姐居然一無所知。

「是有一次，我同學發了她們學校的教學影片給我看，我才發覺這種學習方法的好處，雖然，以我的年紀要重新學起有點晚……」

「不，不晚，只要是對妳有幫助的，無論什麼姐姐都願意支持妳。」欣喜落淚的白依涵抱住妹妹，開心得幾乎要大喊，「學歷那些不重要，姐姐只希望妳能找到自己有興趣，學習那些自己喜歡的東西就可以了。」

「可是姐姐，我想要證明，我不是智障，也不是光有臉蛋卻沒有腦袋的可憐女人，更不是什麼代替品。」

「依雪……」

「我還要努力給顧大哥看，讓他知道，我不是他以為的十幾歲小女生，我也可以蛻變為一個成熟的女人，一個不再什麼都不懂的女人。」

大年初六，在確定白依雪完整的課程規劃，以及心理建設後，白依涵終於放心的獨自回汐止上班。

白家兩老雖然不清楚小女兒為什麼在短短幾天內，從發病到決定復學，改變這麼大，但見大女兒不但同意把她留在臺中，甚至還極力支持她的作法，倒也樂見其成。

之前被曲佑興用搶打傷的新聞傳遍公司，即便都過了一個月，但剛回公司上班的白依涵，還是被那些熱心問候，還有好奇事發當下的同事們，給團團圍住。

「好啦好啦！現在是上班時間，你們都擠在這裡像什麼話？待會兒被經理看到，又要被唸了，快回去坐好。」幸好有江維琪主動出來維持秩序，否則，白依涵真的連工作都沒辦法做了。

一把顧昱雲這個部門主管端出來，大家就迅速鳥獸散，畢竟再兩個月就要打年度考績了，誰也不想被列入那最後五趴的黑名單。

「真是的，該講的新聞都報了，還有什麼好問的。」重重的呼了口氣，江維琪見眾人都回座位後，這才拉了張椅子，神神祕祕的挨到白依涵身邊，「喂！聽說經理因為救了妳妹妹，還經常到妳家，你們……是不是好事近啦？」

原來，江維琪把大家趕跑，是為了問這件事。

「什麼好事？妳覺得，經理跟我像是有好事的樣子嗎？」轉過頭的白依涵，雖然是對著身邊的江維琪回話，卻將餘光撇向另一個好友——謝美葳。

但見謝美葳直視著前方電腦，彷彿對她們的談話，毫無所覺。

「現在都什麼時代了，只要去戶政事務所登記結婚，什麼麻煩都省了。」可剛說完話的江維琪，突然瞪大眼睛，「喂，你們該不會連喜酒都想省了吧！」

「什麼你們、我們，妳想太多了。」白依涵推了一下她的頭，笑道：「還不趕緊上班去，下午要開會不是？」

「對吼！差點兒就忘了，今年的年度計畫我還沒交。」急忙站起的江維琪，拉著椅子，急忙回到自己座位。

與白依涵僅隔一個座位的謝美葳，在經過一個月的長假後，似乎完全沒有打算和昔日的好姐妹，親切的打聲招呼。這樣也好，那白依涵就無須強顏歡笑，去面對這一個毫無憐憫之心，甚至用文字殺人的女人了。

☆☆

時間過得很快，轉眼又從冷冽的寒冬，來到春暖花開的季節。

自從白依雪回老家後，汐止住家頓時少了個人，變得冷清許多，這讓下了班的白依涵，心思不由得空了下來。

夏宇凡已經好一陣子沒休到假了，做警察的連周休二日的權利都要被剝奪，簡直比私人企業還累。

打開電視，國外新聞充斥著恐怖的校園攻擊和俄烏戰亂，就連國內媒體，也不時傳來詐騙擄人，甚至虐人致死的訊息。唉……世界少一點衝突和惡念，不就更完美和諧了嗎？

可關上電視，空蕩蕩的屋子，就連打個哈欠都覺得響。

「早知道就留在公司加班，別這麼早回來。」輕嘆了口氣的白依涵，正打算鑽進被窩裡睡覺，手機卻在這時響了起來。

「想吃什麼？我買來給妳。」手機那頭出現的熟悉聲音，讓方才還打著哈欠的白依涵，瞬間清醒。

差點噗笑的白依涵，打趣著要吃山珍海味，沒想到，不一會兒，夏宇凡果真提著香噴噴、熱騰騰的烤雞來了。

「這麼有閒情逸致，真的去買烤雞給我吃？」雖然汐止有些店家經營得晚，但要買到這麼好吃的烤雞，還是得花時間開車到專賣店才有，白依涵一邊拿著盤子，一邊揶揄那個忙裡偷閒的大男人。

「是啊！美女，妳不知道自己有多難侍候嗎？鴨不吃、鵝不吃、羊也不吃，人間美味都去了一半，不吃雞還能吃什麼？」打開厚厚的包裝袋，一陣濃郁的烤肉香味撲鼻，早已餓得七葷八素的夏宇凡，忍不住加快動作。

見男友如數家珍的挑著自己的毛病，揚起脣角的白依涵笑道：「這麼晚了，還吃這麼油膩的宵夜，不肥死才怪。」

「若是妳就不必啦！天生麗質，外加怎麼吃都不會胖。我呢？每天追犯人累得要死，還不如多吃一點兒來增加體力。」

瞧夏宇凡講得理直氣壯，惹得一旁的白依涵又笑，「照你這麼說，反正我吃了也沒什麼用，倒不如別浪費食物。」

「話不能這麼說，民以食為天，不管有沒有用，總之先吃再說。」戴上塑膠手套的夏宇凡一手抓住雞脖子，一手迅速的拔下一隻雞翅膀，並撕了一小塊肉，塞到坐在身旁的女友嘴裡。

雞翅肉嫩，又有豐富的膠原蛋白，最合適女人吃。

讓身邊男人細心的一口一口餵食，難得享受男友體貼的白依涵，心裡真有說不出的甜蜜，「分局長好不容易才放你假，怎麼不在家休息？」

三兩下就把整隻雞給拆得四分五裂的夏宇凡，咬了口手上的雞腿，淡淡笑道：「沒放假，只是我今天不用輪班而已。」

「那你還不早早回家補眠？明早又得上班。」

「很久沒跟妳見面了嘛！」夏宇凡抬頭看著女友，可憐的像個深宮怨婦，「我很想妳。」

「唉……有時候還真希望，妳能抱怨我沒時間陪妳什麼的，這樣我會覺得安心一點。」這話雖然像是在自嘲，殊不知，夏宇凡的心裡掙扎得很。

「又不是不知道你的工作性質，嫌也沒用啊！難不成，叫你辭職？」白依涵也把事情說得雲淡風輕，試圖掩飾自己的心虛。

「如果妳很堅持……我會考慮。」也許，這只是一閃即過的念頭，但夏宇凡打算認真的想想。

最近的汐碇公路又開始頻傳車禍，可無論交通組那邊怎麼查，都查不出個異狀。

明明知道是有人刻意製造濃煙，影響開車視線，可分局長硬認為是春天山區產生的濃霧所致，讓夏宇凡就算想釐清原因，也無從下手。

可男友的這番話，讓聞言的白依涵微愣了下，不禁憂心問道：「你是不是工作又不順利了？」

見女友為他的事緊張得發愁，拿起面紙擦了擦手和嘴的夏宇凡，馬上恢復一貫的爽朗，大聲說道：「沒有，是妳都不想我，一點兒都不公平。」

「哇！害我嚇一跳。」白依涵將面紙丟向夏宇凡，氣他講話老是不正經。

腿上。

「本來就是。」伸手攬住女友纖瘦的細腰，身強體壯的夏宇凡，輕而易舉的將她抱在自己的腿上。

「我要妳時時刻刻都想著我。」親密的話才剛落下，俯身的夏宇凡就打算給女友一記深情的吻。

可白依涵迅速用兩手頂住男友的胸口，喊道：「討厭，油漬漬的別碰我。」

遇到對手頑強抵抗，職業病發的夏宇凡，不由得使出專業手法，將白依涵的兩手一舉，硬是把她壓倒在沙發上。

「寶貝，現在四下無人，我們是不是可以做點比較有情調的事，嗯？」男人低沉的嗓音帶著些許性感，更多的是誘惑，在白依涵的耳邊吐著氣，讓她不由得渾身顫了下。

「發什麼神經，快放開我。」雖然白依涵是很認真的在抵抗，但夏宇凡的手卻絲毫沒有鬆動。

慢慢的，斂下笑容的夏宇凡，一本正經的對女友說：「妳，不要再動了。」

抱著自己心愛的女人就已經很難自持了，她還在身下扭來扭去，不知道這簡直是在男人身上點火嗎？

瞧那蜜桃一樣的紅潤臉色，兩眼還凝著水氣，模樣嬌羞的白依涵，讓夏宇凡的呼吸變得急促，「嫁給我吧！依涵，我們直接去公證。」

可白依涵是家中長女，就算她認定這輩子只會跟夏宇凡在一起，但若是爸媽知道她瞞著家裡偷偷結了婚，肯定會很傷心的。

「告訴我，妳願意。」見女友不回答，夏宇凡把臉壓得更低了，炙熱的氣息全噴在白依涵的臉上。

「你，你太重了，這樣我沒辦法說話。」白依涵這才想到，如果妹妹在，夏宇凡就不敢這樣明目張膽的亂來。

「反正妳以後也是要習慣的。」挑起眉眼的夏宇凡猛然吻住白依涵的唇，結實的身體，讓小小的沙發陷得更深。

激烈的熱吻，讓白依涵覺得呼吸都難，她兩手推著夏宇凡的肩膀，可根本動不了他半分，更何況，女人這種看似徒勞的抵抗，根本就是在催化男人的神經。

夏宇凡發狂似的將舌伸入白依涵的口中吸吮，而後延伸至耳際、頸項、直到柔軟起伏的胸口，厚實的手掌伸進她薄薄的衣服裡，順著纖細的腰身直往下探……

雖然白依涵在腦海裡直喊不可以，可他的體溫熨貼著自己的肌膚，那麼炙熱，散發出來的男性荷爾蒙，那樣迷人，而口舌親密的吮吻，讓人不禁要為之意亂情迷，彷彿要將她的身心都給融化。

「宇凡……」雙頰酡紅的白依涵伸手環住男友的頸，忘情吟哦。

羞赧的她閉起眼，和夏宇凡額碰額的貼近，現在的白依涵終於了解，為何相愛中的男女老是會擦槍走火，原來肌膚間的親密接觸，是這樣的撼動人心。這一切，彷彿發展得那麼自然，自然得想要更進一步，以滿足彼此心裡對愛的需求與渴望。

情慾的火種一經點燃，便讓兩人都陷入了糾纏，當接吻和擁抱再也不能滿足對愛的渴望時，夏宇凡伸手脫去那阻隔親密的衣物。

身體接觸的熱度，升高了彼此的慾望，夏宇凡吻著白依涵的每一吋肌膚，讓初嚐情事的她吐出嬌吟，白依涵將十指深入男人的髮叢中，感受他柔順短髮帶給肌膚的搔癢刺激。

「依涵，我的寶貝。」感覺到慾潮的洶湧，再也禁不住誘惑的夏宇凡，將腰身一沉。

「嗯……」腿間的脹痛讓白依涵微皺了眉頭，卻緊咬著牙根，不讓自己喊出聲。

夏宇凡體貼的吻著她，並撫遍她身上的敏感，直到白依涵的身體稍稍放鬆後，才開始動了起來。

淫熱的交合讓兩人欲罷不能，直到整個客廳裡的空氣，都火熱得像在燃燒。

「寶貝，我愛妳。」喘著氣，夏宇凡幾近瘋狂的占有她。

「宇凡，我也……愛你。」

第十三章　祕密任務

才剛新婚的程文智，因為新房延遲交屋，只得讓老婆鍾玉嵐先搬來租屋處一起同住。人家正是新婚燕爾，你儂我儂，夏宇凡這顆大燈泡也不好整天在旁邊亮著，便常常往白依涵那邊跑，沒想到他這一住下，平時分外精簡的小窩，就多了好幾樣電器產品。

因為汐止溼氣重，所以買了除溼機，為免衣服晾不乾，又買了烘乾機，夏宇凡擔心自己值班的時候，孤身一人的女朋友睡覺冷，還體貼的買了烘被機，如果不是看不下去的白依涵搶走他的信用卡，夏宇凡可能會把這個家塞到爆。

「真是夠了，以前沒這些東西，我還不是活得好好的。」心疼警察賺的都是搏命錢，哪有人這麼花的？白依涵不捨。

「這些家電遲早都要買的，等我們有了小孩，還要買一臺空氣清淨機……」

「等等，等等，我們又沒結婚，哪來的小孩？」

「誰規定沒結婚就不能有小孩？再說了，等有了小孩，妳爸媽自然就同意我們結婚了。」

「想得美。」推開那個一臉賊笑的大男人，白依涵這才想起自己都沒有避孕，萬一真有了，怎麼跟爸媽交代？

「我是很想，難得今天我們都放假……」

感覺那個貼過來的男人像團火球，不良企圖昭然若揭，漠然的白依涵轉身穿起外套，打開冰箱拿出準備好的水果，「今天初一，要去山上拜拜。」

「我跟妳一起去。」一聽到要去山上，瞬間熄火的夏宇凡皺起眉頭。

「不是難得放假嗎？你多睡一會兒，補眠。」

「我要是白天睡太飽，晚上就會睡不著哦！」揚揚眉的夏宇凡斜睨著身邊的女朋友，意味深長。

以前怎麼沒發現他是這麼輕佻的男人，難道剛認識時的一本正經，都是裝出來的？嘆了口氣的白依涵將水果遞給夏宇凡，拉著他一起出門。

開著車來到山腳下的夏宇凡，見遠處的山嵐瀰漫，雲霧一波又一波如海潮般，不斷向各處的山頭湧去，心裡就不禁沉重了起來。

都說濛濛湮雨，縹緲如潑墨山水，再點綴路邊初綻的粉紅山櫻，更襯得整座山如詩畫一般，可為什麼如此美不勝收的山中奇景，會成為一道道殺人於無形的陷阱呢？

經警方的多次反應，政府承諾會再加裝監視器，但等明年度的預算編列好再執行，根本緩不濟急。而且，汐碇公路雖然只有短短的八公里，可監視器的視角和監視範圍有限，若拍不到煙霧產生的源頭，等於治標不治本，一點用都沒有。

見開著車的夏宇凡不僅神情凝重，連廢話都不多說了，完全沒有剛出門時的好興致，不明所以的白依涵，還以為他並不那麼想陪自己出門，便問道：「要不要換我開？」

乍然回神的夏宇凡收起辦案的複雜心情，疑惑道：「為什麼？」

「我看你車開得心不在焉。」

「哪有！是沿途風景太美，我開慢一點，讓妳好好欣賞欣賞。」

「鬼話連篇，欣賞風景會是你剛剛那樣的表情？」白依涵吐糟他。

「怎麼，我剛剛的表情不好嗎？還是太帥？」夏宇凡乾笑。

這麼虛偽的笑法，連白依涵都看不下去，「你工作是不是遇到什麼瓶頸了？」

夏宇凡將車轉了一個大大的彎後，才輕鬆一笑，「是有一點。不過，我自己可以應付的來。」

「有什麼事可以說出來一起討論，就算我幫不上忙，至少你心情會好一點。」都相處這麼久了，白依涵多少也了解身為警務人員的無奈。

可即使白依涵這麼說，但事關她曾經受過的痛，夏宇凡又怎麼忍心去觸碰，那個好不容易癒合的傷痕。

見男友久久不語，白依涵再問：「是不是和車禍有關？」

近來新聞報導汐止車禍頻傳，雖然現在的白依涵，知道這不關偵查隊的事，可她也清楚，以夏宇凡的個性，若不把這個結打開，他永遠都放不下。

「哈，果然，想瞞都瞞不了。」輕呼口氣的夏宇凡，看向那個被雲霧繚繞的山頭，淡淡說道：「之前，我一直以為車禍是曲佑興搞的鬼，畢竟，他的指紋曾出現在車禍現場的證物上，但他現在真的死了，可車禍不但沒有減少，反而比以前更多。」

「聽交通組的小周說，有幾次的車禍事主，身上或車上的現金被洗劫一空，雖然這種事在偏僻的地方也很常見，但我有強烈預感，這些車禍是有人蓄意製造的，只是一直沒有辦法提出充足的證據，向分局長證明我的論點。」

「那交通組他們沒辦法查證嗎？」白依涵不懂，有問題的事故，警方不是更應該追查下去？

「交通組的人力有限，平時的交通管制和執法取締，就已經很吃力了，再加上這些重大車禍要送檢的證物等等，簡直就忙得焦頭爛額。」

「不能私下幫忙嗎？」雖然夏宇凡本身的工作量也很大，但既然他這麼放心不下，只能尋求非正常管道處理。

搖頭的夏宇凡嘆了口氣，「分局長擺明了要大事化小，小事化了，誰敢在這個時候給他找麻煩？」

「怎麼你們公家單位，比我們私人企業還麻煩呢？」雙手環胸的白依涵，表示難以理解。

「那是因為我們領的每一塊錢，都是納稅人辛辛苦苦賺來繳給政府的，所以，分局長有責任替納稅人看好每一塊錢的用度。」說了這麼多，夏宇凡果然感覺輕鬆了些。

「思來想去，是我自己評估錯誤。當初，如果不是我一口咬定都是曲佑興搞的鬼，讓分局長抱著過大的期望，或許，他就不會對我那麼失望了。」

「這也不能全怪你，人非聖賢，孰能無過，重要的是如何矯正錯誤，早點把那個害人的傢伙繩之以法才對。」白依涵學起男友，也講得義正詞嚴。

聞言的夏宇凡開心一笑，拍著方向盤大喊道：「說得好！不愧是我的好老婆，回去老公要好好的犒賞妳。」

「呿！」瞪了夏宇凡一眼的白依涵罵了句，卻忍不住欣慰的勾起脣角。

轉了這麼大一個彎，終於把他心裡的鬱悶給套了出來，可什麼時候夏宇凡才能相信她，對過往的曾經，早已不再畏縮和恐懼了呢？

話說，自從夏宇凡搬出去後，程文智頓時少了個可以閒話家常的室友，只好趁著外出巡邏，跟夏宇凡吐一吐苦水。

「你說，這爸爸被關，異母弟弟不知去向，不都是他們自己搞的嗎？現在，她爸要我老婆丟下工作去找他兒子，這像話嗎？」喝了口結冰水的程文智，搞不懂本應是清清爽爽的五月天，怎麼熱得像酷夏？

「鍾少楓還是沒回家嗎？都半年了，他一個十幾歲的孩子，能去哪兒？」夏宇凡擔心的是，孤身一人的他，會被壞人引誘去犯罪。

「完全沒有回家過的跡象。」揮揮汗的程文智，將冷氣的出風口調向自己，無奈的說：「早知道他不要那個家，我老婆就不應該搬出來，至少，我們還有免費的豪宅可以住。」
「手機呢？有聯絡過嗎？如果還通，或許可以試著用手機找出他的位置。」
「早就斷訊了。能試的方法我們都試過了，就是不曉得那個臭小子躲到哪裡逍遙。」猛地又喝下一大口冰水，憤憤的程文智咬牙。
「可他那個爸爸硬逼著我老婆，無論如何都要找出他的寶貝兒子。」調整了下坐姿，程文智嗓門不禁大了些，「你說，同樣是親生的，我老婆跟我結婚他連女婿是誰都沒問，這種待遇簡直天差地遠。」
原來，是女婿不滿被丈人給無視了啊！
夏宇凡輕笑了下，「像鍾皓然那個年紀的父母，普遍都有重男輕女的觀念，又或者他是老年得子，才分外珍惜鍾少楓那個小兒子。」
雖然，夏宇凡從小就沒感受過什麼是父愛，但年過三十的他有了心愛的女人，也渴望能早一天擁有自己的孩子，不論男女都好。
「就因為鍾皓然這種食古不化的迂腐觀念，才會讓自己的兒子變成人人喊打的富惡少，如果，當初他教育鍾少楓像教育我老婆一樣……」
「噓。」眼尖的夏宇凡，伸手打住滔滔不絕的程文智。
「怎麼了？」聞言的程文智，急忙將車子減速靠邊。
「是鍾少楓。」隔著車窗，夏宇凡感覺到鍾少楓因為看到警車，而異常緊張的視線，心裡不禁起疑。

「這麼巧？那好，我幫我老婆好好的教訓這個臭小子一頓。」踩下煞車的程文智，打算去揪住那個名義上的小舅子。

「等等，別讓他知道我們發現了他。」可機警的夏宇凡，伸手止住程文智的衝動。一頭霧水的程文智只好乖乖坐在駕駛座上，等候隊長的指示。

果然，戴著鴨舌帽的鍾少楓，發現員警沒有下車後，急急忙忙的躲進小路邊的草叢裡。

「啊！他要跑了。」指著車外即將消失的人影，程文智輕喊。

「你在這裡等我，我跟過去看看。」為免打草驚蛇，輕輕打開車門的夏宇凡蹲低身體，並仔細觀察了地形後，沿著小路跟了過去。

「喂！為什麼又是我留守？」極度不滿的程文智在車裡低喊，「不公平。」

雖然夏宇凡很快的下車跟上，但似乎已經被鍾少楓給查覺，刻意躲進草叢裡的他如果沒有大動作，根本很難被發現。

沒想到鍾少楓消失了大半年，居然會躲在這種渺無人煙的偏僻山區，這與他之前喜歡聚眾喝酒，打架鬧事的闊少性格，實在是大相逕庭。

環顧四周，這裡除了一條機車勉強可以通行的小路外，兩邊均是高過於頂的芒草叢，再往下走，就只剩下農人或登山客踩過留下的泥巴路。令夏宇凡感到疑惑的是，鍾少楓既然已經勒戒期滿，為什麼還要躲著警察？

就算知道程文智在找他，但警車都貼有隔熱紙，位於車子右側的鍾少楓，不可能看到在左側開車的駕駛人的臉。難道，鍾少楓是因為看到夏宇凡，才落荒而逃？

不，更不可能。

即使，鍾少楓是因為夏宇凡領隊的那次攻堅行動而被逮，可無論是哪一次抓到他，鍾少楓不是氣焰囂張的嗆著說，要給夏宇凡好看？他又怎麼可能因為看到夏宇凡，就躲了起來呢？

諸多疑點加深了夏宇凡的憂心，看來，鍾少楓不能放任著不管，否則，到時候麻煩的不止鍾玉嵐，可能連身為警察的程文智，都會被拖下水。

回到車上，夏宇凡特別叮囑程文智，要派人加強巡邏這附近山區，並暗地裡請商家配合，一有鍾少楓的行蹤就馬上通知。他一個十幾歲又養尊處優慣了的孩子，肯定不像曲佑興那樣，能在山裡自給自足，只要他露臉，夏宇凡就不怕逮不到人。

鍾少楓沒有犯罪事實，夏宇凡無法動員分局裡的人找他，再加上，外出巡邏是按勤務分配表輪流交替，所以，這項祕密任務除了夏宇凡和程文智，還得再拉一個人進來。

自從許瑞恩寫了曲佑興的槍枝，疑似來自兵工廠製造的報告後，不但吃了頓分局長的排頭，也被夏宇凡好好的教育了番。

身為一個員警，在處理事務時，須秉持著中立的立場，採集到的證物，也應交由專業的相關單位去分析研判，雖然許瑞恩對槍枝研究很有興趣，也不可以將自己的主觀認知，隨意寫進正式的報告裡。

畢竟，報告是呈給上級看的，長官透過報告來判斷案件的大小輕重，沒有確切的證據，會誤導他人對案件後續的處理方向。

這下，許瑞恩這隻菜鳥總算明白，在學校上的理論容易理解，可實務操作卻有很多眉角，是需要經驗累積的。於是，潛心向上的他更謙虛的和學長們學習，並努力增加自己的辦案經驗值。

就因為這樣，許瑞恩成了這項祕密任務的其中一員。

☆☆

自從和白依雪劃清界線後，顧昱雲就連和白依涵私下相處的勇氣都沒了，即使是開會或在辦公室遇見，也會刻意避開與她的目光接觸。

原以為被白媽媽討厭的夏宇凡，會很快的與白依涵分手，可事情發展並不如顧昱雲所想像，相反的，近來夏宇凡還經常到公司接白依涵下班，兩人的關係已經不言而喻。

沒想到短短三個月，顧昱雲的感情從失望到期望，又從期望到現在，終於陷入真正的絕望。

這段時間，他總是機械似的上班，下班，回家，睡覺，生活對他而言彷彿是一種折磨，一種始終懊悔著過去，卻又對未來茫然的折磨。

所以，他經常流連在電影院，百貨公司，讓眼前的五光十色沖淡他腦中的影像。即便，那個曾經可愛、迷人又愛笑的臉龐，還是會在他回家時，又一次次清楚的浮現。

「母親節快到了，妳又要趕回臺中去嗎？」公司的茶水間裡，江維琪喝著手上的咖啡問道。

「這次不回去了，我妹妹說她想吃法國料理，要帶我爸媽上臺北來聚餐。」法國料理只是夏宇凡隨口一說的建議，白依涵沒想到，反而讓妹妹念念不忘。

「哇！法國料理耶，一餐吃下來肯定不便宜，妳對妳妹妹真好。」獨生子女又獨居在臺北的江維琪，最討厭一個人吃飯的寂寞，所以，超羨慕有姐妹可以分享生活日常的白依涵。

「難得他們上來一趟臺北，偶爾吃好一點。況且，我妹妹好不容易申請到學校就讀，應該要慶祝一下。」

「咦？是妳說車禍受過傷的那個？」年前白依雪的照片風靡整個部門，江維琪自是記憶猶新。

「對啊！我就一個妹妹。」白依涵將泡好的茶包丟進垃圾桶，端起茶杯和江維琪一起走出茶水間。

「所以，她頭上的傷都好了？」

「也不算。」一抬頭，白依涵這才發現拿著咖啡杯的顧昱雲，正站在茶水間門口，一臉訝然的看著她。

「但人總是要學著獨立生存，不依賴別人，不是嗎？」微點了下頭，白依涵幾乎面無表情的，從顧昱雲身邊走了過去。

跟在後面的江維琪見氣氛不對，對著顧昱雲輕喊了聲「經理」後，就飛也似的逃回自己的座位。

白依雪可以上學了？

什麼時候的事？

顧昱雲記得她曾說，因為腦內有瘀血導致無法集中注意力，也沒辦法唸書，難道，她冒險去動手術，所以頭傷好了？

完全狀況外的顧昱雲拿出手機，瀏覽起白依雪在LINE上的訊息，但見她經常綁起的兩根辮子，已燙成波浪般的浪漫捲髮，微微翹起的唇上也塗了淡淡的口紅，就連平時最常穿的洋裝，都換成當下最流行的韓系服飾。

她沒有動手術，至少看不出頭部有手術過的痕跡，那又是什麼原因，會讓白依雪在短短的三個月內，從一個十幾歲的復古小女生，變成一個風情萬種的女人？

滑著手機，躲進樓梯間的顧昱雲睜大眼睛，快速瀏覽那一張勝過一張的自拍照，更多的是，笑容甜美的她，被一群男男女女簇擁的歡樂鏡頭。

那曾經只屬於他一個人，可愛又美麗，清純又動人，會讓每個男人都為之心跳的笑顏，居然就這麼毫無保留的，展露在那些不相關的人面前。這讓心口宛如被數根針刺中的顧昱雲，不禁憤憤的咬起牙。

好不容易等到下班，再也忍不住心中諸多疑問的顧昱雲，終於打破沉默，主動來找白依涵。兩人相約在公司附近的咖啡廳，反正，部門裡的人都知道白依涵有男友，跟顧昱雲也傳不出什麼緋聞來，她自然無須再避嫌。

只是，咖啡都快喝完了，眼神始終游移不定的顧昱雲，依舊狀似輕鬆的談著公事，這讓白依涵顯得很不耐煩，「我知道你想打聽依雪的事，為什麼不直接問？」

「嗯，是。我……我們很久沒見了，不知道……她近來好不好？」

「你們不是有互加 LINE 嗎？」

是有加，可顧昱雲怎麼能與白依雪在斷聯三個月後，又莫名其妙的主動和她打招呼？

「我上次……在妳們家，不告而別，有點失禮……」

一個在公事上殺伐決斷的男人，怎麼面對感情變得這麼扭扭捏捏，又不乾脆？

實在見不慣這麼吞吞吐吐的顧昱雲，白依涵直接替他說明白，「不喜歡就坦白說清楚，沒什麼不好意思的。」

認識這麼久，顧昱雲一直以為白依涵是個溫柔又體貼的女人，從沒想到，她也有這麼強勢的一面。突然感到一陣難為情的他，深吸了口氣，又坐直了身體，這才恢復慣有的說話口吻，「我只是不希望依雪誤會。」

「所以，我很感謝你。」即便白依涵嘴上說著感謝二字，可臉上卻絲毫沒有任何感激他的表情。

「為什麼？」顧昱雲不了解。

「是你讓依雪明白，不可能一輩子都當隻被圈養的金絲雀。」白依涵冷冷的直視眼前這個男人，卻溼了眼眶，「因為你，她找到了飛的方法，而且，勇敢的飛出去了。」

「妳……妳能不能說清楚一點？」白依雪這三個月到底發生了什麼事？顧昱雲急了。

「何必呢？」拿起包包的白依涵拿出信用卡，打算結帳，「反正以後都不會有交集，清不清楚，也沒什麼重要的了。」

「等等！」見白依涵要走，差點兒就撞倒桌子的顧昱雲，連忙伸手拉住她，「我並沒有要傷害依雪的意思，我們……我們才認識一個月。」

「時間和愛情有關係嗎？有人一眼定終身，有人認識一輩子也當不成情人，我知道你不可能喜歡上依雪，也很感激你讓她了解，感情是最講究現實的。既然如此，你又何必打聽她過得怎樣呢？」

「我從來沒有說不喜歡她。」被激怒的顧昱雲脫口而出，「我只是……只是不希望把她誤當成是妳。」

難道，顧昱雲還沒有把她放下？

嘆了口氣，收起信用卡的白依涵坐了下來，「依雪並沒有完全好，那晚你離開後，她就發病了，還在急診室裡待了一天一夜。」

白依雪果然出事了！

他不應該馬上走的，至少，也要將白依雪安全的送抵家門，然後，確定她沒事後再離開。

見顧昱雲一臉的愧疚，白依涵也不忍太苛責，畢竟，他對白依雪的身心狀況完全不知情。

「因為頭部受過傷，依雪不太能受刺激，但除了你跟她說的那些話外，臉書上，也有人說了不好聽的話攻擊她。」

「臉書？誰？誰攻擊了依雪？」完全狀況外的顧昱雲追問。

白依涵拿出手機，登入了白依雪的帳號，而後遞給顧昱雲，「依雪已經關閉了臉書，我是用她的帳號才能看得到。」

顧昱雲見臉書上，放了好幾張他們三個月前採香菇的合照，而底下的留言卻寫著：『智障，不要臉。仗著自己漂亮，就去勾引男人。』

「什麼人寫這麼惡毒的話，我和依雪不過是拍個照而已。」留言的這個人簡直不可思議，顧昱雲怒了。

「會說出依雪是『代替品』的人，你認為還會有誰呢？」雖然，白依涵也不願相信自己同事多年的她，會做出這種人神共憤的事。但幾個月來，謝美葳對自己的態度，從無話不談的好友，到如今的行同陌路，已經全然證實了白依涵的猜想。

「妳……妳認為……」可顧昱雲卻不知道。

「如果你還當依雪是朋友，這件事就不得不處理，否則，只要你們還有聯絡，依雪就會再次受到傷害。」見顧昱雲十指緊握，白依涵便知道他想到誰了。

「妳應該早點說的。」顧昱雲以為他拒絕的夠明白了，沒想到，謝美葳卻仍舊暗箭傷人。

「我本想著，依雪和你不會再有什麼交集，她自然就沒有再發作的機會，所以就……」

「可是，依雪是因為我才受到這種辱罵。」緊握手機的顧昱雲低下頭，「至少，我應該跟依雪道個歉。」

「然後呢？」不以為然的白依涵提醒他，「既然你對依雪沒有感情，就應該離她越遠越好，沒有期待就不會有傷害，我想你比我更明白這個道理。」

顧昱雲懂，他當然明白，可是……可是，他總覺得還有什麼話，應該對白依雪說明白。

拿回手機，白依涵再次拿出信用卡到櫃檯結帳，徒留下顧昱雲一個人，悵然若失的呆坐在那裡。

難得白家二老上臺北慶祝母親節，已經以白家準女婿自居的夏宇凡，無論如何也要請假陪未來的岳父、岳母吃頓飯才行。

為了找一間符合白依雪心中，饒富浪漫情調的法國餐廳，夏宇凡還熬夜上網爬文，終於訂到了間口碑好，CP值又高的餐廳。

誰叫這個未來的小姨子這麼受寵，不僅爸爸、媽媽把她當寶，就連親姐姐都對她唯命是從，為了早日博得白家大女婿的頭銜，夏宇凡還不得先討好這個小姨子。

不過，對於白依雪在短短期間內，就從一個有人群恐慌症的女孩兒，轉變成活潑大方又積極學習的女人，夏宇凡打從心底感到由衷的敬佩。那得鼓起多大的勇氣，才能克服心理和生理的雙重恐懼，走入人群，重新建立起自己和對整個社會環境的信心。

從警多年也閱人無數的夏宇凡，見過許許多多一遇到挫折，便再也爬不起來的例子，他們可能因此一蹶不振，甚至作奸犯科，用來報復社會對他們的不公和嘲笑，又或者藉口洩忿，企圖讓更多人跟他們一樣陷入失敗的泥沼。

可因為車禍受傷的白依雪，不但沒有埋怨毀了她一生的親姐姐，也沒有因為顧昱雲的拒絕，而放棄追求自己的生活，更沒有因為臉書上莫名人士的攻擊，就畏懼與陌生人群的接觸。她是那麼努力的想證明，自己是個有能力愛人，也值得被愛的女人。

回臺中不到半年，白依雪就懷念起汐止夜市的小吃。

之前因為生病，白依雪就算住在汐止也沒機會逛，只能依賴偶爾提早下班的姐姐，帶不同的小吃回家讓她嚐鮮。現在，她已經不再害怕人多的地方，於是便和爸媽提前一晚到汐止，把以前沒去過的地方，都好好的逛了個遍。

隔天一早，夏宇凡開車接女友一家四口，先到陽明山賞繡球花，由於人多車子沒地方停，夏宇凡只好讓大家下車賞花，自己則當起開車司機，隨叩隨到。

對於夏宇凡熱心又體貼的服務，白爸爸這一路沒少誇讚，再加上夏宇凡本來就嘴巴甜，人緣好，更彌補了白爸爸沒有兒子的缺憾，唯有白媽媽，還是冷著一張臉，對車上其他四個人的熱烈討論，不怎麼搭腔。

逛了一天，終於來到期盼已久的美味饗宴，一下車，白依雪就拉著媽媽，興高采烈的踏進餐廳。

在服務人員親切的帶領下，白依雪馬上就被眼前閃耀著無數迷人光彩的水晶吊燈，和牆上富有藝術氣息的裝飾給吸引。

即使臺中也有不少風格特殊的異國餐廳，但還沒有經濟能力的白依雪，考慮到平時就已經省吃儉用的爸爸和媽媽，根本不敢要求到餐廳吃飯。這次也是因為姐姐說要慶祝母親節，白依雪才順便開口說要嚐嚐法國菜，可沒想到，姐姐居然找了家這麼高級的餐廳。

「這……這麼漂亮的餐廳，我們這麼多人吃，要花多少錢啊？」鮮少在臺北吃飯的白媽媽，有點被餐廳裡的奢華氣勢給嚇到。

餐廳是夏宇凡找的，白依涵也沒多管，但被自己的媽媽這麼一問，她也感到有些錯愕，連忙強顏歡笑，「難得嘛！沒關係。」

倒是打從一進餐廳就笑逐顏開的白爸爸，似乎十分滿意未來女婿找的好地方，不但對身後老婆的顧慮不以為意，還不斷和小女兒對牆上的每一幅畫作，品頭論足起來。

夏宇凡停車去了，服務人員一路領著白家人直走，來到一間裝飾更為精緻的小包廂，白依涵在心裡暗罵夏宇凡愛面子過了頭，她只是想請家人吃頓飯，有必要闊氣到這種程度嗎？

這間包廂一進去，沒花個萬把塊，能走得出來嗎？

「裡面請。」兩位拿著菜單的服務人員點頭微笑，並伸手打開包廂的門，示意大家進去。

「小涵啊！我看……這，我們還是到美食街隨便吃吃就好。」白媽媽拉住大女兒的手，小聲說道。

「媽，人都進來了，怎麼好意思走？」

「叔叔，阿姨，好久不見了，大家快進來吧！」

包廂裡傳來熟悉的男聲，站在門外的白依涵向裡面一看，但見爸爸興高采烈的迎向前去，而白依雪則一臉驚訝的站在門口，寸步難移。

那個人居然是——顧昱雲。

是誰？誰告訴他來這裡的？

白依涵和她爸媽，還有白依雪根本不知道會來這家餐廳，那說出去的人就唯有……

「不用打了，這間餐廳是他訂的。」就在白依涵轉身急叩夏宇凡的時候，已經停好車的他來到包廂門口，笑道：「進去啊！不都是熟人嗎？客氣什麼？」

一臉笑意的夏宇凡，拉著女友的手就往包廂裡走，還不忘提醒那個呆站在原地的，「怎麼了，依雪，幾個月不見，妳就忘了妳的顧大哥了？」

眨了眨泛著溼意的雙眼，略顯躊躇的白依雪，慢慢的走到爸爸的身邊坐下，以避開與顧昱雲的對視，而好不容易見到白依雪的顧昱雲，只能勉強自己與白爸爸寒暄。

「昱雲啊！聽說這幾個月你都很忙，今天怎麼有空出來和我們吃飯？」白爸爸一臉熱切的握起顧昱雲的手，高興得嗓門都大了。

因為白依涵的善意欺騙，全然不知情的白家父母，還真以為顧昱雲是工作忙，才沒時間與他們聯絡，而白依雪也藉口忙著申請學校就讀，刻意不提顧昱雲音訊全無的事。

「以前承蒙您和阿姨不少招待和照顧，今天難得你們上臺北，我應該盡一盡地主之誼。」臉色略顯尷尬的顧昱雲，示意服務人員拿菜單，「今晚我作東，希望都能合大家的胃口。」

原來，是顧昱雲請客，害白依涵瞎擔心了一場。

瞪了身邊的男人一眼，白依涵直覺被設計了，可夏宇凡快速的接過菜單，開始打量起裡面的菜色來。

「那怎麼好意思！當初是你救了我們家小雪，況且，那時候的我們也談不上什麼照顧，現在讓你這麼破費，實在是……」白媽媽一見顧昱雲，臉上的和藹笑容就藏不住。

「阿姨客氣了，您的手藝是外面花錢都買不到的，我是聽說依雪想吃法國菜，所以，才特別找了這家比較地道的餐廳，希望你們能吃得盡興。」白媽媽一聽顧昱雲是為了小女兒才找的餐廳，當下開心的直拍著小女兒的手，讓她好好的謝謝人家。

始終低著頭的白依雪，只得小聲回道：「謝謝顧……謝謝你。」

怎麼小女兒說話這麼小聲，以往她不是最愛黏著顧昱雲的嗎？

雖然，白媽媽發現小女兒的神情有異，但難得氣氛這麼熱烈，她也不好多問，只好拿起菜單，看著裡面繁雜的菜式，琢磨著吃什麼比較便宜點。

一邊看著菜單，一邊聽著顧昱雲和白家父母的對話，夏宇凡這才發現，原來舌粲蓮花的本事不止他有，現場哄得老人家開心的顧昱雲，比他更上一層樓啊！難怪，白媽媽一見他就喜歡，與對夏宇凡的態度，簡直是雲泥之別。

輕笑一聲的夏宇凡招來服務員，點了最貴的龍蝦大餐，一旁的白依涵見了，用手肘推了他一下，「喂！吃人嘴軟，你別太誇張。」

「嘴軟怎麼了？我訂的餐廳他覺得不夠氣派，硬是要來這種等級的，不就希望我們都吃得高興嗎？況且，他那麼會說話，我還得跟他多學習學習呢。」醋意十足的夏宇凡，又幫女友點了份高檔牛排，這才滿意的讓服務員離開。

「少來，為了白吃這一頓，你居然瞞著我把他給找來。」見眾人和顧昱雲閒聊了起來，白依涵才掐住夏宇凡的手臂，跟他算起帳來。

「痛！」皮痛肉不痛的夏宇凡作勢慘叫，隨即又被白依涵給壓制下來，「吃飯的事不是妳告訴他的嗎？不然，他怎麼會打電話來問我？」

「他怎麼會有你的電話？」這兩個男人什麼時候勾搭上了？

「之前文智作筆錄時曾留給他電話，他又透過文智找到我。」饒富興致的夏宇凡揚揚眉，「看來，他回心轉意了。」

「你不該讓他來。」可白依涵不這麼想，「這只會讓依雪更難過。」

「感情不是說放下就能放下的。」幫女友倒了杯果汁，夏宇凡遞給她，「妳看妳妹妹的表情就知道了，她根本沒忘記過他。」

聽男友這麼一說，白依涵這才發現，儘量讓自己被無視的白依雪，十指正緊緊絞著衣服的下襬。

幾乎要跳起的白依涵才一動作，馬上就被男友給拉住，「妳該給她一個成長的機會。」

「可是，萬一她又發病……」

「不是隨身都帶著藥嗎？沒事的。」夏宇凡拍拍女友的手，安慰道：「再說了，他既然費了這麼大心思找到我這邊來，肯定不會只有吃個飯這麼簡單。」

「你該不會認為……」

「他是妳主管，個性怎麼樣妳應該比我更清楚，不是嗎？只是要不要再給他一次機會，就要看妳妹妹了。」

眾人飽食一頓後，顧昱雲說好久不見白依雪，想帶她四處再逛逛，白依雪本想拒絕，奈何白爸爸和白媽媽連連點頭稱好，還催著大女兒趕緊回家，夏宇凡只好載著女友和白家二老，先回汐止。

早在吃飯前，顧昱雲就想好了幾個看夜景的地方，可一見到白依雪，他的心就全亂了，以至於，一直開著休旅車在市區裡打轉。

五月的臺北不若臺中溫度適中，微溼的空氣，混雜著汽車與各種說不出的奇怪味道，讓習慣聞著青草香入睡的白依雪，感到胸口又緊又悶。幸好街道兩旁的大樹，還有知名飯店和百貨公司的燈光五彩絢爛，這才勉強轉移了她的注意力。

一路上，白依雪就這麼靜靜的看著窗外，惹得顧昱雲不斷猜想，她是否還在生著氣，否則以她的個性，怎麼可能這麼久都不跟自己說上一句話。

車子停在紅燈前，顧昱雲用餘光撇了眼身邊的這個小女人，以前她綁辮子的時候，巴掌大的臉蛋和大大的眼睛，總是特別顯眼。可現在的她距離自己那麼近，顧昱雲卻只能在那頭微捲的長髮中，窺得她長長的睫毛和小巧的鼻子。

白依雪不看他了，完全無視這個曾經救過她的男人的存在。

身後傳來連續的喇叭聲，讓沉思的顧昱雲猛然回神，他迅速踩下油門，繼續漫無目的的前進。

車子裡微溫的空調，讓出門一整天的白依雪有些困倦，她拿出手機看了下，低頭輕聲說道：

「時間不早了，我該回家了。」

怎麼這麼快？顧昱雲他，根本連一句話都還沒說。

「抱歉！本來想帶妳去看夜景的，可是……我好像迷路了。」不止迷路，他的心，也在迷航。

可一聽到看夜景，白依雪就想到兩人相偕走在臺中的那一晚，好不容易控制住的情緒，又浮動了起來。

「沒關係！我也累了。」哽咽，白依雪從來沒有想過，自己會有這麼急於逃離他的時候。

一句「我累了」，頓時讓手握方向盤的顧昱雲變得焦躁，他不想白依雪這麼早回去，他還有很多事情想問，可又怕她真累壞了。

從市中心上高速公路，不塞車的話，二十分鐘就能到汐止，顧昱雲清楚他再不開口，以後極可能再也沒有機會見到白依雪。鼓足勇氣的他深吸了口氣，說道：「我聽說……聽說妳申請上大學了，所以，特別想恭喜妳。」

「謝謝！」

「那……頭痛的毛病好了嗎？這麼倉促上學，壓力會不會很大？」雖然顧昱雲是很誠懇的發問，但白依雪依舊默默的看著窗外，許久都沒有回答。

當上主管這麼多年，即使結案日迫在眉睫，甚至被客戶追到十萬火急，顧昱雲也從沒感受過，時間會帶給他這麼強烈的壓迫性。

距離上高速公路匝道只剩下一個路口，緊握方向盤的他，覺得胸口好像壓了一塊大石頭，不吐不快，於是他臨時一個右轉，將車子開往河堤。白依雪對臺北的路不熟，所以，直到顧昱雲將車停在河岸邊，她才驚覺這不是回家的路。

河口風大，夜色又昏暗，空曠的河堤邊，除了呼呼作響的風聲外，連個人影都沒有。

「這裡是哪裡？」白依雪這才想起顧昱雲剛剛說迷路了，不會是真的吧！

「基隆河岸。」踩下煞車，按下車門鎖，顧昱雲的這一連串動作，在單純的白依雪看來很不尋常，讓她有些緊張，「顧……顧大哥。」

他這是在生氣嗎？因為她一直不搭理，所以顧昱雲生氣了。

夜晚的河岸光線暗淡，在這麼偏僻的地方，顧昱雲得防止宵小或流氓來打劫，所以才會鎖上車門。深吸口氣，他正式向白依雪道歉，「那天，是我不對。」

見白依雪那對閃爍的大眼睛直看著他，像以前一樣，顧昱雲這才放下心的繼續說：「我不該丟下妳一個人回臺北，更不該在事後對妳不聞不問，我至少應該……應該把妳當成朋友，我們可以像朋友一樣，對吧！」

「這三個月來，我經常想起在妳家，和妳爸爸、媽媽一起吃飯的那段時光。印象中，從我十三歲到美國後，除了逢年過節，幾乎沒有和家人一起吃飯的機會，所以在妳家的那半個月，是我人生中，感到最溫暖又幸福的半個月。」

溫暖，幸福，沒想到家境優渥，又是高科技主管的顧昱雲，只是在她家吃頓普通飯菜，就有這麼深的感觸。不過，那也是白媽媽的功勞，顧昱雲說給白依雪聽做什麼？

「我……看過妳臉書上的照片。」

一聽到這話，白依雪瞬間瞪大了眼睛。

「是依涵給我看的。」

白依雪只感到眼睛一酸，原本黑白分明的雙眼，立刻就紅了起來。

「我很抱歉！我不知道她會找上妳，更不知道她會用這麼惡毒的字眼攻擊妳，我……」

「你知道她是誰？」偌大的淚珠滾落，情緒突然高漲的白依雪，臉變得通紅。

「知道，她是我底下的幹部。」顧昱雲猜到她會哭，即使再怎麼小心翼翼。

「是當時到醫院看你的那個人，對吧！」抹掉淚，白依雪不想再讓人看到她軟弱的一面。

「嗯。」是白依涵說的，還是白依雪自己猜的？

「她……」眨了眨眼睛的白依雪，再次看向窗外，「她是你的女朋友？」

「不，不是，自始至終我都是拒絕她的。」顧昱雲回得迅速且果斷，「可能因為這樣，她才會特別的針對妳。」

原來如此。

肩膀一鬆的白依雪拿出面紙，把自己差點決堤的情感，迅速收拾乾淨，「算了，反正我以後不會再用臉書，無所謂了。」

見白依雪沒有怪自己的意思，顧昱雲再次問道：「那我們……還可以當朋友嗎？」

還可以嗎？

眼眶泛紅的白依雪，再次看向她眼前的顧昱雲，這個讓她夜夜哭著入睡的男人，勉力一笑，「不，不要了。」

「為什麼？」顧昱雲不懂。

「曾經喜歡過的人，怎麼可能再回去當朋友？」白依雪好不容易止住的淚，又滑落下來，「每看你一次，我的心就痛一次，每想你一次，我就恨自己為什麼不能忘掉你，這樣的我，怎麼還能跟你像個朋友，若無其事的閒話家常呢？」

一句話一串淚，眼前的白依雪，咬著顫抖的雙脣，終於說出她今天不願多話的原因。她不再是顧昱雲認識的那個天真、可愛又單純的小女孩了，白依雪已經長大，真正蛻變為一個懂得什麼是「愛」的女人了。

第十四章　魔神仔搶食

一回到汐止，夏宇凡就被急叩回分局，吃喝玩樂一整天的白家二老梳洗完畢，心滿意足的上床睡了，而一臉憂慮的白依涵則咬著指甲，在客廳裡走來走去，等著那個未歸的妹妹。

顧昱雲要是再讓白依雪發病，白依涵肯定不會輕饒他。

坐回電腦桌，白依涵食指敲著滑鼠，眼睛盯著螢幕，卻怎麼也靜不下心，咒罵了聲的她拿出手機，打算傳LINE給妹妹時，白依雪回來了。

「依雪！」急忙迎上前的白依涵拉住妹妹，仔細打量她全身，「怎麼這麼晚才回來？妳，有沒有哪裡不舒服？」

「姐，我沒事。」勉力勾起脣角的白依雪才剛應了話，喉嚨就泛起了酸液。再也忍不住委屈的她丟下包包，伸手抱住白依涵，哽咽道：「姐姐，我是不是很沒用，為什麼連面對他的勇氣都沒有？」

「乖，不哭，妳已經很棒了，不要太勉強自己。」拍拍妹妹的肩膀，一整晚的擔驚受怕，讓白依涵也跟著紅了眼眶。

「他問我可不可以當朋友，但是我做不到，我是那麼想見他，可又那麼怕見到他。姐，我是不是又病了？有沒有什麼方法可以讓我忘掉他？澈澈底底的忘掉。」

又哭又搖頭的白依雪雙眼紅腫，白依涵只好勸她吃藥，睡一覺，或許可以緩和一下心情。

「不，我不想再吃藥了，那只會讓我睡醒後，感到更難過。」抹掉淚的白依雪站直身體。

「我今天都把話說清楚了，想必以後……以後他，再也不會來找我了。」啜泣的白依雪掩面，跑進房裡大哭。

又氣又急的白依涵拿起手機，本想好好的質問顧昱雲，幹嘛又來招惹自己的妹妹，但一想到夏宇凡才是真正的罪魁禍首，若不是他自作主張找了顧昱雲來，白依雪也不會傷心成這樣。

於是，白依涵轉而傳 LINE 給夏宇凡，還用語音留言把他臭罵了好一頓。

話說，夏宇凡明明請了假，卻還是被分局長的一通電話給叩了回去，到底是什麼火燒屁股的大事，居然讓分局長不惜拉下老臉，親自找回這個愛多管閒事的夏隊長呢？

原來，就在當天下午，汐碇公路又傳出一起車禍事故，車主雖然受到撞擊而昏迷，可發現有人想趁機盜取他身上的皮夾而驚醒。車主與企圖盜竊財物的少年起了衝突，只是受傷的他因失血導致頭暈，不但無力抵抗，在拉扯過程中還被打成重傷，連皮夾也被搶走。

交通組獲報後趕到現場，車主已經再次昏迷，可那竊賊與車主相互爭執，包括毆打他時說話的聲音，都被車子裡的行車記錄器給錄了下來。

由於新車的配備頂極，行車記錄器也沒有撞壞，交通組試著打開錄音檔，這才發現，那個搶人皮夾的少年聲音，像極了之前抓到的吸毒犯——鍾少楓。

鍾少楓自從勒戒期滿後便不知去向，現在居然出現在車禍現場，這讓交通組組長林長春懷疑起，他與之前幾次車禍現金丟失的案子有關。

即便聲音很像，但車子以及車主身上，並沒有採集到鍾少楓的指紋，為了慎重起見，林長春將這件事報告給分局長，請他將案子移交給熟悉鍾少楓的夏宇凡，以便早日破案。

自從年前分局長撂下狠話，要夏宇凡好好把假休一休，別管其他事後，夏宇凡就真的沒再介入交通組的案子了。

可車禍頻傳是事實，交通組的人力配置有限，監視器只能看到過程和結果，卻解決不了真正發生的原因，立委、議員因為市民的陳情，不斷對分局長施壓，搞得他三天兩頭的到警局報告，簡直煩不勝煩。

所以，當林長春提出讓夏宇凡接手處理這個案件時，分局長終於找到機會給自己臺階下了，不然再這麼搞下去，他要嘛血壓飆高、中風，要嘛就真得提早退休。

急於找出鍾少楓的夏宇凡，在聽到他露臉的消息後，馬上通知程文智及許瑞恩，調出這幾起車禍的相關細節，這才發現，有幾個重傷和死亡的車主，竟都是鍾少楓之前親如兄弟的酒肉朋友。

這些曾和鍾少楓一起打架、鬧事，揮金如土的狐群狗黨，居然這麼巧的，一個個因為意外車毀重傷或死亡。

如果夏宇凡猜得沒錯，汐碇公路的這些事故，絕對與鍾少楓脫離不了干係，於是偕同幾個熟悉公路地形的員警，展開新一輪圍剿行動。

隔天一早，夏宇凡根據車禍發生的幾個地點，找出鍾少楓可能躲藏的範圍，分派各員警加強巡邏。

「可你之前不是說要隱密調查嗎？現在怎麼又這麼招搖的找人？」開著車的程文智，實在猜不出夏宇凡的辦案邏輯。

「之前是分局長不給我們插手管，但現在立委諸公都殺到分局來了，我們當然要大張聲勢的做給人家看，好讓他們對選民有個交代啊！」

好像也對。

「可萬一把鍾少楓給嚇跑，我們豈不是更找不到人了？」

「新聞都報了，他能不跑嗎？」說到這裡，夏宇凡就來氣，「分局長為了證明積極偵辦這起案子，居然把行車記錄器錄到聲音的事，透露給媒體，為跑獨家的記者昨晚就已經開始大肆報導，如果犯案者真的是鍾少楓，能不跑嗎？」

「吼，早把案子交給我們不就好了，非得拖到現在人都殺來了，才肯丟給我們。」程文智也跟著抱怨。

「所以當務之急，是要趁鍾少楓還未離開汐止之前，先逮到他，我猜他經濟狀況一定出了什麼問題，否則，不會冒險搶劫。」夏宇凡分析。

「怎麼可能？他老爸明明那麼有錢……」

「也許，我們看到的都只是表象，實際狀況如何，只有逮到人後，才會知道。」

母親節過後沒多久，馬上就是端午連假，白依涵要回臺中過節，於是，趁著星期假日到土地公廟拜拜。

停好車的她獨自拿著水果走進廟裡，看到供桌上積了許多香灰，好像有一陣子沒人打理，正感到奇怪，打算回車上拿條抹布的她一轉身，看到扛著鋤頭的許老伯，剛好從廟前的廣場經過。

「小姐，妳擱來拜拜哦？」神色匆匆的許老伯邊走邊問，似乎沒打算停下腳步。

「對，剛好有空。」

農閒時，許老伯和王老伯經常在廟前的石桌泡茶、聊天，所以，廟裡的香灰和廣場上的落葉，大都是他們兩人在清理。可看看這滿地樟樹的落花，還有石桌上的泥沙，表示他們很久沒在這裡閒磕牙了。

許老伯見白依涵面色如常，便急急走向她，悄聲說道：「我甲妳偷講，最近魔神仔擱出來搶吃，妳拜好就趕緊走，毋通留傷久。」

「什麼魔神仔？」雖然白依涵聽過這個名詞，但其實不是很了解，經許老伯這麼一說，她反而好奇了。

「妳毋知哦？」抬了抬斗笠的許老伯，瞄了眼廟的四周，小心翼翼的說：「進前十五有人提來拜拜的雞仔和魚，攏乎魔神仔偷吃去，連平常時拜耶水果嘛掃甲空空，妳一個查某囡仔，愛卡細膩耶。」

白依涵回頭看了看附近，沒有裝監視器，確實很容易讓宵小有機可趁。只是，這裡是土地公廟，哪個人那麼大膽，敢偷吃祭拜神明的貢品？

不以為意的白依涵還是點點頭，向許老伯謝道：「我會小心的，謝謝你！」

許老伯見白依涵是開著車來，還特別提醒她「駛車卡細膩耶」，這才再次環顧左右，戴好斗笠急步離開。

四下無人，唯有枝繁葉茂的樟樹隨著風吹，沙沙作響。

擦乾淨供桌，白依涵將洗好的水果擺好，點上蠟燭，捻香三柱，虔誠的對著土地公拜了三拜，而後拿出手機，將廟裡貢品被偷吃的事，一一告訴了夏宇凡。

「立刻離開那裡。」剛回到分局的夏宇凡一看到留言，嚇得連早餐都沒來得及吞下，便急著回電話給白依涵，「我現在馬上派人過去，妳趕緊回家。」

「是不是和你最近查的案子有關？要不要我幫忙找找，看看對方有沒有留下什麼蛛絲馬跡？」聽出男友話裡的不尋常，白依涵也希望自己能替他先打點。

「依涵，這不是妳能幫忙的事，乖，聽話，趕快回去。」夏宇凡急急召來程文智，示意他準備行動。

「哦，好吧！」掛上電話，白依涵知道男友在談公事的時候，向來是認真且嚴肅的，再加上，上次因為她任性的幫夏宇凡擋子彈，不但害他得寫一長篇報告自請處分，還差點兒被記過。為免給男友製造更多麻煩，白依涵只得收拾好水果，打道回府。

過了幾天，雖然不是初一也不是十五，但仍有幾個路過土地公廟的計程車司機和登山遊客，順手捻香參拜。

夏宇凡和程文智抓過鍾少楓幾次，長相太容易被認出，所以只能派兩個生面孔的員警，打扮成附近居民，刻意將剛買來，香噴噴的炸雞和啤酒放在供桌上，然後再若無其事的坐到石桌那邊，假裝休息。

今天的天氣不錯，金黃的陽光穿透茂密的樟樹枝葉，點點撒在黑色的大理石桌上，微風輕拂，除了偶有花穗落下的聲音外，靜得令人屏息。

夏宇凡帶著程文智和許瑞恩，埋伏在土地公廟四周，不放過每一處風吹草動。

時間一分一秒的過去，炸雞散發的誘人香味隨著溫度冷卻，漸漸不再那麼吸引鼻腔，就在程文智耐不住性子，打算問夏宇凡要等多久時，廟旁的公廁，突然閃過一團黑色影子。

即便，公廁和土地公廟還有一點距離，但那人影不僅一身黑而且動作迅速，幸好被眼尖的夏宇凡給發現，拿起對講機的他即刻對眾人下達指令，「猴子出現了，準備行動。」

可是，程文智和許瑞恩什麼都沒看到啊！

獨自一人守在角落的許瑞恩，又想起以前洪建國說魔神仔會出來鬧事的傳言，不禁起了一身的雞皮疙瘩，「見鬼了，難道隊長連魔神仔都看得見？」

而坐在石桌那邊，假裝閉目休息的員警既沒有聽到聲音，更不可能看到什麼黑影，但是隊長的指令已下，他們只好不動聲色，慢慢將手移到腰掛的槍套上，等著隊長進一步的指示。

摸不著頭腦的程文智和許瑞恩雖然滿腹狐疑，但還是配合悄悄移動到廟的兩側，與前面的兩位員警形成包圍之勢，夏宇凡則站在最佳視角，等待獵物進洞。

冰涼的啤酒在暖風的催化下，凝結出一顆顆的水珠，讓躲在暗處裡的黑色身影發出咕嚕咕嚕，咽口水的聲音。

再次打量廟外動靜，那兩個人似乎真的睡著了，於是，黑影從公廁旁的小窗戶，有如貓、狗般敏捷的跳進廟後方，那間堆滿廢棄物的儲藏室，再從儲藏室的小門鑽到前面，以迅雷不及掩耳的速度，拿走供桌上的炸雞和啤酒。

這一切動作做得行雲流水，彷彿已經熟練多回，甚至如入無人之境。

那黑影抱著炸雞桶和啤酒，幾乎是弓著身體，用跳的方式進入廟後方的芒草叢，但由於罐裝啤酒太重，在奔跑的同時不斷互相碰撞，發出一連串沉重的金屬撞擊聲。

夏宇凡見黑影離去，立刻喊了聲：「跟上。」隨即和石桌的另兩名員警會合，循著黑影在芒草叢留下的行跡，追了上去。

那黑影跑得極快，就算這五個人都參與過圍剿曲佑興的行動，知道芒草割人的厲害，早早做了防範，不但帽子，口罩，手套，連脖子也束起衣領遮住，卻依然追不上那個快如閃電的黑影。

「見鬼了，真是，怎麼有人可以在這種完全看不清前方狀況，底下又滿是尖銳石塊的坡地上，來去自如的？」

一伙人追了幾百公尺，這才順利的穿過草叢，來到一處極為隱密的荒廢菜園。

長滿野草的菜園，看得出已經許久無人打理，一旁的樹下有間小小木屋，在高大樹蔭的遮蔽下，根本很難被發現，木屋旁堆了許多用過的泡麵碗，甚至還飄散著惡臭，招來一群碩大的黑色蒼蠅嗡嗡作響。

高舉右手的夏宇凡示意大家蹲低身體，舉槍慢慢靠近，濃密的樹蔭擋住了陽光，連腳下長滿青苔的泥草地，都特別的溼滑難走。但就在大家把注意力集中在前方的木屋時，突然有一陣白煙，從五個人的身後飄來，而這些白煙，恰巧與行車記錄器看到的極為相似。

車禍的發生與白煙脫離不了關係，這裡的居民甚至都認為是魔神仔在搞的鬼，難道此刻白煙的出現，是魔神仔跟他們示警，別再靠近了嗎？

感到一陣哆嗦的許瑞恩首先停下腳步，他轉頭看了眼另一側的程文智，程文智似乎也心有靈犀停了下來，另二名員警見前方的老鳥不動，也跟著裹足不前。

走在前頭的夏宇凡當然也看到了白煙，但仍心無旁騖的舉槍向前，程文智見隊長沒喊停，便用眼神示意大家繼續跟上。

夏宇凡、程文智和另一名員警排成一排，堵在木屋唯一的出入口，許瑞恩和另一名則守在側邊的窗戶旁，豎耳一聽，屋裡傳來喘氣、嘶咬以及咕嚕咕嚕的聲音，像極了正在啃食的野獸，驚悚的氣氛，惹得屋外從未經歷過這種情景的員警們，各個面面相覷。

身後的白煙越來越濃，隱隱夾帶著一股令人皺眉的腐臭味，再加上屋裡莫名的粗喘和啃噬聲，讓持槍的這幾個男人，不禁感到後背一陣發涼。

木屋的窗戶緊閉又不透光，根本摸不清裡面的狀況，到底要先冒險攻堅，還是弄清楚白煙的來源，四個員警齊看向那個站在門外，眉頭深鎖的夏隊長。

「碰！」的一聲，當機立斷的夏宇凡一腳踹開木門，舉槍對著裡面的黑影大喊：「警察，不准動！」

這一聲大喊驚動了正在大吃大喝的人，丟下啤酒罐的他，慌亂的撞倒一旁的木凳子，打開窗戶就要跳窗。

「你已經被包圍了，不准動！」守在窗外的許瑞恩見狀跟著大喊，又把那個人給嚇得縮了回去，進退不得的他只好掏出槍，和守在正門的夏宇凡對峙起來。

「不……不要過來，我……我有槍，我會開槍，會開槍哦。」

長滿青苔的密閉木屋陰暗又潮溼，還瀰漫著一股聞了就想吐的尿騷味，幸好被打開的窗戶透進了些許光，這才讓夏宇凡看清楚，眼前這個穿得一身黑，抖顫著身體，舉槍對著他的少年。

凹陷的雙頰泛青，空洞的兩眼布滿驚懼，哆嗦的嘴唇失去血色，完全沒了正常人該有的樣子，尤其那一身沾滿泥巴的臭衣服，都不曉得多久沒洗過，這種人不像人，鬼不像鬼的悽慘樣貌，叫人不忍卒睹。

放鬆警備的夏宇凡大膽向前，只見少年舉槍對著他的雙手不斷抖動，就連腳都站不直，嘴裡卻還一直喊著：「不要過來，我……我真的會開槍。」

「你用過槍嗎？」收起槍的夏宇凡走向少年，嚇得一旁的程文智幾乎要大喊。

「沒開保險，連手指都不曉得要放在扳機上，你怎麼開槍？」又氣又想笑的夏宇凡大手一抓，將對方連人帶槍一併抓住。

「別抓我……求，求求你，別抓我。」渾身一軟的少年低聲求饒，幾乎要跌坐在泥地上。

程文智見對方不過是隻紙老虎，便示意大家把槍收起來，唸叨：「膽子這麼小，還學人家拿什麼槍？」

大伙兒見危機解除，紛紛進到木屋裡，這才發現原來那股濃濃的尿騷味，是少年身上傳出來的。

「嗯，你是多久沒洗澡了？還是，你……你尿褲子了！」正打算將少年上銬的程文智一走近，竟看到少年褲襠前，那一層層透著不同深色的尿漬。

羞恥至極的少年連忙弓起身體，用手掩住下面。

「你這臭小子。」伸手就要K人的程文智，拉下少年頭上的黑色帽子，卻被眼前的人給嚇了一跳，「怎麼是你？」

原來，這個人竟然就是鍾少楓。

「你現在才認出來？」搖了搖頭的夏宇凡將槍交給許瑞恩後，對著鍾少楓問道：「不是勒戒過了嗎？怎麼又染上了？」

「我……我在曲老頭以前住的地方，發現那些咖啡，因為肚子餓沒錢吃飯，就……就靠吸那些咖啡止餓，我……我不知道會這樣，真不知道……」哭得涕淚縱橫的鍾少楓，全身抖得更厲害了，幾乎要站不住。

咒罵一聲的程文智實在看不下去，只好讓鍾少楓坐在椅子上，緩和一下情緒，有什麼辦法，無論他再怎麼排斥這個恨鐵不成鋼的小舅子，但終歸是一家人。

「那這把槍呢？也是曲佑興留下來的？」許瑞恩對著裝進證物袋裡的槍看了又看，好奇問道。

「嗯嗯。」點點頭的鍾少楓，用袖子擦了擦因為驚嚇而流了一臉的眼淚和鼻涕。

「這些東西藏在那裡？除了你，還有誰知道曲佑興其他住處？」沒想到曲佑興的死，還留下這麼多後遺症，夏宇凡怪自己疏忽，當初應該阻止他自殺的。

「曲老頭再三交代不能告訴別人，所以，他住的地方只有我知道，除了這裡，山上還有兩個地方……」吸了吸鼻涕，打了個大哈欠的鍾少楓，精神開始有點恍惚。

「槍呢？其他地方還有槍嗎？」許瑞恩急問。

「嗯……槍？槍只有一隻，趁曲老頭不在，我，我就偷偷拿來用了，哈啊……」

看起來，鍾少楓還不知道曲佑興已經死了。

見鍾少楓的頭越垂越低，音量也越來越小，還沒問完話的程文智，伸手就朝他的頭殼狠狠巴下去，「起來，現在還不能睡。」

「嗚……不要打我，好痛。」抱住頭的鍾少楓，居然像個孩子似的哭了起來。

「先叫救護車吧！他毒癮發作了，帶回分局也問不出什麼話。」嘆了口氣的夏宇凡讓程文智將鍾少楓給帶出來，裡面實在薰得讓人受不了，「順便請他們多帶一套衣服，把他身上都換乾淨了再去醫院。」

好好的一個人，就因為吸毒、誤交損友，變成連尿都控制不住的鬼樣子，這教含辛茹苦，養他十幾年的父母，怎麼接受這種事實？

程文智將意識昏沉又兩腿發軟的鍾少楓給拉出木屋，讓他坐在員警拿出來的椅子上，趁著等待救護車的時間，夏宇凡帶著許瑞恩和二名員警，在菜園附近採樣及搜查，奇怪的是，剛剛那陣飄來的白煙，居然不見了。

舉目張望的夏宇凡，看到菜園角落堆著厚厚的乾芒草，不禁讓他想起，之前逮捕曲佑興的那個地方，好像也有很多的乾雜草。

雖然以前的菜農會燒乾雜草當堆肥，但現在因為空汙嚴重，政府也一直強力宣導不要再燒草堆肥，加上這處菜園已經不再種菜，堆這些乾芒草要做什麼？

一臉狐疑的夏宇凡走近，這才發現，乾草堆旁藏著一個生鏽的大鐵桶，桶身裂縫還不斷吐著熱氣，似乎剛燒過什麼東西。拿了根粗樹枝的夏宇凡，將鐵桶上那個厚重的木板掀開，一陣淡淡的白煙立刻冒了出來，朝著上方的馬路飄了過去。

皺起眉頭的夏宇凡再用樹枝，朝鐵桶裡的灰燼輕輕撥了撥，發現下面不但有大量燃燒未完全的溼稻草，鐵桶邊還留有殘餘的黃白色粉末，以及一撮撮像絨毛的白色東西。

原來，剛才的白煙，就是從這裡燒出來的。

豁然開朗的夏宇凡走向鍾少楓，指著遠處的鐵桶，蹲下來問道：「是誰教你燒這些東西的？」

又打了個大哈欠的鍾少楓，努力撐開滿是眼屎的眼睛，喃喃回道：「什麼東西？我……我不知道。」

為了早點證實自己的想法，夏宇凡讓一旁員警點了根菸，遞給鍾少楓。一聞到菸味就兩眼放亮的他，簡直像吸血鬼見到血一樣，伸手搶了菸就往嘴裡一陣猛吸，還因此嗆到，咳得整張臉都紅了起來。

「你慢點抽，又沒人跟你搶。」實在看不下去的程文智拍拍他的背，真怕他一口氣沒上來，給菸嗆死了。

咳了好一會兒的鍾少楓，好不容易止住，又急急把菸往嘴裡塞，可夏宇凡沒等他再抽上兩口，就把菸給搶走。

「給……給我，我再吸兩口，兩口就好。」沒有毒可解癮，現在的菸就像鍾少楓的命一樣。

「是誰，誰教你燒這些東西來製造車禍的？」將香菸高舉過頭的夏宇凡，再次嚴肅問道。

可這話一出，不僅程文智，就連在一旁採集證物的許瑞恩，都驚訝的瞪大了眼睛。

「是曲老頭，都是……都是他！他說這樣製造出來的白煙很天然，沒有人會懷疑。」急於抽到菸的鍾少楓站直了身體，不斷的伸長手，卻依然高不過一百八十五公分的夏宇凡。

粗喘著氣的他只好一邊跳，一邊說：「車禍都是他弄的，他為了替自己的兒子報仇，所以才弄這些煙，讓那些愛飆車的人通通去撞死。」

果然，與夏宇凡推測的沒錯。

夏宇凡將菸還給鍾少楓，如獲至寶的他坐回椅子，又開始猛吸。

「可是，以前農民也燒草，煙也不至於濃到阻礙行車視線啊！」想到剛才煙從身後飄來時，不信邪的程文智頓時也有點不知所措。

帶著程文智，夏宇凡走回那個又破又舊的鐵桶旁，好奇寶寶許瑞恩也趕緊湊過來問：「學長，是不是裡面有什麼祕密？」

現在的夏宇凡就像許瑞恩的啟蒙老師，跟著他，隨時都能長知識。

「汐止雖然很會下雨，但這幾天的天氣都很好，鐵桶裡的稻草不應該那麼溼，可見刻意澆過水。」

再次拿起樹枝的夏宇凡，撥開桶子裡的灰黑色餘燼，並指著桶壁上的黃色粉末說道：「這是鋅粉，鋅粉燃燒不但會產生白煙，也會長出白絨絨，像羊毛一樣的東西。曲佑興把鋅粉撒在溼稻草上燃燒，會產生含氫量豐富的小水珠，我們看到的白煙，就是這些小水珠凝結後的形態，這種白煙比起一般燃燒過的煙透視度更差，才會造成車主嚴重的視覺障礙。」

「天哪！沒想到那個殺人不眨眼的曲佑興，居然也懂得這麼艱深的化學原理。」許瑞恩驚嘆。

「可惜，他把聰明用在毀滅自己，和傷害別人的錯誤上。」夏宇凡嘆道。

只是眾人哪裡想得到，曲佑興是在他那個天才兒子的高中化學實驗中，學到這種方法的。

「那鍾少楓剛剛也燒了草，怎麼煙沒有飄上去，反而衝著我們來？」程文智順著風向看過去，上方果然是條馬路的轉彎處。

「應該是聞到炸雞的味道，他來不及將鐵桶上的木板掀開，導致熱氣排不出去，在裡面悶燒，煙自然就飄不遠了。」夏宇凡分析道。

又學到不少知識的許瑞恩點點頭，和程文智仔細拍下照片，並將鐵鏞裡的鋅粉小心收集進證物袋，待回分局後準備送去化驗和分析。

可靜下來的夏宇凡，突然想起了一個極為矛盾的地方。轉回頭的他，凝眉注視那個嗜煙如命，四肢不斷抖顫，狀似毒癮發作的萎靡少年，與剛剛去土地公廟偷拿貢品，行動迅速又敏捷的黑影完全不同，難道，他有同伙？

謹慎小心的夏宇凡，準備再次進到木屋裡搜索，誰知一轉身，剛剛還在抽著菸的鍾少楓兩眼突發青光，低吼一聲，還像頭野獸似的，用頭撞開了守在身邊的兩名員警，四腳著地的衝進陰森又茂密的樹林裡。

見狀的四個大男人，全都被眼前的這一幕給嚇傻了，唯有反應靈敏的夏宇凡，拿起槍迅速追了上去，而後回過神的那四人才大喊一聲：「隊長，等我。」也提腳跟上。

有別於剛剛經過的芒草叢，前方枝繁葉茂的樹林不僅遮天蔽日，就連丁點陽光都透不進來，樹底下的腐葉和枯葉鋪滿一層又一層，讓人一腳踩下，直覺要陷進泥沼裡一般，既噁心又恐怖。

視線受到嚴重影響的四人，見夏宇凡就要消失在眼前，卻怎麼都跟不上，無不心急如焚，程文智見狀況不對，趕緊拿起對講機，要求分局再增派警力支援。

為了增加視野及能見度，夏宇凡脫掉警帽，緊盯著眼前少年用一種極為不可思議的方式逃跑。幸好他今天穿了雙戰鬥靴，要是穿成平時的警用皮鞋，恐怕早陷在這堆爛葉中了。

幾乎成了野獸的鍾少楓，完全不受陰暗的樹蔭和錯綜複雜的林木所影響，也不怕被橫生的樹枝給打到，彷彿對這裡的地形異常熟悉，要不是親眼所見，夏宇凡打死都不會相信，人類也可以四腳著地的跑這麼快。

可剛才還抖顫著身體，嗜菸如命的鍾少楓，怎麼一轉眼，就成了頭健步如飛的野獸？普通香菸根本解不了毒癮啊！

即使夏宇凡心裡有數千個疑問，但此時的他根本無暇細想，因為才一眨眼的功夫，鍾少楓已經消失在前方的樹林裡了。

「鍾少楓，你爸爸一直在擔心你，快出來，我們可以安排你戒毒，你還年輕，還有機會重新做人。」環顧四周，夏宇凡直覺鍾少楓只是躲起來，他一定還在附近。

與鍾少楓交手多次的夏宇凡明白，因為父母錯誤的教養方式，才導致這個年輕氣盛的少年誤入歧途，只要本性不壞，人人都有機會再教化，於是溫情喊道：「鍾少楓，不要因為一時的錯誤而一錯再錯，出來，勇敢面對你的人生。」

但就在夏宇凡喊完話的同時，一陣白煙，緩緩從他身後飄了過來。有些訝異的夏宇凡轉身一看，剛才經過的整片樹林，已經被重重的白煙所籠罩，幾乎看不到來時路。

樹林裡都是腐葉，鍾少楓不可能在這麼短的時間裡燒製出這麼多的煙，那眼前的這些煙，又是從哪裡冒出來的？

滿腹狐疑的夏宇凡努力推敲，始終都想不出個所以然，為免後面跟來的那四個人發生什麼危險，靜下心的他只好拿出對講機，打算把眼前的景況和程文智先說個清楚。

誰知，夏宇凡才剛按下通話鍵，對講機就發出尖銳刺耳的雜訊聲響。

如刀刃般的高頻幾乎割破夏宇凡的耳膜，趕緊將手指鬆開的他，不忘檢查對講機是否受到振動而有所損壞，可外表並看不出有什麼異常。於是，急忙通知伙伴的夏宇凡再次按下按鍵，可更銳利的雜訊讓他的頭瞬間都痛了起來，不得已，只好放棄。

不死心的夏宇凡從口袋裡掏出手機，可是，林木密布的這裡根本收不到訊號。

「該死的！」連連咒罵的夏宇凡，只希望程文智他們能機警一點，別跟著闖進來，可瀰漫的白煙越來越濃，越堆越高，不僅將夏宇凡整個人困在裡面，也讓他的整顆心，都跟著懸了起來。

以往在山腳下看汐碇公路，只覺得大尖山上枝繁葉茂，草木蓬勃，無論是春季還是秋季，都是吸引遊客賞花、拍照的好景點。殊不知，真正進到林木深處時，才發現竟也有如此陰暗恐怖的一面，不僅對講機和手機發揮不了作用，就連視線都受到嚴重阻礙。

試圖找到一條出路的夏宇凡，趁著天色還沒暗下來，儘量朝光源清晰的地方走去，可無論他怎麼走，最後都會繞回原點。

這種鬼打牆的經驗即使沒有遇過，但身為警務人員的他，也聽說過不少。困在山林最怕的就是因為心慌，亂闖亂逛，導致體力大量耗費流失，所以，最好的方式就是留在原地，等待救援到來。

時間一分一秒的過去，周遭的白煙持續湧入，絲毫沒有散去的跡象，林蔭的密度隨著光線的偏移越來越高，頓時整個空間像是陷入一種黑與白的對比，甚至靜謐的異常詭異。

這種非比尋常的大自然現象，讓向來不信邪的夏宇凡開始動搖了，難道，他進入一個異次元的時空了嗎？

深吸了口氣的夏宇凡擰眉，再次拿出對講機試圖聯絡，可這次，居然連通話鍵都沒了作用。一直等下去也不是辦法，待天色一暗，分局就得花更多的人力和物力來找他。但就在夏宇凡拿出手機，試著打一一二這個緊急救難專線時，笑得一臉詭譎的鍾少楓，不知道什麼時候已經站在他的正前方了。

「沒想到，向來無所不能的夏隊長，也有吃鱉的時候。」剛才那個抖顫著四肢又口齒不清的少年，現在卻宛如打了針興奮劑一樣，正用一種譏諷、訕笑，又極為扭曲的神情，盯著眼前這個始終不放過他的男人。

「怎麼，吸了咖啡，又有精神了？」吸毒犯夏宇凡見多了，並不以為行為如此極端的鍾少楓有什麼異常。

「哈哈哈，凡人才需要那種鬼東西，我就算吸空氣也能活得精神抖擻。」伸展雙臂的鍾少楓，在滿是腐葉的泥地上輕盈的轉了兩圈，還刮起一陣不小的旋風。

為免鍾少楓再使出什麼花招，不予理會的夏宇凡拿出手銬，正準備給鍾少楓戴上，可他才一靠近，就被一股莫名的力量給彈開，接著，一陣蒼老與童聲交錯的聲音，從鍾少楓的口中傳了出來。

「你以為的科學勝過一切，但有些事，卻是你不得不信的。」見向來天不怕，地不怕的夏隊長，也被自己嚇得一臉錯愕，鍾少楓不禁得意的仰頭大笑。

「例如？」心中警鈴大作的夏宇凡，慢慢的將手移到腰側。

「例如……你現在想用槍打我，可惜，你打不到。」

說時遲，那時快，鍾少楓的話還沒說完，夏宇凡就已經拔槍，並迅速的扣下板機。

「砰！」的一聲，劃破空氣的子彈，飛快的朝著鍾少楓的小腿打去，可早已洞悉夏宇凡舉動的鍾少楓，既沒躲也沒閃，槍法神準的夏宇凡果然打中了鍾少楓，子彈確實也穿過他的小腿肚，真的……穿過去了，然而，站得筆直的鍾少楓，卻毫──髮──無──傷！

愕然的夏宇凡，不可思議的瞪視著眼前這一幕。

直覺事情不單純的他，再次瞄準鍾少楓的大腿，可還來不及扣下板機，鍾少楓的身體就已經抵在夏宇凡眼前。

兩人的距離是那麼相近，夏宇凡甚至可以聞到鍾少楓身上，那令人作嘔的尿騷味兒，現在，只要他扣下板機，一定能讓鍾少楓束手就擒。可……可是，夏宇凡的手指，還有他的身體——動不了！

「都知道沒用了，還想打？」

鍾少楓的這句話，像是從夏宇凡心底冒出來的一樣，令動彈不得的他，頓時寒毛直豎。

「不怕死的人我看得多了，還是第一次見到一個這麼有膽識，沒被我嚇尿的，哈哈哈！」鍾少楓沒開口，但一字一句卻聽得夏宇凡清楚不過。

「別動不動就派人搜山，人有人的地盤，我也有我的地盤，土地可以忍受你們開山闢路，但我最討厭你們整天在山裡橫衝亂撞，打擾這裡的生靈。」怒目的鍾少楓簡直變了個人，原本萎靡的臉孔，變得連五官都難以認清。

不！應該說，現在的他，根本不是人。

「知道我為什麼幫這個孩子，懲罰那些惡人嗎？因為他們貪婪無度，不知道滿足，惹得土地和眾生靈都看不下去。所謂行善之人必有後福，作惡之徒必遭報應，這就是他們的報應，懂嗎？」

夏宇凡當然懂，不然他幹嘛為了拯救那些被害者，去當一個每天出生入死，卻又要遭人唾罵的死警察。但是，鍾少楓指的惡人，又是誰呢？

「誰？」彷彿聽到夏宇凡心聲的鍾少楓猛然回頭，目露青光的盯著他的臉，壞笑道：「你心裡不都有答案了嗎？」

眼前陌生的熟悉臉孔，有著令人難以承受的震懾感，讓頑強不屈的夏宇凡，也不得不斂下眼神。

「這孩子太壞，得再關個幾年受受罪。記住，人有人的陽關道，我有我的獨木橋，下次再闖進來，就不只有困住你這麼簡單了。」話還沒說完，全身不斷抽搐的鍾少楓身體一軟，整個人像攤泥似的倒了下來。

夏宇凡見鍾少楓要跌下，急忙伸手去接，可沒想到僵直太久的雙腳不聽使喚，一個腳步沒邁開，居然整個人趴進地上的那堆腐葉裡。

滿臉爛葉又跌個狗吃屎的夏宇凡咒罵了聲，趕緊爬起來檢查鍾少楓的狀況，幸好呼吸平穩，只是昏了過去，應該沒什麼大礙。

恰巧這時，程文智和許瑞恩趕來了。

「宇凡，終於找到你了！」見到人的程文智連忙跑過來，「怎麼回事？我們用無線電喊了你一個多小時都沒回。」

「我無線電壞了，收不到也發不出去。」環顧周邊，瀰漫的煙霧已漸漸散開，拍拍黏在身上的爛葉，夏宇凡才發現，自己緊握手槍的十指關節……僵硬得生痛。

「都跟上頭反應幾百次了，繼續用這種破無線電遲早會出人命。」好不容易放下心的程文智，又忍不住開始抱怨。

見許瑞恩一直拍著鍾少楓的臉頰，試圖叫醒他，夏宇凡出言阻止，「不用喊了，他可能要睡上一陣子。」

「你開槍了？」見夏宇凡將手槍收起，鍾少楓又昏迷不醒，不明所以的程文智急問道。

「嗯。」子彈少一顆是事實，即使沒真打在鍾少楓的身上，「不開槍嚇嚇他，怎麼制得住。」

當時鍾少楓顛狂的樣子，大家都是親眼目睹的，自然不會有人質疑夏宇凡的說法。

天色漸暗，趕來支援的員警見隊長無事，紛紛鬆了口氣，兩名員警架著鍾少楓上了救護車，程文智則聯絡鍾玉嵐到醫院會合，經過一晚的治療，鍾少楓這才慢慢的清醒。

第十五章　太有心機

利用白煙製造車禍的證據雖然已經查明，但嫌犯鍾少楓的動機還未釐清，夏宇凡帶著許瑞恩親自做筆錄，就是想了解這整個事件的來龍去脈，究竟因何而起。

「你勒戒後有家不回，為什麼要躲到山裡去？」夏宇凡關心問道。

「還不是他們害的。」剛吃完早餐，手上還吊著點滴的鍾少楓憤憤說道：「虧我那麼相信他，他居然把我所有的錢都花光，害得我像個乞丐，連飯都沒得吃……」

近半年過著餐風露宿，又提心吊膽的日子，好不容易等到有人可以訴說發洩的鍾少楓，不禁紅了眼眶，娓娓道來。

雖然，鍾少楓的爸爸因為製造假車禍殺害前妻，詐領保險費，親生的媽也因賄賂員警，罪證確鑿都被抓去關了，但在勒戒所的他，至少還有銀行裡的錢可用，和一個舒適的家可以住。

只是，待在勒戒所的鍾少楓受不了裡面的嚴苛生活，便將銀行的提款卡交給自己最信賴的兄弟，要他賄賂獄卒，多買一些好吃好喝的給自己。

平日的酒肉朋友，見銀行裡有這麼大一筆錢，哪裡還顧得上什麼兄弟道義，狐群狗黨的他們，竟把鍾少楓的錢當撿來的花，每日吃喝玩樂，很快就花完了。

不僅如此，他們還假借鍾少楓的名義，跟地下錢莊借錢，搞得鍾少楓一出勒戒所，就被錢莊的人追著討債，可憐被兄弟出賣的他，從一個滿身名牌的富二代，變成身無分文的落難少年。

為了躲錢莊的他不敢回家，朋友見昔日揮金如土的闊富少，如今卻窮的一貧如洗，更不願意伸手接濟。無路可走的他，想起以前曲佑興在山上有好幾個隱密的藏身處，於是便躲到山裡，過著有一餐沒一餐的生活。

可自從媒體報導，警方已掌握到趁機行搶的嫌疑犯後，擔心被抓的鍾少楓便嚇得不敢再出來，可是，每天靠著泡麵果腹的日子實在太難熬，於是他開始到土地公廟，偷拿拜拜的貢品吃。

聽完鍾少楓這一大段悲慘教訓，夏宇凡只能感嘆，所謂的人性涼薄莫過於此，因為利益而結合的兄弟，終也會因利益而認清彼此的真面目。

「躲在山裡的這段期間，你有沒有發覺，自己有什麼不尋常的狀況？」夏宇凡試探。

「不尋常？」抓了抓耳朵的鍾少楓歪著頭，想了好一會兒，才小聲回道：「肚子總是餓得特別快，怎麼吃都吃不飽。」

一旁做筆錄的許瑞恩，差點兒沒噗笑出聲。

看來，對於自己做出超乎常人舉動的鍾少楓，什麼都不知道。

不知道也好，畢竟是個孩子。

「不好意思！打擾一下，我弟弟要吃藥了。」為了照顧鍾少楓，鍾玉嵐特別請假待在醫院，因為即使鍾少楓再怎麼不喜歡，也只剩這個親姐姐可以照顧他了。

夏宇凡見鍾少楓一臉倦意，便帶著許瑞恩先行離開。

「隊長，那這個案子算結案了嗎？」開著車的許瑞恩發問。

「鍾少楓不是說，曲佑興在山上還有另兩個藏匿點嗎？下午找幾個……不，找兩個人再去查一遍吧！」假車禍案看似破了，但夏宇凡仍不敢掉以輕心，即使身心都已疲憊不堪，閉上眼的他還是不忘叮嚀。

「好啊！這次絕不能放過任何一個角落，要是再讓我搜出一把槍，我就能向分局長證明，曲佑興的槍枝都是兵工廠製造的，那我們就能……」越講越興奮的許瑞恩兩眼放光，腳下的油門也越踩越重。

閉目養神的夏宇凡聞言，不禁皺起眉頭，而後，才微微的勾起脣角，在心中暗自讚許。

果然是初生之犢啊！

員警就是要有這種不畏艱難，追查到底的奮勇精神，才能終結所有的惡勢力，給國家和百姓一個安全又可靠的居家環境。

交通組組長林長春，在看了緝捕鍾少楓過程的報告後，不忘找夏宇凡聊了聊，「聽說那天在樹林裡，你的無線電和手機都失去作用，但事後檢查卻是好的，並沒有壞？」

「是啊！這種事分局裡的同仁偶爾也會碰到，我也不例外。」夏宇凡回道。

「的確，我記得當初你是自掏腰包買的全套配備，比我們沿用的這些舊貨都要好上許多，可沒想到，還是一樣會出錯。」見夏宇凡不願多談，識趣的林長春轉身準備離開。

「以前你也遇過這種情形吧？」站起身的夏宇凡直言，「所有的電子產品都不能使用，明明看得到原路卻怎麼也走不出去，這就是你們所謂的鬼打牆吧！」

聞言的林長春頓了一下，隨即低頭淺笑，「什麼鬼不鬼的，你不是從不信這個的嗎？」

見夏宇凡許久沒有回答，神情肅穆的林長春回頭，「下次再追犯人，警帽一定要戴著，必要時，上面的警徽就是保命符。」

話一說完，面露和藹的林長春關上門離開，留下一臉疑惑的夏宇凡。

☆☆

汐碇公路的車禍事件終於宣布破案，由於夏宇凡秉持著科學辦案的精神，破除了當地魔神仔抓交替的謠傳，在眾多新聞媒體與網民的瘋狂轉播分享下，成為新一代正義的化身。

「妳的夏隊長真厲害，不但偵破多起蓄意製造車禍的案子，還上了新聞頭條。」隔天中午，和白依涵一起吃飯的江維琪，忍不住羨慕。

淡淡一笑的白依涵點頭，要不是分局長因為提前曝光錄音檔的事，被上頭K的滿頭包，哪裡輪得到夏宇凡這個小小隊長，接受媒體的採訪。

況且，一般民眾只看到警察上新聞的風光，哪裡知道他們沒日沒夜，私下搏命的辛酸。

「說真的，他是不是因為妳五年前的那場車禍，才對這件事情耿耿於懷，決定查個水落石出的？」外貌協會的江維琪，自從在新聞上看到夏隊長後，就對他的長相驚為天人，自然也對他和白依涵的感情越來越好奇。

「其實，他是為了調查車禍事件，才找上我的。」白依涵想起一年前剛見到夏宇凡時，還對他的所作所為非常不以為然，「那時的他才調到汐止不久，卻對同一地點經常發生車禍的不尋常，感到懷疑。」

一提起男友滿滿的正義感，和辦案的聰明與睿智，白依涵就分外驕傲，「如果，不是他堅持案子要辦就辦到底的精神，到現在還不知道有多少車主，要葬送在那些無知的謠言裡。」

白依涵也是聽許老伯說，魔神仔搶吃貢品的說法後，才知道當地的這種傳言。難怪，他們都要她去土地公廟拜拜，原來是以為白依雪被魔神仔嚇到，所以才求土地公保佑。

「哇！沒想到夏隊長是這麼熱心服務的好警察，我還以為是為了追妳，才用這種方法贏得芳心的呢。」太可惜了，要是江維琪也有這種機會，肯定會抱著這種好男人不放。

「警察平時的公務就已經夠忙了，哪有時間為了追女朋友，沒事找事做？」吃完飯的白依涵和江維琪兩人才剛走出電梯，迎面就撞上一個熟悉身影，仔細一看，居然是謝美葳。

行色匆匆的她低著頭，連聲對不起都沒說，就直接走進電梯，透過電梯裡的鏡子，白依涵看到雙眼紅腫的她，似乎剛哭過。

「幹嘛！她最近老是陰陽怪氣的，不但不跟我們一起吃飯，就連話都很少說，簡直成了辦公室的邊緣人。」江維琪也看出謝美葳的不對勁。

白依涵當然知道謝美葳和她們的友誼，為什麼會有這麼大的轉變，但這是謝美葳給自己打的結，唯有他，能解。

辦案手法有如神探的夏隊長，其威名在網友及社群媒體的推波助瀾下，不斷在新聞節目中出現，就連遠在臺中的白爸爸都被記者尋獲，在攝影機前，連連稱讚夏宇凡這個未來的大女婿。

「爸，我們躲記者都來不及了，怎麼你還接受採訪，把宇凡說得那麼誇張。」人怕出名豬怕肥，夏宇凡的一朝爆紅，反而給單純上班族的白依涵，造成不小的困擾。

「哪有多誇張？我說的都是事實啊！」正在院子裡開心散步的白爸爸，很不以為然，「像之前，他為了抓那個……那個什麼曲佑興的，差點被槍打中，要不是妳幫他擋子彈……」

「爸，因為我擅自闖進封鎖現場，宇凡還被分局長處分，你現在把這件事翻出來，豈不是又要讓他被上頭罵一次？」白依涵對老爸的直白無言了。

「那……那我怎麼知道，妳又沒說。」發現自己多嘴的白爸爸停下腳步，臉色微紅。

「下次不管誰問都不要多說，警察的工作已經夠累人了，沒辦法再應付一大堆有的沒的事。」手機那頭的白爸爸應了聲，氣噗噗的白依涵這才掛了電話。

「也沒必要生那麼大的氣，難得被採訪，換做任何人都會感覺與有榮焉。」開著車的夏宇凡倒是一派輕鬆。

「有些網民才不管誰對誰錯，恨不得抓到一點把柄，就狠狠的炒作一番。」網路八卦白依涵聽得多了，很多時候根本不問是非，只想爆紅。

「那倒是，等我們結婚的消息一散播出去，我看妳們家就要被記者踏平了。」甜蜜燦笑的夏宇凡，簡直帥到破錶。

可一旁的白依涵怒瞪了他一眼，警告說：「不是說好了不公開的嗎？」

「我是家中獨子，妳是白家長女，再怎麼不公開，親朋好友總要知會的，與其讓別人傳來傳去，倒不如我們自己坦誠宣布。」

見未來老婆皺著眉頭，一臉不悅，夏宇凡連忙安撫，「其實，我也是想趁這個機會，讓大家了解，重視警察這個職業，妳沒看臉書那個靠北警察的粉絲頁，對刪減警察福利的事情，討論有多熱烈。」

「這些我都知道，但就是怕言多必失，反讓你成為被攻擊的對象。」

「放心，只要行得正，坐的直，怕那些流言蜚語做什麼？」不想讓老婆為他擔心的夏宇凡，轉移話題，「話說，妳那個未來的妹夫，開竅了沒？」

「什麼妹夫？你別亂說。」白依涵嚴詞糾正，「依雪搞不好都把他忘了。」

「妳確定？這幾次下臺中，我看她經常魂不守舍，也許正期待婚禮那天，和他再見面呢。」

對啊！白依涵結婚，依雪要當伴娘，顧昱雲是她的直屬主管，不可能不邀請他，這麼一來，兩人勢必又會碰上一面。

「我看我乾脆離職好了，免得依雪因為我，還得繼續和他糾纏。」心疼妹妹的白依涵，一臉頹喪。

「腳長在他們身上，就算沒有妳，只要他們自己想見，無論隔多遠，天涯海角，還是能以視訊見面。」

說得也是。

如果白依雪沒有將顧昱雲列為黑名單，那他們還是可以隨時聯絡上。

話說，白依涵還在這頭擔心婚禮那天，妹妹會不會被顧昱雲騷擾，可她沒想到的是，早等不及的顧昱雲，已經開車南下去找白依雪了。

能讓顧昱雲有這麼大轉變的，無非是因為白依雪的那句話：「曾經喜歡過的人，怎麼可能再回去當朋友？」

沒錯，雖然顧昱雲嘴上說著，希望和白依雪當個普通朋友，但當他看到白依雪和別人可以毫無芥蒂的玩樂歡笑，卻與自己隔著山高水遠的漠然時，他的心就宛如被刨了一個洞，既空又冷。

顧昱雲越想用工作來填補這個空缺，自己就越深陷不可自拔。所以，當謝美葳主動對他示愛時，他不僅嚴詞拒絕，甚至，脫口承認自己愛上白依雪的事實。

沒錯，他早已愛上那個曾是自己愛的人的妹妹，那個能帶給他甜蜜、幸福，滿足他人生所有渴望卻得不到的正常家庭生活。

雖然，顧昱雲曾一度拒絕相信，自己怎麼能如此輕易，就從對白依涵的這一段感情，走到另一段感情去，甚至猶豫再三，是否錯把白依雪當成白依涵的替身。

可是，無論顧昱雲如何的控制自己，卻怎麼也甩不開白依雪的輕聲笑語，每每閉上眼睛，她那迷人的笑靨，就一幕幕浮現在自己的眼前，這把情感一向內斂的他，簡直快給逼瘋了。

顧昱雲想逃，卻怎麼都逃不掉，所以只好厚著臉皮，親自下臺中來找了。

顧昱雲知道白依雪不看他的訊息，也不肯接他電話，因此，只好徹夜守在白家門口，等著她出門，直到一早白依雪見到顧昱雲後，訝然的跑步離開。

「依雪，妳聽我說。」顧昱雲上前抓住她的手，「給我一點時間，我有話對妳說。」

「該說的我都已經說得很清楚了。」白依雪甩開他，「我還要趕著去上課。」

「妳說的都很清楚，可我沒說清楚。」全然不理會路人投來的質疑眼光，顧昱雲拼著一口氣講完，「我知道妳不願意和我當普通朋友，但我可以請妳當我的女朋友嗎？」

瞪大眼的白依雪抬頭，不可思議的看著眼前這個高不可攀的男人。

「過去是我錯了，感情沒辦法用時間來衡量，可接下來的時間，我希望有機會證明我對妳的感情是真的，是無可替代的。」顧昱雲緊緊握住白依雪的手，這次，他再也不放開。

突然的告白，讓傷心許久的白依雪一下子反應不過來，紅唇微啟的她欲言又止，眼眶裡堆滿的溼意直打轉。

「妳願意，再給我一次機會證明嗎？」眉頭緊鎖的顧昱雲，手心都緊張出汗了。

「不，我不願意。」白依雪冷冷說道。

什麼！

顧昱雲快瘋了。

「感情是兩顆心對愛的感受，沒有人可以證明它的真假。」滾下兩串淚珠的白依雪，回握住顧昱雲的雙手，微微笑道：「但是，你如果真心對我好，我一定會知道。」

愣了好幾秒的顧昱雲一臉呆滯，而後，才笑逐顏開。

「對，對，真心，這次我是真心的，百分之一百的真心。」迫不及待的伸手將愛人摟進懷裡，無視閃瞎路人的顧昱雲，笑得燦爛。

「我很貪心，要百分之二百才夠。」破涕為笑的白依雪也回抱他。

「幾百都行，幾千我也願意給。」顧昱雲回得爽快，聽得白依雪心花兒朵朵開。

遠遠站在門口的白依涵和夏宇凡，看一齣好戲落了幕，終於放下兩顆緊張的心。

「看吧！還是我說得準。」得意的夏宇凡揚揚眉。

「搞不好就你們兩個串通好，騙我們兩姐妹的。」不以為然的白依涵轉身進屋。

「我哪有騙啊！我是精誠所至，金石為開，他那是欲擒故縱，太有心機。」

「半斤八兩，男人都一個樣。」

「喂，妳不能一竿子打翻一船人啊！」

愛情要不要心機？
當然……

（完）

釀冒險75　PG2938

警察任務：

魔神仔搜查事件簿

作　　者　是風不是你
責任編輯　陳彥儒、邱意珺
圖文排版　黃莉珊、許絜瑀
封面設計　魏振庭、張家碩

出版策劃　釀出版
製作發行　秀威資訊科技股份有限公司
114 台北市內湖區瑞光路76巷65號1樓
電話：+886-2-2796-3638　傳真：+886-2-2796-1377
服務信箱：service@showwe.com.tw
http://www.showwe.com.tw
郵政劃撥　19563868　戶名：秀威資訊科技股份有限公司
展售門市　國家書店【松江門市】
104 台北市中山區松江路209號1樓
電話：+886-2-2518-0207　傳真：+886-2-2518-0778
網路訂購　秀威網路書店：https://store.showwe.tw
國家網路書店：https://www.govbooks.com.tw
法律顧問　毛國樑　律師
總 經 銷　聯合發行股份有限公司
231新北市新店區寶橋路235巷6弄6號4F
電話：+886-2-2917-8022　傳真：+886-2-2915-6275

出版日期　2024年3月　BOD一版
定　　價　380元

讀者回函卡

Printed in Taiwan

國家圖書館出版品預行編目

警察任務：魔神仔搜查事件簿 / 是風不是你著. --
一版. -- 臺北市：釀出版, 2024.03
面； 公分. --（釀冒險；75）
BOD版
ISBN 978-986-445-892-9（平裝）

863.57 112020115